EVA REICHL

Rachedorf

TODESFEUER Nach dem Tod ihres Mannes kehrt Diana Heller ihrem Heimatdorf im Mühlviertel den Rücken und zieht nach Linz. In der Landeshauptstadt erhofft sie sich einen Neubeginn. Eines Nachts beobachtet sie vom Fenster ihrer Wohnung aus einen Überfall: Drei Betrunkene greifen einen jungen Mann an und werfen ihn zu Boden. Diana rennt auf die Straße, um dem Opfer zu helfen, kommt jedoch zu spät. Die Angreifer haben den Mann angezündet, er steht lichterloh in Flammen. Chefinspektor Gerhard Köchner vom LKA Oberösterreich nimmt die Ermittlungen auf. Doch die Täter wissen, dass Diana sie gesehen hat. Ihr Anführer, Leon Galmeier, setzt alles daran, um zu verhindern, dass Diana gegen sie aussagt, damit er nicht noch einmal ins Gefängnis muss. Lieber würde er sterben! Er und die beiden Mittäter beschließen, Dianas Freund zu entführen, und sein Leben als Druckmittel einzusetzen. Ein ungleicher Kampf beginnt, in dem jedes Mittel recht ist, und der Diana zurück in ihr Heimatdorf führt.

Eva Reichl wurde in Kirchdorf an der Krems in Oberösterreich geboren und lebt mit ihrer Familie im Mühlviertel. Neben ihrer Arbeit als Controllerin schreibt sie überwiegend Kriminalromane. Mit ihrer Mühlviertler-Krimiserie rund um Chefinspektor Oskar Stern und den Thrillern mit Diana Heller verwandelt sie ihre Heimat, das wunderschöne Mühlviertel, in einen Tatort getreu dem Motto: Warum in die Ferne schweifen, wenn das Böse liegt so nah.

EVA REICHL

Rachedorf

THRILLER

GMEINER

Personen und Handlung sind frei erfunden.
Ähnlichkeiten mit lebenden oder toten Personen
sind rein zufällig und nicht beabsichtigt.

Immer informiert

Spannung pur – mit unserem Newsletter informieren wir Sie
regelmäßig über Wissenswertes aus unserer Bücherwelt.

Gefällt mir!

Facebook: @Gmeiner.Verlag
Instagram: @gmeinerverlag
Twitter: @GmeinerVerlag

MIX
Papier | Fördert gute Waldnutzung
FSC® C014496

Besuchen Sie uns im Internet:
www.gmeiner-verlag.de

Im Ehnried 5, 88605 Meßkirch
Telefon 07575/2095-0
info@gmeiner-verlag.de

1. Auflage 2023

Herstellung: Mirjam Hecht
Umschlaggestaltung: U.O.R.G. Lutz Eberle, Stuttgart
unter Verwendung eines Fotos von: © der-Begnadete / photocase.de
Druck: GGP Media GmbH, Pößneck
Printed in Germany
ISBN 978-3-8392-0403-0

Für mehr Respekt vor Andersdenkenden.
Für mehr Toleranz für Andersseiende.

1. KAPITEL

Ich saß an meinem alten Schreibtisch, in den Holzwürmer kleine Löcher gegraben hatten, und kritzelte wahllos Striche und Punkte auf ein Blatt Papier. Währenddessen fuhren die Erinnerungen an dich und an deinen Tod in meinem Kopf Karussell. Meine Therapeutin hatte mir aufgetragen, meine Gedanken und Gefühle dazu aufzuschreiben, doch es gelang mir nicht, sie in Worte zu kleiden. Das, was geschehen war, war zu schrecklich.

Ich roch immer noch das Blut, das aus dem Loch in deinem Körper gesprudelt war, als ich dich in der Scheune gefunden hatte. Ich hatte es nicht stoppen können, hatte meine Finger auf die klaffende Wunde gepresst, ohne jegliche Chance auf Erfolg. Verzweifelt hatte ich um Hilfe geschrien.

Wenn ich die Augen schloss, sah ich das Gewehr neben dir liegen, von dem später behauptet worden war, du hättest dich damit selber umgebracht. Ich hatte immer gewusst, dass das nicht stimmte. Du hattest mich geliebt und hättest mir das niemals angetan. Hättest mich nicht allein zurückgelassen. Nach wie vor spürte ich deinen fliehenden Blick auf mir. Du hattest mir noch so vieles sagen wollen, doch du warst in meinen Armen gestorben und hattest die Worte mitgenommen. Deine Stimme war für immer verstummt.

Die ohrenbetäubende Stille, die seitdem herrschte, lähmte mich.

Ich legte den Stift beiseite, stand auf und ging zum Fenster. Morgen würde ich einen neuen Termin bei meiner Psychologin vereinbaren, sie würde nicht erfreut sein über meine nicht vorhandenen Fortschritte.

»Frau Heller«, hörte ich sie in Gedanken schon sagen, »so geht das nicht weiter. Sie müssen endlich akzeptieren, dass Ihr Mann tot ist. Ansonsten wird das Leben an Ihnen vorüberziehen, ohne dass Sie daran teilhaben. Es gibt so viel Schönes da draußen, das darauf wartet, von Ihnen entdeckt zu werden. Geben Sie sich selber die Chance, endlich wieder glücklich zu sein.«

Da draußen – wie meine Therapeutin die Welt nannte – war es längst dunkel geworden, kaum jemand war so spät noch unterwegs. Die Straßenlaternen und Beleuchtungen der Geschäftsauslagen tauchten die alten und neuen Bauten in ein gelbgoldenes Licht. Helligkeit und Schatten wechselten sich ab. Wie ein aus schwarzen und goldenen Fäden gewebter Fleckerlteppich lag meine neue Wahlheimat Linz vor mir.

Von meiner Dreizimmerwohnung im vierten Stock aus sah ich die Straße entlang, die zu dem Wohnhaus führte, in dem ich lebte. An ihrem Anfang war ein Laden, über dessen Auslage ein Reklameschild hing. Das Geschäft hatte seit Stunden geschlossen, die Lichter im Inneren waren aus, nur die Leuchtreklame strahlte neongrün und wirkte wie ein Farbtupfen in der Nacht. In ihrem Verlauf wurde die Straße immer finsterer. Der gegenüberliegende Gehsteig hob sich durch das Licht- und Schattenspiel der unterschiedlichen Niveaus ein wenig vom schwarzen Asphalt ab.

Niemand war zu sehen.

Es herrschte vermeintlicher Stillstand.

Seit ich mein Dorf verlassen hatte, hatte ich in Wien, Graz und Salzburg gelebt. Nie hatte ich es länger als ein paar Monate ausgehalten, stets hatte ich mich gefühlt, als gehörte ich nicht dorthin, was weniger an den umtriebigen Städten als an mir selbst gelegen hatte. Ich hatte die Wiesen vermisst, über die ich als Kind mit seitlich ausgestreckten Armen gelaufen war und dabei den Wind der Freiheit gespürt hatte, der mir Auftrieb geschenkt hatte. Und ich hatte Angst gehabt, dass ich den Duft der Felder und Wälder vergessen könnte. Jenen der Blumen im Garten meiner Mutter. Doch die Erinnerungen an das Dorf und seine Menschen hatten mich nicht dorthin zurückkehren lassen. Ihre Worte und Taten waren es gewesen, die mich fortgetrieben hatten. Damals hatte ich beschlossen, meine Heimat für immer zu verlassen, auch wenn das bedeutete, von meiner Familie getrennt zu sein.

Das war jetzt drei Jahre her.

Ein Auto fuhr die Straße unter meinem Fenster entlang, seine Scheinwerfer malten zwei kaltweiße Kreise in das Dunkel. Ich stellte mir vor, wie derjenige, der in dem Wagen saß, nach Hause zu seinen Lieben kam und sie umarmte. Wie sie einander erzählten, was sie am Tag alles erlebt hatten.

Du hingegen würdest nie mehr heimkommen, hattest mich für immer verlassen und mit noch nicht einmal 30 Jahren zur Witwe gemacht.

Mein bis dahin sicheres Heim hatte durch deinen Tod plötzlich bedrohlich auf mich gewirkt. Die Menschen, die mir am meisten bedeutet hatten, waren mir fremd geworden. Die Heimat, in der ich aufgewachsen war und die mich geprägt hatte, war jetzt ein Landstrich, dem ich gleichzeitig nah und fern sein wollte. Am Ende hatte ich nicht nur dich und meine Familie, sondern ebenso mich selbst verloren.

Meiner Therapeutin Dr. Monika Wellner kam nun die Aufgabe zu, mich mich selbst wiederfinden zu lassen. Ein schwieriges Unterfangen für uns beide. Für sie, weil sie noch jung war und kaum Erfahrung mit Fällen wie mir hatte, und für mich, weil ich nichts mehr hatte, was mir wichtig war, und keine Perspektive sah.

Aber ich mochte die Psychologin und sie wahrscheinlich mich, da sie nicht aufgab zu versuchen, mir zu helfen. Sie rief mich an und erkundigte sich, wie es mir gehe, wie ich mich fühlte und ob ich Fortschritte gemacht hätte. Sie schrieb mir eine Nachricht, wenn wieder ein Termin anstand und ich es versäumt hatte, ihn zu vereinbaren. Zum Geburtstag schickte sie mir eine handschriftlich verfasste Karte mit aufmunternden Worten, die mich zum Lächeln brachten. Sie waren lieb gemeint, jedoch nicht besonders hilfreich. Worte allein reichten nicht aus, um mich aus meinem finsteren Loch zu ziehen, aber das sagte ich ihr nicht. Ich wollte ihren Glauben an mich und dass ich es irgendwie schaffen würde, nicht zerstören.

Denn genau das war es, was mir Halt gab: dass jemand an mich glaubte. Mich nicht losließ.

Manches Mal tat sie mir leid, weil ich selbst die Hoffnungslosigkeit erkannte. Dann überlegte ich, ob ich ihr nicht einen Gefallen täte, wenn ich unser Therapeutin-Patientin-Verhältnis beendete. Es würde ihr die sich irgendwann unweigerlich einstellende Erkenntnis ersparen, versagt zu haben, dessen war ich mir sicher. Doch aus irgendeinem Grund war ich bis heute bei ihr in Behandlung. So würde es auch bleiben. Ich würde einen Termin vereinbaren, hingehen, zuhören, vielleicht etwas sagen, nach Hause fahren und vor einem leeren Blatt Papier sitzen. Darauf Linien und Punkte kritzeln. Während meine Gedanken an dich und deinen Tod Karussell fuhren.

Der Wagen war weg, alles war wieder wie vorher. Ich wusste immer noch nicht, was ich aufschreiben sollte, deine Geschichte war längst erzählt, dein Ende geschrieben. Also blieb ich am Fenster stehen und sah weiterhin hinaus in die Stadt mit dem neongrünen Reklameschild.

2. KAPITEL

Amir Saidi zog die Schultern hoch. Es war kalt, der Wind wehte eisig um die Ecke des nächsten Stadthauses. Er war zu dünn angezogen, was er jetzt bereute, aber er war große Kälte nicht gewöhnt.

Es war sein erster Winter in Österreich. In dieser Stadt, in Linz.

Wenn Amir ein wenig schneller ginge, würde er in zehn Minuten zu Hause sein. Nicht in seinem richtigen Zuhause, aber dort, wo er seit einem Jahr eine Bleibe hatte. In einem alten Gebäude, das man mit Betten und Stühlen ausgestattet hatte.

Er wusste, dass er in diesem Land nur geduldet war. Eigentlich sollte er nach Meinung vieler hiesiger Menschen in seinem Heimatland Afghanistan für Freiheit und Demokratie kämpfen. Sollte das Risiko eingehen, zu sterben für sein Recht, in Frieden leben zu dürfen, und nicht hier in Österreich vom Staat Sozialhilfe kassieren, die andere eingezahlt hatten.

Bereits vor Jahren hatte Amir Afghanistan verlassen. Seine Flucht hatte ihn durch mehrere Länder geführt, durch unzählige Städte und noch mehr Dörfer. Gastfreundschaft war ihm begegnet, aber auch Gleichgültigkeit und Hass, wobei er bei Letzteren nicht sagen konnte, welches von beiden schlimmer war. Dass er anderen egal war oder dass sie ihn verabscheuten. Beides hatte ihn weitergetrieben, weg von der Hoffnungslosigkeit und hin zu einem möglichen Leben.

Schließlich war er hier gelandet und würde zumindest so lange bleiben, bis darüber entschieden worden war, ob er als Flüchtling anerkannt wurde. Amir wünschte sich nichts sehnlicher als das – für einen Neuanfang.

Der Krieg und das autoritäre Regime hatten ihm alles genommen, was er besessen und woran er geglaubt hatte. Auch seine Zuversicht, in Afghanistan jemals in Frieden leben zu können.

Die Schreie seiner Mutter und Schwestern hörte er nach wie vor, wenn er sich nachts hinlegte und die Augen schloss. Erst in den Morgenstunden verstummten sie, genau wie damals, als sein Dorf zerstört worden war.

Er hatte seine Eltern nicht beerdigt, auch nicht seine Geschwister. Das wäre zu gefährlich gewesen und hätte ihn das Leben kosten können.

Freiheit sah anders aus.

Frieden auch.

Erst recht Liebe.

Heute, in einem sicheren Land, schämte er sich dafür, dass er den Mut nicht aufgebracht, sondern ihre Leichen den Wölfen überlassen hatte – den menschlichen. Und was die übrig gelassen hatten, war gewiss den nachts durchs Land streifenden wilden Tieren zum Opfer gefallen. Er mochte gar nicht daran denken, es riss ihm das Herz aus der Brust. Aber damals hatte sein Überleben davon abgehangen.

Als ihr Haus bei einem Raketenangriff zerstört worden war und ihn die Trümmer unter sich begraben hatten, hatte er so lange ausgeharrt, bis es um ihn herum ruhiger geworden war. Bis die Detonationen und die Salven aus den Gewehren verstummt waren. Die fremden Stimmen waren nur noch leise an sein Ohr gedrungen, Männer hatten sich unterhalten und gelacht. Siegesreich hatten sie Lieder gesungen.

Bebend vor Zorn hatte Amir unter dem Schutt gelegen, bebend vor Angst war er liegen geblieben. In seinem Inneren hatte ein Kampf getobt. *Seine* Ehre und *seine* Tapferkeit gegen *sein* Leben.

Er hatte sich entscheiden müssen.

Und das Leben gewählt.

Dann war es ruhig gewesen. Die Stille war genauso grausam gewesen wie der Kampflärm zuvor. Er hatte gewusst, dass von nun an nichts mehr so sein würde, wie es gewesen war. Dass diejenigen, die er liebte, nicht mehr da waren, nur noch ihre leblosen Hüllen.

Diesen Augenblick der Stille hatte Amir genutzt.

Langsam hatte er sich von den Steinen und dem Geröll befreit, war darunter hervorgekrochen wie eine Eidechse, die es in seinem Land zu Tausenden gab. Unauffällig, um die Aufmerksamkeit der Taliban nicht auf sich zu lenken, sollten sie sich doch in der Nähe verschanzt haben und die Umgebung beobachten. Auf Knien war er vorwärtsgerutscht, hatte die Zähne zusammengebissen, weil ihm der Schutt das Fleisch aufgeschnitten hatte.

Er hatte sich nicht umgeschaut, hatte gewusst, dass seine Familie tot war, dass sie nicht überlebt haben konnte. Er hatte Angst davor gehabt, ihre Leichen zu sehen, weil sich die Bilder in sein Gedächtnis eingebrannt hätten.

Asche und Blut.

Staub und Knochen.

Vielleicht war auch das ein Grund gewesen, warum er seine Familie nicht beerdigt hatte.

Sein Ziel nach dem Anschlag war es gewesen zu überleben, egal wie. In diesen Minuten hätte er alles dafür getan, diesem Inferno heil zu entrinnen. Er hatte leben wollen. Er hatte seine Träume verwirklichen wollen, die Träume eines jungen Mannes, der lieben, arbeiten und unbeschwert sein wollte.

Heute wusste er, dass ein Teil von ihm mit seiner Familie gestorben war und er sich jetzt anders entscheiden würde. Er hatte seine Wut und seinen Zorn hinuntergeschluckt, nun fraßen sie ihn langsam von innen auf.

Außerdem hatte er inzwischen erfahren, wie es sich anfühlte, ein Flüchtling in einem fremden Land zu sein, in dem er nicht bei allen willkommen war. Manchmal wurde er angefeindet, als trüge er die Verantwortung für das Elend in seiner Heimat. Als wäre er schuld, dort geboren worden zu sein und nicht hier.

Bei seiner Flucht hatte er einen einzelnen Schuh, der auf der Straße gelegen hatte, aufgehoben und mitgenommen. Im Schutz der einsetzenden Dämmerung war er aus seinem Heimatdorf gerannt, ohne sich umzudrehen. Dabei hatte er sich gefragt, wie es sich anfühlte, wenn ihn eine Kugel in den Rücken träfe. Oder zwei. Drei. Vier. Ob er es überhaupt spüren würde oder noch vor dem Aufprall auf dem Boden tot wäre.

Keuchend hatte er den angrenzenden Wald erreicht, hatte sich versteckt und von dort aus den Taliban dabei zugesehen, wie sie zurückgekehrt und aus ihren Militärfahrzeugen gestiegen waren und in den Trümmerhaufen nach Überlebenden gesucht hatten. Anschließend hatten sie mit ihren AK-47 Kalaschnikows vollstreckt, was die Raketen zuvor nicht geschafft hatten.

Jede Salve war der Tod eines Menschen aus seinem Dorf

gewesen. Nur wenige Afghani kostende Patronen gegen ein Leben.

Amir hatte als einer der Wenigen aus dem Dorf überlebt. Ängstlich hatte er aus dem Dunkel des Waldes auf die selbst ernannten Herrscher gestarrt, während sie alles abgesucht hatten. Weil auch diese sogenannten Herrscher Anweisungen gehorchten und keine Fehler machen wollten. Niemanden am Leben lassen, schien ihr Befehl gelautet zu haben.

Anschließend hatten die Taliban Triumphschüsse in die Luft abgegeben. Bei jedem Knall war Amir zusammengezuckt. Er hatte gezittert, hatte es nicht unterdrücken können. Tränen waren ihm über die Wangen gelaufen. Der Schmerz über seinen Verlust hatte ihn übermannt. Und der Zorn.

Erst Stunden später, als die Taliban längst abgezogen waren, war er zurückgekehrt und hatte ein paar Dinge aus den Ruinen geholt.

Ein Hemd.

Eine Hose. Mehr nicht.

Er hatte nach einem zweiten Schuh Ausschau gehalten, es aber nicht gewagt, die Leichen ihrer Kleidung zu berauben. Wenn sie schon hatten sterben müssen, sollten sie zumindest nicht entblößt in einem Loch in der Erde verscharrt werden. Heute, nach Tausenden Kilometern zu Fuß mit lediglich einem einzigen Schuh und unzähligen blutenden und eitrigen Wunden an der Sohle, würde er sich auch da anders entscheiden.

Afghanistan war nicht mehr das Land, das er Heimat nannte. Beinahe täglich gab es Verletzte und Tote. Das Land war fest im Griff des Terrors. 80 Prozent der Bevölkerung lebten unter der Armutsgrenze. Hilfe kam bei den Bedürftigen nicht an und nur einigen Wenigen zugute.

War es da nicht verständlich, diesem Land den Rücken zu kehren?

Die Flucht aus Afghanistan war gefährlich gewesen. Landminen hatten zahlreichen Menschen die Beine zerfetzt. Frauen waren missbraucht und vergewaltigt worden. Kinder hatten ihre Eltern verloren, Eltern ihre Kinder. Unzählige Menschen hatten bei der Überfahrt des Mittelmeers ihr Leben gelassen. Viele hatten auf halber Strecke aufgegeben und waren zurück in ihre Heimat gekehrt, wo nichts mehr auf sie gewartet hatte. Sie hatten als Afghanen das Land verlassen und waren als Verräter zurückgekommen.

Amir Saidi hatte auf der Flucht nicht nur 15 Kilo seines Körpergewichtes verloren, sondern auch zwei Zehen und seine Würde. Er war von einem jungen Mann mit Familie und einer Zukunft als Tischler zu einem Flüchtling geworden. Oft wünschte er sich, er wäre an diesem Tag mit seinen Eltern und Schwestern gestorben. Es wäre so viel einfacher gewesen, für ihn und alle anderen.

Amir ging an einem Geschäft mit einem neongrünen Reklameschild vorbei und warf einen flüchtigen Blick in die Auslage, ohne wahrzunehmen, was dort angeboten wurde. An den Überfluss in diesem Land hatte er sich gewöhnt, auch wenn er nicht wirklich daran teilhatte. Er wartete auf die Entscheidung, ob er bleiben durfte, um sich dann eine Arbeit zu suchen und Geld zu verdienen. Er wollte endlich nicht mehr von Almosen abhängig sein.

Der Wind frischte auf. Er hätte einen Schal mitnehmen sollen, dann würde er jetzt nicht frieren. Wäre er nicht so in Gedanken vertieft gewesen, hätte er die dunklen

Gestalten, die auf ihn zukamen, vielleicht früher bemerkt. Gewiss hätte er die Straßenseite gewechselt, weil er keinen Ärger haben wollte. So aber zog er den Kopf ein, um dem eisigen Wind weniger Angriffsfläche zu bieten, und setzte einen Fuß vor den anderen auf den dunklen Asphalt, der die Geräusche seiner Schritte verschluckte. Und die dreier Männer.

3. KAPITEL

Leon Galmeier, Finn Pokrovski und Heimo Stulm gingen die Straße entlang Richtung Linzer Hauptbahnhof. Sie hatten in der Altstadt ein paar Biere getrunken, ausgelassen gefeiert und über alte Zeiten geredet. Wie sie zusammen die Schulbank gedrückt und Streiche ausgeheckt hatten. Wie sie ihre ersten Räusche gehabt hatten und es ihnen hernach ziemlich schlecht gegangen war. Die heißesten Frauenbekanntschaften hatten sie Revue passieren lassen, ebenso ihre ersten sexuellen Erfahrungen, die bei keinem von ihnen einen erinnerungswürdigen Eindruck hinterlassen hatten. Weder in der Art ihres Geschehens noch mit wem es stattgefunden hatte. Über all das hatten sie gesprochen und gelacht.

Damals, als sie noch Kinder gewesen waren, hatte die Welt sie mit offenen Armen empfangen. Da hatte sich ihr Tag hauptsächlich darum gedreht, wem von den Mitschülern sie das Pausenbrot stehlen und welchen Mädchen sie unter die Röcke hatten schauen können. Oder welchem Lehrer sie unbemerkt ein Furzkissen auf den Stuhl gelegt und dafür Gelächter der Klasse geerntet hatten.

Zu jener Zeit waren sie die Größten gewesen – Leon Galmeier, Finn Pokrovski und Heimo Stulm!

Bis zu dem Tag, an dem sie im Schulhof einem türkischstämmigen Mädchen den Schulrucksack entrissen und den Inhalt auf den Boden gekippt hatten. Sie hatten das Mädchen angeschrien, dass es sich zurück in die Türkei scheren solle, weil es und ihresgleichen nicht hierhergehörten. So wie sie es zu Hause aufgeschnappt hatten, wie es Finns und Heimos Eltern immer wieder von sich gegeben hatten und auch Leons Großvater. Noch während sie sich begeistert darüber abgeklatscht hatten, waren sie von älteren türkischstämmigen Jungs umzingelt worden, die sie verprügelt, mit Füßen getreten und bespuckt hatten. Die sie vor den anderen Kindern lächerlich gemacht hatten, bis sie heulend und eingenässt davongelaufen waren.

Später hatten sie den Vorfall anders dargestellt, hatten allen erzählt, dass sie es gewesen seien, die die Kanaken geschlagen und das Türkenmädchen zum Teufel gejagt hatten. Und zwar so lange, bis keiner mehr Zweifel daran gehegt hatte, dass die Geschichte tatsächlich so abgelaufen war, oder zumindest niemand gewagt hatte, dagegen Einspruch zu erheben. Denn wenn jemand etwas anderes behauptet hatte, hatte dieser mit Schlägen dafür bezahlt. Dann hatten sie sich wieder gefühlt, als wären sie die Größten, weil sie es ihm eingetrichtert hatten. Mit Worten und Fäusten. Bis er es geglaubt hatte. Bis sie es sogar selbst geglaubt hatten.

Eine Lüge war zur Wahrheit geworden.

Finn Pokrovski hatte von ihren Heldentaten zu Hause berichtet. Während sein Vater stolz auf ihn gewesen war und gemeint hatte, dass sein Sohn nun bald zu einem richtigen Mann werde, hatte ihn die Mutter deswegen gescholten.

Damals hatte Finn das nicht verstanden.

Heute schon.

Frauen waren schwach. Frauen waren nicht für das geschaffen, was Männer zustande brachten. Deshalb saßen ja vorwiegend seine Geschlechtsgenossen in Führungspositionen, da sie bereit waren, dafür – und für viele andere Dinge auch – das Notwendige zu tun.

Die zunehmende Gleichberechtigung der Frauen empfand Finn wie so vieles in diesem Land als Fehlentwicklung. Aber das laut und offen kundzutun sei nicht ratsam, hatte ihn der Vater einst gelehrt, zu verblendet sei die Gesellschaft geworden. Zu offen gegenüber allem, was nicht der guten alten Norm entsprach, und die besagte nach Finns Empfinden, dass Frauen nun mal hinter den Herd gehörten und Kinder aufziehen sollten.

Andererseits schwieg Finns Vater zu vielem. Wie zum Beispiel, dass er seit seiner Heirat unter der Fuchtel seiner Ehefrau stand. Dass er heimlich rauchte oder sich mit seinem Sohn, vor den Augen seiner Frau verborgen, einen Schluck Whiskey genehmigte. Manchmal wurden daraus zwei. Hin und wieder riskierte er ein paar Hunderter im Casino, doch davon hatte Finns Mutter ebenso keine Ahnung. Der Vater gab lediglich vor – und das machte er äußerst erfolgreich –, stark zu sein. Niemand außerhalb der häuslichen Mauern wusste, wer bei ihnen wirklich das Sagen hatte.

Finn hingegen war klar, dass sein Vater alles täte, um seine Mutter zufriedenzustellen. Auf eine bestimmte Weise war er ihr unterlegen. Nach Finns Ansicht war sein Vater ein Blender.

So wie Finn selbst auch.

Ihm fiel es ebenfalls schwer, seine Meinung zu äußern und dafür einzustehen.

Nur in den sozialen Medien traute sich Finn zu schreiben, was ihm auf der Seele brannte. Allerdings verwendete er dort nicht seinen richtigen Namen, er benutzte einen Decknamen: der Denker. Dieser schützte ihn zwar nicht vor verbalen Attacken, aber vor Konsequenzen. So ein Nickname war einerseits gut, da niemand seine wahre Identität kannte, allerdings fühlte sich Finn genau deshalb wie ein Feigling.

Gerne wäre er so selbstbewusst wie Leon. Der hatte keine Scheu, die Dinge beim Namen zu nennen, auch wenn das oftmals zur Folge hatte, dass er Probleme bekam. Mit der Exekutive, den Behörden oder mit anderen Menschen.

Leon war ein aufrechter Kämpfer für ein vereintes Deutsches Reich und den damit einhergehenden Werten. In so einer neu geschaffenen Welt hatten Ausländer keinen Platz, da würden dieses Türkenmädchen und seine Beschützer dorthin zurückgeschickt werden, von wo sie herkamen. Und Frauen gehörten an die Seite ihrer Männer, denen alles erlaubt war und für die alles getan werden musste.

Genau davon träumte ebenso Finn.

Und dafür bewunderte er Leon.

»Es ist saukalt, findest du nicht auch, Leon?«, fragte er.

»Weichei«, erwiderte der Angesprochene lachend. »Hättest dir halt etwas Wärmeres angezogen.«

»Oder mehr gesoffen«, ergänzte Heimo mit leichtem Zungenschlag. »Schau mich an! Mir ist nicht kalt.« Heimo streckte die Hände aus und hielt sie in den eisigen Wind. Dann zog er den Reißverschluss seiner Jacke auf und drehte sich ausgelassen im Kreis, sodass sich der Stoff wie ein Gleitschirm mit Luft füllte. Heimo war schon immer ein Draufgänger gewesen. Einer, der sich nahm, was er wollte, und nicht lange fackelte.

»Du bist ja besoffen«, erwiderte Leon.

»Na und?« Heimo hörte auf, sich zu drehen. »Täte dir hin und wieder auch ganz gut. Mal die Sau rauslassen! So richtig einen draufmachen!« Heimo hatte eine große Klappe, das wussten alle. Doch meistens hinkte sein Gehirn seinen Worten hinterher, was selten ohne Folgen blieb.

»Haben wir heute ja getan.«

»Schon, aber das war eine Ausnahme. Wir sollten das regelmäßig machen, mindestens drei- oder viermal die Woche. Nur wir drei! Wie in alten Zeiten.«

»Mal sehen«, blieb Leon vage, denn eigentlich hatte er keine Lust, noch öfter mit seinen Kumpels abzuhängen. Aus diesem Teenageralter waren sie raus, fand er.

Die Männer traten aus dem Durchgang des Landhauses hinaus und querten die hell erleuchtete Promenade.

»Habt ihr die Kleine in dem Laden gesehen? Die Rothaarige?«, nahm Heimo das Gespräch wieder auf.

»Welche meinst du?«, hakte Leon nach und zog den Kragen um seinen Hals enger zusammen. Der Wind war eiskalt, das letzte Aufbäumen des Winters. Bald würde es wärmer werden und der Frühling seine ersten Boten schicken. Dann würden auch wieder mehr Menschen ihre Zeit im Freien verbringen. Im Augenblick war der Platz jedoch beinahe menschenleer.

»Die immer zu uns rübergeschaut hat. Ist euch die gar nicht aufgefallen? Ich glaub's nicht! Was seid ihr bloß für Männer?« Heimo lachte und drehte sich wieder im Kreis wie ein Junge, dem der Spaziergang zu langweilig war.

»Erwachsene Männer!«, antwortete Leon.

»Wir sind gleich alt, falls du das vergessen haben solltest«, meinte Heimo eingeschnappt. Dass Leon immer alle von oben herab behandelte, störte ihn.

»Ja, körperlich.«

»Auch da drinnen.« Heimo tippte sich an die Stirn. »Aber vielleicht bist du ja vom anderen Ufer, dass dich so eine Süße nicht anmachen kann …«

Abrupt blieb Leon stehen. In seinem Gesicht zuckten Muskeln. Seine Kiefer malmten wie leergelaufene Mühlsteine hart aufeinander.

»Entschuldige«, kam Heimo einem verbalen Ausbruch seines Freundes zuvor. »Das war dumm von mir.«

»Sag das nie wieder!«, zischte Leon.

Finn trat hinter Leon, um zu verdeutlichen, auf welcher Seite er stand. »Ja, sag das nie wieder!« Mit dem Finger deutete er auf Heimo, als wüsste der nicht, dass er gemeint war.

Finn war ein Mitläufer, ein guter Soldat. Das, was ihm aufgetragen wurde, erledigte er. Selten entwickelte er Eigeninitiative, dafür fehlte ihm der Antrieb. Aber wenn man jemanden brauchte, der für einen die Drecksarbeit übernahm, war er der richtige Mann.

Leon drehte sich um und ließ Heimo stehen.

»Ich hab doch gesagt, dass es mir leidtut!«, rief dieser ihm hinterher.

»Verdammte Scheiße!«, stieß Leon aus. »Für diese Beleidigung sollte ich dir den Arsch aufreißen!«

»Ich hab zu viel gesoffen.«

»Ja, hast du, aber das ist keine Entschuldigung.«

»Es ist mir so rausgerutscht.«

»Du weißt, was ich von Arschfickern halte. Und trotzdem hältst du ausgerechnet mir vor, so einer zu sein!« Leons Stimme überschlug sich, während er unbeirrt weiterging. Immer schneller, bis sie den hellen Platz hinter sich ließen und der dunkle Schlund einer Straßeneinmündung sie verschluckte. Wenn er seinem Freund eine Abreibung verpassen wollte, dann hier in diesem finsteren Winkel. Da würde es keiner mitbekommen, sollte doch noch jemand unterwegs sein.

Leon war verärgert. Er konnte es nicht ausstehen, wenn ihn jemand beschimpfte. Jedes Mal, wenn er seine Mutter besuchte, musste er sich ihre Klagen anhören. Dass er ein missratener Sohn sei, bei dem es besser gewesen wäre, sie hätte ihn als Kind wie ungewollte Kätzchen hinter dem Haus in einer Wassertonne ersäuft. Dass sie nicht verstehe, woher seine Gesinnung komme, da sie sich unendlich bemüht habe, ihn zu einem rechtschaffenden Menschen zu erziehen. Nach so einem Ausbruch ließ sie sich immer auf ihrer abgewohnten Couch nieder, steckte sich eine Zigarette an und machte sich nicht die Mühe, den Schnaps in ein Glas einzugießen, sondern trank ihn aus der Flasche.

Leon hatte es satt! Er konnte ihr Gejammer nicht mehr hören!

Dabei war es ihr eigener Vater, Leons Großvater, gewesen, der ihm schon als Junge von der Idee eines Staates der reinen deutschen Rasse erzählt hatte. Juden, Ausländer und eingebürgerte Schmarotzer hätten darin keinen Platz, hatte er gesagt, während Leon auf seinem Schoss gesessen und seiner tiefen Stimme gebannt gelauscht hatte. Einmal hatte er ihm sogar zugeflüstert, dass *er* so ein Führer sein könne, wenn er es richtig anstellte und sich anstrengte. Dabei hatte der Großvater Tränen in den Augen gehabt und gemeint, dass er das wohl nicht mehr erleben dürfe, weil zu jener Zeit der Vormarsch der Linken in die Regierungen sämtlicher Staaten in Europa derart verankert gewesen war, dass sogar der alte Nazi jegliche Hoffnung auf eine baldige Wende verloren hatte.

Der Großvater war gestorben, als Leon noch zur Schule gegangen war. Kurz nach dem Vorfall mit dem türkischen Mädchen. Leon hatte ihm davon berichtet, und das Einzige, was der Großvater erwidert hatte, war gewesen, dass die Kanaken am nächsten Baum aufgehängt gehörten, weil sie Leon und seine Freunde tätlich angegriffen hatten. Er hatte sich dermaßen darüber aufgeregt, dass Leon lange Zeit gedacht hatte, dass sein Großvater deswegen gestorben war.

Nach seinem Tod war niemand mehr da gewesen, der Leon auf andere Weise beeinflusst oder gar beeindruckt hatte. Sein Vater hatte sich bereits vor seiner Geburt aus dem Staub gemacht, und seine Mutter war nachmittags nicht mehr nüchtern genug gewesen, um klar zu denken. Nach neun Jahren Schule hatte Leon eine Maurerlehre begonnen, die Tätowierungen und die Muskeln waren mit dem Voranschreiten der Jahre immer mehr geworden und seine Behaarung am Kopf weniger.

Nach einer Kneipenschlägerei in der Linzer Altstadt war dann ein Mann an ihn herangetreten und hatte ihn gefragt, ob er Interesse habe, einmal zu einem Treffen von Gleichgesinnten zu kommen.

Zu jener Zeit war Leon 18 Jahre alt gewesen.

Das Treffen hatte in einem alten Keller in einem der Stadthäuser stattgefunden. Als Leon angeläutet hatte, war die Tür einen Spalt breit aufgegangen und eine Stimme hatte ihn nach dem Losungswort gefragt. Da es ihm nicht bekannt gewesen war, hatte er seinem Instinkt folgend den Arm ausgestreckt und mit »Heil Hitler« geantwortet, was zuerst seltsam geklungen hatte, da ihm sein Großvater beigebracht hatte, dies niemals öffentlich laut auszusprechen. Zu groß sei die Gefahr, auf Unverständnis zu stoßen. Zu klein die Chance, einer verwandten Seele gegenüberzustehen, da die Hoffnung an ein vereintes Deutsches Reich vielerorts verloren gegangen sei und erst wieder neu geboren werden müsse. Durch Menschen wie Leon, die an sich glaubten und bereit waren, dafür einiges in Kauf zu nehmen.

Sein Gegenüber hatte erschrocken die Augen aufgerissen, die Tür geöffnet und sich nach allen Richtungen umgesehen, ob jemand in Hörweite war, aber dem war nicht so gewesen. Nachher hatte er den im Keller Anwesenden von Leons Hitlergruß berichtet. Die Männer hatten gelacht, ein paar von ihnen hatten Leon wohlwollend auf die Schulter geklopft.

Seither war er Teil dieser Familie.

Heimo ging nun mehrere Meter hinter Leon und Finn. Sein Hochgefühl von vorhin war verpufft. Weggepustet von dem schneidenden Wind und seiner eigenen Dummheit. Auch fühlte er sich nicht mehr betrunken. Entweder hatte ihn die Kälte nüchtern werden lassen oder seine Schnapsidee, Leon als schwul zu bezeichnen. Er zog den Reißverschluss seiner Jacke zu und rieb sich die Hände. Nun spürte er die Kälte. Die seiner Umgebung und jene von Leon.

Er hatte eindeutig Mist gebaut.

Finn drehte sich zu Heimo um und grinste ihn an.

Waren sie tatsächlich Freunde, fragte sich Heimo in diesem Moment. Der stille Finn, der bei allem, was Leon vorschlug, Ja und Amen sagte. Der Leon hinterherhechelte wie ein Hund seinem Herrn.

Gegen Leon hatte er keine Chance, das wusste Heimo. Aber irgendwann würde er eine kriegen. Dann würde er sich beweisen und alle würden zu ihm aufschauen.

Diesen Moment sehnte Heimo herbei.

»Seht mal, wer da kommt«, durchbrach Leons feindselig klingende Stimme die Stille. Sein Atem trieb tanzende Wölkchen in die kalte Luft.

»Kennen wir den?«, fragte Finn und kniff die Augen zusammen. Zu weit war die Gestalt entfernt, die sich in ihre Richtung bewegte. Jetzt befand sie sich in Höhe eines Geschäftes mit neongrünem Reklameschild und warf einen flüchtigen Blick in die Auslage.

»Das hoffe ich nicht.«

»Das ist ein Kanake!«

»Ich finde, wir haben dringend eine Aufmunterung nötig. Was meint ihr?«, fragte Leon seine Begleiter.

Heimo sah darin seine Chance, seinen Fehltritt von vorhin wiedergutzumachen. »Dem schließe ich mich voll und ganz an!«

Und Finn tat sowieso, was Leon wollte.

4. KAPITEL

Ich stand noch immer am Fenster, starrte hinaus auf die Stadt und stellte mir vor, dass sie müde geworden war, genau wie ich. Mein Kopf war leer und ließ nicht zu, dass ich einen vernünftigen Gedanken fasste, diesen formte und zu Papier brachte. Deinetwegen. Weil du tot warst und ich noch immer nicht damit klarkam …

Doch halt! Dort unten bewegte sich etwas – eine Gestalt. Sie eilte die Straße entlang, ja lief beinahe, bestimmt weil es draußen kalt war. Gerade ging sie an dem neongrünen Reklameschild vorbei.

Ich schob den Vorhang beiseite, der mein Fenster halb bedeckte, um mehr zu sehen. Insgeheim hoffte ich, dass du es warst, der dort entlanghastete, und alles nur ein böser Traum gewesen war. Dieser Gedanke fühlte sich so gut an.

Doch natürlich wusste ich, dass sich mein Wunsch nicht erfüllen würde, mit jedem Schritt, den die Person dort unten auf der Straße machte, wurde dies deutlicher. Sie bewegte sich anders als du und wurde mir zunehmend fremder, je länger ich sie beobachtete.

Traurigkeit durchflutete mich, ein Zustand, der für mich alltäglich geworden war.

Ich wollte mich schon abwenden, als weitere Gestalten in mein Blickfeld rückten. Sie näherten sich aus der entgegengesetzten Richtung und würden schon bald auf die erste Person treffen, nur noch wenige Meter trennten sie voneinander. Von meinem Fenster aus waren sie so klein wie Mäuse in einem Labyrinth, die nach dem richtigen Weg suchten. Auch bewegten sie sich genauso flink wie diese Nagetiere. Ich kam mir vor wie der Zuschauer bei einem Experiment.

Die Gruppe und der einsame Passant trafen aufeinander, blieben stehen. Zu gerne wüsste ich, was sie sprachen …

Ob sie sich kannten?

Die drei kreisten den Einzelnen ein. Von meinem Platz oben am Fenster sah es aus wie ein Kinderreigen, nur dass sich niemand an den Händen festhielt. Trotzdem drang die Melodie vom Bi-Ba-Butzemann aus den Tiefen meines Gedächtnisses in mein Bewusstsein und versuchte, gute Laune zu versprühen. Zu diesem Lied waren wir als Kinder ausgelassen über die Wiesen getanzt. Mein Bruder und ich. Hand in Hand.

Auf der Straße trat einer aus der Gruppe an den Mann heran. Sie standen sich von Angesicht zu Angesicht gegenüber wie kampfbereite Hähne.

Das Unschuldige, Kindliche verpuffte. Plötzlich wirkte das Aufeinandertreffen bedrohlich, trotz der großen Distanz zu meinem Fenster im vierten Stock.

Ich hielt den Atem an, starrte gebannt auf die Kontrahenten. Wartete ab, was passieren würde. Hoffte, dass sie einfach weitergingen und ich wieder harmlose Striche aufs Papier kritzeln konnte. Und Punkte.

Sie redeten miteinander. Atemwolken stiegen auf und wurden durchsichtig. Verschwanden. Neue bildeten sich.

Bestimmt waren es keine freundlichen Worte, die sie austauschten, dessen war ich mir mittlerweile sicher. Dafür brauchte ich nichts zu hören, die angespannten Körper sprachen für sich.

Die Männer belauerten einander.

Bis die Lage explodierte.

Einer der drei versetzte dem Einzelnen einen Hieb in den Bauch, der Getroffene beugte sich vornüber, wahrscheinlich keuchte er. Der nächste Schlag ließ ihn in die Knie sinken, der folgende warf ihn zu Boden. Es ging alles ganz schnell.

»Nein!«, schrie ich hinter dem geschlossenen Fenster, was töricht war, da niemand mich hörte.

Ich riss das Fenster auf, weiterhin den Blick auf den Überfall auf der Straße gerichtet. Die drei Gestalten traten auf den am Boden Liegenden ein, mit voller Wucht, als wollten sie einen Fußball quer durchs Stadion kicken.

Immer wieder.

Von allen Seiten.

In den Bauch. In den Rücken. Gegen den Kopf.

Unaufhörlich.

»Lasst ihn in Ruhe! Hey! Lasst ihn verdammt noch mal in Ruhe!«, brüllte ich.

Ungehört.

Zu groß war der Blutrausch, in den sie geraten waren.

Ich kannte nicht ihre Namen, wusste nicht, wer die arme Seele am Boden war. Doch mir war klar, dass der Mann das nicht lange aushalten würde.

»Hey!«, schrie ich und wusste gleichzeitig, dass es nichts brachte. Ich wandte mich ab, ohne das Fenster zu schließen, durch das eisige Luft in meine Wohnung strömte, und rannte in die Küche, suchte nach einem Messer. Das größte, das ich in der Besteckladе fand, ergriff ich, dann noch den Besen. Beides, um mich zu verteidigen, etwas Geeigneteres besaß ich nicht. Ich nahm mir auch nicht die Zeit, um darüber nachzudenken, ob es klug war, was ich vorhatte, oder ob es einen besseren Weg gäbe. Wie von Dämonen verfolgt rannte ich aus der Wohnung, die vier Stockwerke hinab und stolperte aus dem Haus. Ein heller Schein empfing mich. Ich blieb stehen, hatte zu lange gebraucht. Das Entsetzen lähmte meine Beine, meine Atmung, alles an mir.

Der Mann am Boden brannte. Die anderen hatten ihn angezündet. Er rührte sich nicht, kämpfte nicht um sein Leben.

Die Frage, ob er tot war, schoss mir durch den Kopf, während ich wieder loslief. Auf die Männer zu. Auf jene, die das Feuer entfacht hatten, aber vor allem auf den Mann, den die Flammen auffraßen.

»Hey!«, schrie ich erneut, um auf mich aufmerksam zu machen, damit die Täter von ihrem Opfer abließen.

Gleichzeitig überfiel mich Angst. Die Männer waren größer als ich, kräftiger. Und brutal. Ich konnte nicht gleichzeitig das Feuer löschen und die Typen mit dem Messer und dem Besen abwehren. Außerdem war ich allein, sie waren zu dritt. Ich hatte so gut wie keine Chance, wollte aber nicht aufgeben. Musste alles versuchen, egal was dabei rauskam.

Ich wurde langsamer, weil sie sich zu mir umwandten und wie eine unüberwindbare Barriere vor mir aufbauten. In ihren Gesichtern sah ich den Hass, der sie antrieb. Die Aggressionen, die sie eben noch an dem Wehrlosen ausgelassen hatten. Ihre ganze Körperhaltung signalisierte Angriff. Einer machte einen Schritt auf mich zu und ballte die Hände zu Fäusten.

»Ich hab die Polizei gerufen! Sie wird gleich da sein!«, schleuderte ich ihnen entgegen. Eine leere Drohung, aber es war das Einzige, was mir einfiel, um die Männer vielleicht dazu zu bringen, zu verschwinden.

Tatsächlich sahen sie einander an. Schienen verunsichert, ob ich die Wahrheit sagte.

»Lasst uns abhauen, der ist eh erledigt«, gab einer den Befehl zum Rückzug. Umgehend setzten sie sich in Bewegung und liefen davon. Die finstere Nacht verschluckte sie.

Ich ließ das Messer und den Besen fallen und eilte zu dem Mann am Boden, dessen Kleidung noch immer lichterloh brannte. Dort zog ich meine Weste aus, warf sie auf ihn und verbrannte mir dabei die Finger. Ich schlug auf die Flammen ein und somit auf den Wehrlosen, was mir falsch vorkam, aber ich hatte keine Wahl, wenn ich wollte, dass er überlebte.

Und ja, verdammt! Das wollte ich!

»Hilfe!«, schrie ich. »Hilfe!«

Irgendjemand würde mich hören. Das musste einfach so sein. Sonst würde ich noch einmal nach oben in meine Wohnung laufen, um mein Handy zu holen. Ich hatte nicht daran gedacht, es mitzunehmen.

Aber dann verlöre ich wertvolle Zeit.

Der Mann verlöre wertvolle Zeit.

Erneut rief ich um Hilfe. Und tatsächlich steckte in einem der umliegenden Wohnhäuser ein Bewohner den Kopf aus einem Fenster. Er sah mich am Boden knien, wie ich die letzten Flammen mit der Weste auf dem Opfer erstickte.

»Was ist los?«, rief er.

»Rufen Sie die Rettung und die Polizei!«, schrie ich zurück.

»Was ist passiert?«, wollte er wissen.

»Schnell! Sonst stirbt er!« Tränen rannen mir über die Wangen. Ich hatte das alles schon einmal erlebt. Als ich dich gefunden hatte, hattest du dein Leben losgelassen. Das Leben hatte dich losgelassen. Ich dich aber nicht.

Und auch jetzt hielt ich den am Boden liegenden Mann fest, wiegte mich mit ihm im Takt eines Herzschlages, bis die Sirenen die Nacht durchbrachen.

Es war wie damals.

Ich spürte die Kälte nicht, nicht den eisigen Wind. Ich fühlte deine Gegenwart, wie du mir die Hand auf die Schulter legtest und mich trösten wolltest. Wie du mir zu verstehen zu geben versuchtest, dass alles gut und sein Schmerz vorüber wäre.

Doch *mein* Schmerz hatte gerade erst neu begonnen.

5. KAPITEL

Rettungs- und Notarztwagen trafen als Erste ein. Männer in roten und weißen Anzügen sprangen heraus und liefen auf uns zu. Der Notarzt tastete nach dem Puls des Opfers. Noch wusste ich nicht, wen ich in Händen hielt und ob er noch lebte.

Befehle wurden erteilt, jemand riss mir den Mann aus den Armen, redete auf mich ein und fragte, was vorgefallen sei. Ich erzählte stockend, was ich von meinem Fenster aus beobachtet hatte und dass er schon wie eine Fackel gebrannt habe, als ich heruntergekommen war, um ihn vor den Fußtritten zu retten.

Der Sanitäter sah meine verbrannten Hände, versorgte und verband sie. Über meine Schultern legte er mir eine Decke, da ich inzwischen vor Kälte zitterte. Meine Weste war nur noch ein verkohlter Fetzen.

Mein Blick haftete wie ein Magnet an dem Opfer, über das sich der Notarzt nach mehreren Reanimationsversuchen mit einem Stethoskop beugte, den Herzschlag suchend, diesen aber nicht fand. Dann schüttelte er den Kopf.

Ich wusste, was das bedeutete.

Alle Welt wusste, was diese Geste ausdrückte.

Ich begann laut zu schluchzen, weil es sich anfühlte, als wäre es meine Schuld, dass der Mann gestorben war. Weil ich nicht schnell genug gewesen war. Weil ich nach einem Messer und dem Besen gesucht hatte, was beides nutzlos gewesen war. Ich war mit schuld, dass ein Leben nicht mehr existierte.

Jemand kam und deckte ihn zu. Verhüllte ihn vor den Augen Schaulustiger.

»Haben Sie ihn gekannt?«, fragte eine Stimme, die wie durch Schaum in meinen Ohren zu meinem Trommelfell gelangte und von dort weiter in mein Gehirn vordrang.

Ich schüttelte den Kopf.

»Sind Sie in der Lage, ein paar Fragen zu beantworten?«

Erst jetzt blickte ich hoch in ein Gesicht mit Dreitagebart, ergrautem Haar und grünen Augen.

»Chefinspektor Gerhard Köchner vom Landeskriminalamt Oberösterreich«, stellte er sich vor.

»Diana Heller«, erwiderte ich und sah mich um. Die Welt hatte sich verändert, war blau geworden durch die aufleuchtenden Einsatzlichter von Rettungswagen und Polizeiautos. Sie wurden an die Wände der Stadthäuser geworfen und erzeugten dort ein bedrohlich wirkendes Schattenspiel. Polizisten riegelten den Tatort ab und drängten die Schaulustigen hinter die Absperrung zurück. Ich war nicht mehr allein mit der Situation und würde Hilfe bekommen.

»Können Sie gehen?«, fragte Köchner.

»Ja«, antwortete ich möglichst kraftvoll, weil nicht ich das Opfer war, sondern der Mann auf dem Boden.

Der Kriminalbeamte wollte mir auf die Beine helfen. Ich hielt ihm abwehrend meine bandagierten Hände hin. »Ich schaffe das schon. Trotzdem danke.« Ungelenk rappelte ich mich hoch.

»Können Sie mir sagen, was passiert ist?« Köchner verlor keine Zeit und kam gleich zur Sache.

»Drei Typen haben ihn verprügelt und angezündet, dann ist er gestorben.«

»Von Anfang an bitte.«

»Kennen Sie seinen Namen? Wissen Sie, wer er ist?«, fragte ich, weil ich unbedingt erfahren wollte, wer da tot auf dem Boden lag, bevor ich über ihn redete. Bevor ich das Ende seiner Geschichte erzählte, wollte ich wenigstens wissen, mit welchem Namen sie begonnen hatte.

Köchner öffnete die angekokelte Geldbörse in seiner Hand, die er dem Opfer zuvor aus der Tasche gezogen hatte. Ich sah, dass sich darin gerade mal zehn Euro befanden, außerdem ein Schriftstück einer österreichischen Behörde. Das nahm der Chefinspektor heraus und faltete es auseinander.

»Amir Saidi«, las er ab. »Aus Afghanistan. Wie es aussieht, hat er in Österreich Asyl beantragt. Ich nehme an, dass das Verfahren noch läuft, zumindest hat er keinen Bescheid bei sich, der ihn zum Bleiben berechtigt hätte – allerdings auch nichts Gegenteiliges. Wir überprüfen das.« Köchner steckte das Papier wieder in das Portemonnaie zurück.

»Amir Saidi«, wiederholte ich den Namen des Toten. So schnell würde ich ihn wohl nicht vergessen. »Ich hab ihn von meinem Fenster aus gesehen. Dort oben.« Ich deutete hinauf zu meiner Wohnung. »Er ist von da gekommen und die Straße dort entlanggegangen.« Ich wies in die Richtung, wo uns das neongrüne Reklameschild entgegenleuchtete. »Ihm ist kalt gewesen, das konnte ich erkennen, weil er die Schultern hochgezogen hat, um sich vor dem Wind zu schützen.« Als ich das aussprach, fiel mir auf, wie sehr ich selber fror, und wickelte die Decke straffer um meinen Körper.

»Wenn Ihnen kalt ist, können wir irgendwo weiterreden, wo es wärmer ist. Zum Beispiel in einem Polizeiauto.« Köchner wies auf einen Einsatzwagen mit eingeschaltetem Blaulicht ein Stück weiter vorn.

»Ich schaffe das schon«, winkte ich ab. Hier ging es schließlich nicht um mich. Amir Saidi war gestorben, da würde ich wohl ein wenig Kälte aushalten.

Ich zeigte in die entgegengesetzte Richtung, weg von dem Reklameschild und den Einsatzautos. »Die anderen, die ihn …« Ich stockte und warf einen Blick auf den bedeckten Leichnam.

»Alles in Ordnung?«, fragte Köchner.

Ich nickte und riss mich zusammen. »Diejenigen, die ihn umgebracht haben, sind von dort drüben gekommen.«

»Wie viele waren es?«

»Drei. Ja, es waren drei Männer. Ich schätze, sie sind zwischen 20 und 30 Jahre alt. Ich hab sie gesehen, ich hab in ihre verdammten Gesichter geschaut!« Ich blinzelte die aufsteigenden Tränen weg. Es waren Tränen des Zorns. Ich war so verdammt wütend auf diese Typen! Und auf mich!

»Das ist gut.«

»Was? Dass ich sie gesehen habe?« Das bezweifelte ich.

»Können Sie sie identifizieren?«

Sofort tauchten die Fratzen der Typen vor mir auf, ich erinnerte mich an den Hass in ihren Augen, die zusammengepressten Lippen. Ihre Entschlossenheit, den Mann am Boden auszulöschen. »Ich weiß es nicht genau, aber möglich wäre es.«

»Ich frage mich, wie Sie von dort oben die Männer so genau erkennen konnten.« Der Chefinspektor blickte hinauf zu meiner Wohnung. »Das ist ziemlich weit weg.«

»Ich war hier unten und hab ihnen mit der Polizei gedroht, daraufhin sind sie abgehauen. Aber davor bin ich ihnen gegenübergestanden, das war in etwa dort.«

Der Blick des Kriminalbeamten folgte meinem Fingerzeig. In seiner Miene las ich Verwirrung.

»Okay, nun mal der Reihe nach. Das Opfer ist also von da gekommen und die Täter von dort drüben. Wie ging es ab da an weiter?«

»Sie haben ihn eingekreist und nach einem Wortwechsel geschlagen, bis er auf dem Boden gelegen hat. Ich hab das Fenster aufgemacht und geschrien, dass sie ihn in Ruhe lassen sollen, aber sie haben mich nicht gehört. Dann bin ich in die Küche und hab ein Messer und den Besen geholt. Ich weiß, dass das töricht gewesen ist, aber ich hab gedacht, dass ich mich verteidigen müsste, und da wollte ich nicht mit leeren Händen dastehen.«

»Das war nicht töricht, sondern mutig von Ihnen.«

Da war ich anderer Meinung. »Ich bin mit dem Messer und dem Besen das Treppenhaus runter und auf die Straße hinaus, da hat Amir Saidi gebrannt. Diese Teufel haben ihn angezündet, einfach so! Er hat sich nicht bewegt, wahrscheinlich haben sie ihn vorher bewusstlos geschlagen. Sie haben ihn getreten, überallhin, gegen den Kopf, die Schultern und in den Bauch. Von allen Seiten und immer wieder. Sie haben nicht aufgehört!« Mit wässrigen Augen sah ich Köchner an, als erwartete ich, dass er mir sagte, dass das alles nicht wahr war. Dass ich es mir nur eingebildet hatte.

Doch aus Köchners Mund sprudelten andere Worte. »Der Gerichtsmediziner wird sich das Opfer ansehen und Ihre Geschichte, falls sie sich so zugetragen hat, anhand der Verletzungen bestätigen. Solche Fußtritte bleiben nicht ohne sichtbare Folgen.«

Mich fröstelte. Meine Beine zitterten. Köchner schien meinen Zustand zu bemerken und winkte einen Sanitäter herbei. Dieser kontrollierte meine Pupillen und den Plus. »Wahrscheinlich hat sie einen Schock. Wir müssen sie ins Krankenhaus bringen.«

Ja, ich hatte einen Schock. Ich war schockiert, dass so etwas wie heute Nacht in einem Land wie Österreich passierte. Dass es Menschen gab, die zu solchen Taten fähig waren. Die einen derart übermächtigen Hass in sich trugen, dass sie einen anderen töteten. Das schockierte mich, aber davon sagte ich nichts.

»Mir geht es gut. Lassen Sie uns das hier zu Ende bringen«, erwiderte ich und setzte mich auf die Kante der hinteren Öffnung des Rettungswagens, um meine Beine zu entlasten.

Köchner schien damit einverstanden zu sein und forderte mich auf zu berichten, was noch geschehen war.

»Ich hab den Männern zugerufen, dass ich die Polizei informiert hätte und die bald da sei, daraufhin sind sie davongerannt, und das war der Augenblick, in dem ich ihre Gesichter gesehen hab.«

»Ich weiß, ich hab Sie das vorhin schon gefragt, aber wie viele Männer waren es noch mal?«

»Drei.«

»In welche Richtung sind sie gelaufen?«

Ich war mir nicht sicher. Darauf hatte ich nicht geachtet, denn zu jenem Zeitpunkt war meine Aufmerksamkeit nur auf den brennenden Mann am Boden gerichtet gewesen. »Ich glaube, da lang.«

»Sie glauben? Ich dachte, Sie haben sie davonlaufen sehen?«

»Ja, schon. Aber ich wollte unbedingt dem Opfer helfen.

Wohin diese Typen gerannt sind, war mir egal. Hauptsache, sie waren weg.«

»Weiter!«

»Ich hab versucht, das Feuer mit meiner Weste zu löschen.«

»Dabei haben Sie sich die Verbrennungen zugezogen.« Der Chefinspektor deutete auf meine verbundenen Hände.

Ich nickte erschöpft und war froh, dass ich schon saß, sonst hätten meine Beine jetzt wohl nachgegeben. Ich wollte mich hinlegen, mich ausruhen. Wollte das alles vergessen und wieder vor einem leeren Blatt Papier sitzen und darauf Striche und Punkte malen. Doch es ging weiter. »Dann hab ich um Hilfe gerufen. Jemand hat aus einem Fenster gesehen und die Rettung alarmiert. Und die Polizei.«

»In welchem Gebäude war derjenige, der angerufen hat?«

»Ich weiß es nicht. Vielleicht in diesem. Oder in dem Wohnhaus daneben. So genau hab ich nicht hingeschaut, für mich war nur wichtig, dass schnell Hilfe kommt, was ja auch so gewesen ist, weil er gleich angerufen hat.«

»Er? Es war also ein Mann.«

»Ich denke schon.«

»Wir müssen ihn befragen. Wir brauchen jede Zeugenaussage, die uns helfen kann, die Täter zu fassen.« Er gab die Anweisung an einen Uniformierten weiter, ebenso, dass er in der Notrufzentrale nach dem Anrufer fragen solle.

Währenddessen hob ein Polizeifotograf die Decke vom Opfer und machte Bilder von der Leiche aus verschiedenen Perspektiven, auch unzählige Nahaufnahmen. Von den Verletzungen, der verkohlten Haut im Gesicht, den verbrannten Haaren, der aufgeplatzten Lippe und den aufgerissenen Augen. Viele Male hörte ich das Geräusch des Auslösers, genauso oft flammte das Blitzlicht auf. Bilder des Todes entstanden.

»Dürfen wir uns in Ihrer Wohnung umsehen?«, riss mich Köchners Stimme aus meiner Beobachtung. »Ich muss wissen, welchen Blickwinkel Sie von oben haben. Das ist wichtig für mich, um mir einen besseren Überblick verschaffen zu können.«

»Natürlich.« Ich war froh, von hier wegzukommen, erhob mich und wankte.

Der Chefinspektor stützte mich. »Alles okay?«

»Entschuldigung ... Es ist nur ... Das alles ist ein wenig viel für mich.« Meine Schwäche war mir peinlich.

»Dafür müssen Sie sich nicht entschuldigen. Warten Sie, ich helfe Ihnen.« Er bot mir seinen Arm an, ich hakte mich unter. Nur für ein paar Schritte, bis ich mich wieder sicherer fühlte. Dieses Gefühl hatte ich dringend nötig. Er winkte einen weiteren Polizeibeamten herbei, der uns begleiten sollte.

Wir überließen Amir Saidi der Spurensicherung, die ein Zelt als Sichtschutz aufbaute, um ungestört arbeiten zu können. Später würden sie ihn in einen Blechsarg hieven, den Deckel schließen und die Leiche in die Gerichtsmedizin schicken.

Wir querten die Straße, Köchner hob das Absperrband an und ich schlüpfte untendurch, mitten hinein in das Gewühl schnatternder Menschen, die wissen wollten, was ich beobachtet hatte.

Im Haus, in dem ich lebte, schleppte ich mich die vier Stockwerke hinauf in meine Wohnung, die auch für mich eine Art Asyl war, weil ich durch deinen Tod nirgendwo Halt fand.

Ich hatte die Tür, als ich nach unten gestürzt war, um Amir Saidi zu helfen, nicht versperrt, sie stand sperrangelweit offen. Doch ich verschwendete keinen Gedanken daran, dass jemand in der Zwischenzeit in mein Zuhause eingedrungen sein könnte. Zu sehr war ich mit dem Hier und Jetzt beschäftigt und bemüht, alles möglichst schnell hinter mich zu bringen.

Der Wind pfiff uns entgegen. Natürlich, ich hatte auch das Fenster nicht geschlossen, dadurch war es in meiner Wohnung jetzt eisig kalt, beinahe wie draußen. Der Chefinspektor schloss es, dafür dankte ich ihm. Während ich mich an den Küchentisch setzte, erschöpft und weiterhin die Decke um meine Schultern festhaltend, blieb Köchner am Fenster stehen und versuchte sich wohl vorzustellen, was ich von dort aus beobachtet hatte. Es war zu riskant, sich lediglich auf Zeugenaussagen zu verlassen. Gerade mir waren die Unschärfe des menschlichen Erinnerungsvermögens und die Gefahr, Reales mit Erfundenem zu vermischen, aufgrund der Ermittlungen nach deinem Tod bekannt.

»Sie haben hier gestanden?«, fragte er.

»Genau.«

»Und das Opfer ist von dort drüben gekommen?« Er deutete in die entsprechende Richtung.

»Ja.«

»Die Täter demnach von der anderen Seite.«

»So ist es gewesen.« Ich gähnte, am liebsten hätte ich mich auf die Couch hingelegt, aber ich bezweifelte, dass ich tatsächlich schlafen könnte.

»Sie haben also von hier aus beobachtet, wie die Täter das Opfer angegriffen haben?«

»Das sagte ich schon.«

»Und als das Opfer am Boden gelegen hat, sind Sie in die Küche, haben sich ein Messer und einen Besen geholt und sind damit aus der Wohnung.«

Ich nickte.

»Wir haben beides neben der Leiche gefunden«, sagte der andere Polizist. »In ein oder zwei Metern Entfernung.«

»Ich hab sie fallen lassen, als die Männer davongerannt sind. Ich brauchte sie dann ja nicht mehr.«

Köchners Handy läutete. Er nahm das Gespräch entgegen, hörte zu, bedankte sich und legte auf. »Wir haben denjenigen gefunden, der die Einsatzkräfte alarmiert hat. Er sagt, er habe nur Sie bei dem Toten gesehen, sonst keinen.«

»Weil die Männer da schon weggewesen sind«, erwiderte ich.

»Gibt es jemanden, der Ihre Geschichte bestätigen kann?«

»Nein, tut mir leid.«

»Sie brauchen sich nicht andauernd zu entschuldigen, wenn Sie nichts getan haben. Sie haben doch nichts getan, was mit dem Mord im Zusammenhang steht?«

»Nein!«, wehrte ich ab. Plötzlich war ich wieder hellwach. »Es war genau so, wie ich es Ihnen erzählt habe. Da waren diese drei Männer, und die haben ihn umgebracht!«

»Ich halte von Flüchtlingen auch wenig. Die kommen hierher und erwarten, dass wir ihnen den roten Teppich ausrollen und sie mit unseren Steuergeldern durchfüttern. Aber integrieren wollen sie sich nicht. Manche können selbst nach 20 Jahren kein ordentliches Deutsch. Wenn der Staat daran scheitert, die abzuschieben, nehmen es manche selbst in die Hand. Nicht dass ich Selbstjustiz oder Mord gutheißen würde, aber es wundert mich kaum, wenn die Leute in bestimmten Situationen, aufgehetzt durch rechte Randgruppen, die Kontrolle verlieren. Und dann passiert halt mal was!«

Ich drehte mich zu dem Uniformierten um, der eben diesen Mist von sich gegeben hatte. Breitbeinig stand er in der Tür und füllte diese beinahe aus. Als er meinen Blick bemerkte, fragte er: »Was? Die leben hier in Saus und Braus auf unsere Kosten, nehmen uns die Jobs weg, und der Österreicher bleibt auf der Strecke. Unsere Frauen können nachts nicht mehr auf die Straße oder am Tag durch den Park gehen, weil sich da das Gesindel rumtreibt, das von Frauen einen Scheißdreck hält. Ich kann mir schon vorstellen, dass da mal einer kurzen Prozess macht.«

»Wie können Sie so etwas Abscheuliches sagen?«, fuhr ich ihn an. »Ein Mensch ist gestorben. Ein Mensch wie Sie und ich!«

»Also wie ich war der gewiss nicht. Ich arbeite und reiß mir den Arsch auf und kann trotzdem nicht …«

»Halten Sie die Klappe, Achleitner!«, fuhr Köchner seinen Kollegen an.

Der Angesprochene legte die Stirn in Falten. »Wenn's doch wahr ist! Die meisten Probleme haben wir Polizisten mit Ausländern und …«

»Am besten, Sie gehen runter zu den anderen und helfen denen!«, befahl Köchner. Sein schneidender Tonfall lud die Atmosphäre zusätzlich auf. Die Adern an seinem Hals traten pochend hervor.

»Aber …«

»Raus!«, schrie Köchner.

Für einen Augenblick herrschte Schweigen. Die Männer sahen sich kampfeslustig an. Dann zog der Angebrüllte es vor, der Aufforderung nachzukommen. Meine Wohnungstür fiel knallend ins Schloss.

»Es tut mir leid«, entschuldigte sich Köcher und kam zu mir an den Tisch.

»Sie müssen sich nicht andauernd entschuldigen«, verwendete ich denselben Satz, den er zuvor zu mir gesagt hatte.

Ein Lächeln huschte über sein Gesicht. Ich erwiderte es.

»Ich glaube, Sie müssen sich jemand anderen suchen, der Ihnen bei den Ermittlungen hilft. Dieser Achleitner ist offensichtlich ein …« Ich wagte das Wort nicht auszusprechen, das mir auf der Zunge brannte.

Doch Köchner verstand auch so. »Ich weiß.«

»Bei der Polizei ist so eine Einstellung nicht hilfreich.«

Köchner nickte.

Klar, auch das wusste er. »Wie lange brauchen wir noch? Ich bin hundemüde«, wechselte ich das Thema. Ich war mir sicher, dass der Chefinspektor nicht weiter mit mir über seinen Kollegen reden wollte.

»Fürs Erste sind wir fertig. Ich bitte Sie aber, morgen zu uns aufs Landeskriminalamt zu kommen, damit wir Ihre Zeugenaussage zu Protokoll bringen können.« Er legte mir seine Visitenkarte auf den Tisch.

»Ich werde da sein.«

»Ich schicke die Sanitäter rauf, die nehmen Sie mit ins Krankenhaus. Dort werden Sie durchgecheckt.«

»Das ist nicht nötig, mir geht es gut.« Ich wollte die Wohnung nicht noch einmal verlassen, sondern mich sofort ins Bett legen und von einer besseren Welt träumen.

»Ihnen geht's beschissen«, brachte es Köchner auf den Punkt.

»Sie haben recht.«

»Wir sehen uns morgen, außer Sie müssen im Krankenhaus bleiben. In dem Fall rufen Sie mich bitte an.« Er deutete auf die Visitenkarte.

»Mach ich«, antwortete ich zuversichtlich, dass dann alles vorüber wäre. Doch eigentlich fing es jetzt erst richtig an.

6. KAPITEL

»Verdammt noch mal! Sie kann uns identifizieren! Ich hab gedacht, dass es dafür viel zu dunkel gewesen ist. Sie hat unsere Gesichter doch gar nicht richtig sehen können, wir sind ja gleich abgehauen!« Heimo Stulm knallte die Tageszeitung auf den Tisch und holte aus dem Kühlschrank eine Bierdose. Mit einem Zischen öffnete er sie und trank gierig, als könnte der Alkohol alles ungeschehen machen. Als würde er ihm helfen, eine Lösung für das Problem zu finden.

»Gib mal her«, verlangte Leon Galmeier und streckte die Hand nach dem bedruckten Papier aus. Anstelle von Heimo reichte es ihm Finn Pokrovski.

Leon las den Bericht in einer der größten Tageszeitungen Österreichs. Dass es gestern Abend einen grauenhaften Mord gegeben habe, mitten in Linz. Drei unbekannte Männer hätten einen Asylwerber aus Afghanistan niedergeschlagen, mit einer geringen Menge Benzin übergossen und dann angezündet. An was der junge Mann tatsächlich verstorben sei, ob an den Schlägen oder durch das Feuer, würde die für heute angesetzte Obduktion klären. Es gäbe auch eine Zeugin. Sie habe die Tat beobachtet und durch ihr beherztes Auftreten die Täter in die Flucht geschlagen, schrieb die Reporterin, die zwischen den Zeilen durchklingen ließ, dass sie das ziemlich mutig fand.

Leon ballte die Hände zu Fäusten, atmete tief durch und las weiter.

Nun sei man auf der Suche nach den Männern, die bei einer Gegenüberstellung durch die Zeugin identifiziert werden sollten. Es mögen sich bitte alle, die etwas zur Aufklärung des Mordes an dem jungen Mann beitragen könnten, bei der Polizei melden.

»Scheiße!«, fluchte Leon und ließ die Zeitung sinken. Sie saßen so richtig in der Klemme. Das hatte er nicht vorausgesehen, als ihnen der Asylant auf der Straße entgegengekommen war. Es hätte ein Spaß werden sollen, eine Aufheiterung für seine Freunde, weil ihre Laune einen Tiefpunkt erreicht hatte. Und es war als Abschreckung für den Afghanen und seinesgleichen gedacht gewesen, der daraufhin den in seinem Heimatland Verbliebenen berichten hätte sollen, dass es besser war, nicht hierherzukommen.

Doch die Stimmung war durch die Aussage seines Freundes, dass Leon homosexuell sein könnte, derart aufgeheizt gewesen, dass sie die Kontrolle verloren hatten. Sie waren im Blutrausch gewesen, hatten zuvor getrunken. Er stellte sich vor, dass die Polizei jeden Moment durch die Tür gestürmt käme und sie wegen Mordes an dem Asylanten festnähme. Sein Großvater würde sich vor Scham im Grab umdrehen oder gar wiederauferstehen, um seinem Enkelsohn eine schallende Ohrfeige zu verpassen. Weil ein Asylant es in seinen Augen nicht wert war, dass man für ihn in den Bau einfuhr. Und weil sein Enkelsohn es offenbar nicht schaffte, jemanden aus dem Weg zu räumen, ohne dafür verhaftet zu werden.

»Das ist noch milde ausgedrückt«, kommentierte Heimo Leons Fluchen und setzte sich an den Tisch.

Nachdem Finn heute Morgen den Zeitungsartikel entdeckt hatte, hatten sie sich in seiner Wohnung getroffen, um die Lage zu besprechen.

»Ja, verdammte Scheiße!«, echote Finn. »Was tun wir jetzt? Wenn uns die Tussi beschreiben kann, ich meine, wenn die Bullen mit ihrer Hilfe so ein Phantombild von uns erstellen, dann war es das! Dann heißt es ab in den Knast nur wegen einem Kanaken!« Die Furcht stand Finn ins Gesicht geschrieben.

»Wahrscheinlich kriegen wir lebenslänglich«, goss Heimo zusätzlich Öl ins Feuer. »Und ganz ehrlich, 25 Jahre Knast überlebe ich nicht.«

»Scheiße, Mann! Damit ist unser Leben vorbei …« Finn raufte sich die Haare.

»Jetzt haltet mal die Luft an!«, ging Leon dazwischen. »Ihr heult ja herum wie Mädchen.«

»Hast du einen Vorschlag, wie wir da rauskommen?«, blaffte Heimo ihn an. »Na los, spuck ihn aus!«

»Wir müssen etwas gegen diese Zeugin unternehmen, sodass sie uns eben nicht identifizieren kann«, offenbarte Leon seine Gedanken.

»Und wie willst du das anstellen? Ihr die Augen auskratzen, damit sie uns bei einer Gegenüberstellung nicht anschauen kann?« Heimos Fragen trieften vor Sarkasmus.

»Oder sie auch umbringen?« Finns Blick haftete auf Leon wie eine Klette an einem Lodenmantel. Er schien tatsächlich einen weiteren Mord in Erwägung zu ziehen, damit niemand auf ihre Fährte kam.

»Wir jagen ihr eine Scheißangst ein. Wir machen ihr klar, dass sie tot ist, wenn sie uns identifiziert. Wir zerstören sie, zerschneiden ihr schönes Gesicht, bis nichts mehr davon übrig ist und sie sich wünscht, sie wäre uns nie begegnet. Dass sie nie ihr Maul aufgerissen hätte. Ja sogar, dass sie sich wünscht, nie geboren worden zu sein. So weit würde ich gehen!« Während Leon sprach, verzerrte sich sein Gesicht zu einer hässlichen Fratze. In seinem Kopf nahm bereits alles Gestalt an, lief wie ein Film vor seinem inneren Auge ab. Das putschte ihn auf, und er redete sich in Rage. »Und wenn wir mit ihr fertig sind, wenn sie sich wünscht, dass sie tot wäre, machen wir mit ihrer Familie weiter. Und das sagen wir ihr! Sie soll verdammt noch mal Angst um sie haben!«

»Und wir hacken ihr einen Finger ab«, schloss sich Finn den gewalttätigen Ausführungen seines Freundes an.

»Oder gleich alle Finger«, schlug Heimo in dieselbe Kerbe. »Sie hat es verdient! Wenn sie uns ans Bein pinkelt, tun wir das bei ihr auch!«

»Sie wird ihres Lebens nicht mehr froh werden, weil sie nie wissen wird, ob wir nicht plötzlich hinter ihr stehen und ihr die Kehle aufschlitzen, wie das bei Verrätern so üblich ist«, spann Leon den Faden weiter.

»Oder wir übergießen sie mit Benzin und fackeln sie ab. Einen Vorgeschmack davon hat sie ja bereits bekommen.« Heimo lachte, und sein Blick wanderte Zustimmung heischend zwischen Leon und Finn hin und her. Es war seine Idee gewesen, das Benzin aus ihren Sturmfeuerzeugen zu benutzen, um den Afghanen anzuzünden.

»Und wir machen ihr klar, dass wir nicht nur zu dritt sind, sondern dass wir zu einer großen Familie gehören. Wir sind viele, an jeder Ecke wird einer lauern, wenn sie das Haus verlässt. Unsere Freunde werden uns sicher dabei helfen.« Leon spürte wieder Zuversicht. Die anfängliche Angst, einen schweren Fehler begangen zu haben, der sie in den Knast bringen könnte, schmolz wie Himbeereis in der Sonne.

»Verdammt guter Plan!« Heimo grinste. »Aber wo finden wir die Tussi? In der Zeitung steht nicht, wie sie heißt.«

»Sie wohnt bestimmt in der Nähe, wo wir den Asylanten in Rauch aufgehen lassen haben«, schlussfolgerte Finn. »Sie hat keine Jacke angehabt. Vielleicht hat sie von einem Fenster aus beobachtet, wie wir den Typen kaltgemacht haben.«

»Hier ist ein Foto in der Zeitung, wo sie mit zwei Männern die Straße überquert, wahrscheinlich sind das Polizisten.« Leon deutete auf das Bild. »Leider ist sie nur von hinten zu sehen, aber ich kann mich gut an sie erinnern, würde sie also wiedererkennen. Es schaut aus, als wären sie in eines der Wohnhäuser gegangen, als der Fotograf dieses Foto gemacht hat. Vielleicht, weil sie dort lebt und die Bullen sie nach Hause gebracht haben. Wenn wir uns in dieser Straße auf die Lauer legen …«, Leons Finger pochte auf das Foto, »… läuft sie uns bestimmt bald in die Arme.«

»Auf was warten wir noch?« Finn sprang auf.

»Nicht am helllichten Tag, wo uns alle sehen können«, hielt Leon seinen Freund zurück. Finn war ein braver Soldat, aber nicht besonders helle im Kopf. Diese Tatsache und sein Drang, unbedingt auf der richtigen Seite stehen zu wollen, machten ihn gefährlich. »Wie du dir sicher vorstellen kannst, herrscht in der Gegend aufgrund unserer Heldentat bestimmt die volle Aufregung. Viele wollen sich die Stelle anschauen, an der wir den Kanaken erledigt haben. Vielleicht ist sogar die Polizei vor Ort und macht Fotos von dem Platz und den Schaulustigen.«

»Das wird eine verdammte Pilgerstätte werden«, warf Heimo angewidert ein. »Die Leute werden haufenweise Blumen und Kerzen niederlegen und Tränen des Mitleids vergießen. Dabei sollten sie uns danken, dass es in unserem Land nun sicherer ist. Diese Typen sind doch alles Verbrecher!«

»Das war doch eh schon immer so. Dagegen wettern, aber selber nichts tun. Und wenn dann einer etwas unternimmt, ist es auch wieder nicht recht. Aber was kratzt uns das?«, fragte Finn, der schon in den Startlöchern stand. Er wollte die Sache so schnell wie möglich in Ordnung bringen. In ihre Ordnung.

»Die ganze Aufmerksamkeit steht uns zu und nicht dem!«, blieb Heimo trotzig. Nun war er es, der mit dem Finger auf ein Foto in der Zeitung deutete. Es zeigte, wo der Tote gelegen hatte. Als der Fotograf abgedrückt hatte, war der Leichnam allerdings schon weggebracht worden. »Wir haben dafür gesorgt, dass uns eine Laus weniger über den Pelz läuft! Wir beschützen unsere Frauen und Kinder! Was ist daran falsch? Wir sind Helden, verdammt noch mal!«

»Schon gut! Wir gehen in der Nacht dorthin und erkunden die Umgebung«, versuchte Leon mit fester Stimme seine Freunde, die Blut sehen wollten, zu beruhigen. »Wir inspizieren die Straße und die Häuser rundum. Wir nehmen diese Seite aus der Zeitung mit, dann finden wir das Gebäude, das im Hintergrund auf dem Foto zu sehen ist. Denn ich bin mir sicher, dass darin unsere ach so tapfere Zeugin eine Wohnung hat. Und dann beratschlagen wir vor Ort, wie wir weiter vorgehen.« Leons Blick wanderte zwischen Finn und Heimo hin und her.

Keiner erwiderte etwas. Beide dachten über seine Worte nach.

Für einen Augenblick glaubte Leon, dass sie sein Vorhaben ablehnen würden und die Zeugin gleich ausschalten wollten. Aber das wollte er nicht. Er würde gewiss nicht die Schuld für noch einen Todesfall auf sich laden. Der Tod des Afghanen war ein Unglück gewesen, das Ganze war außer Kontrolle geraten. Das durfte nicht noch mal passieren, sonst kamen sie einem Gefängnisaufenthalt immer näher.

»Gut! So machen wir es«, sagte Heimo endlich. Auch seine Hoffnung, doch nicht in den Bau wandern zu müssen, schien zurückgekehrt zu sein.

Finn war ebenso mit von der Partie. »Ja, das könnte klappen«, sagte er, stand auf und holte drei frische Bierdosen aus dem Kühlschrank. »Darauf stoßen wir an.« Die Männer prosteten einander zu.

Die Stimmung in der Wohnung wurde immer ausgelassener. Sie hatten einen Plan, der funktionieren würde, da waren sie sich sicher. Wenn sie es richtig anstellten, würde er sie nicht nur vor dem Knast bewahren, sondern sie auch zu Helden in der Szene machen.

Und vielleicht sogar darüber hinaus.

7. KAPITEL

Am Morgen wurde ich aus dem Krankenhaus entlassen. Sie hatten mich über Nacht dabehalten, zur Beobachtung, wie sie es nannten. Darüber war ich nach anfänglichem Widerstand froh gewesen, da mir das Krankenzimmer eine räumliche Distanz zu dem Mord an dem jungen Afghanen geboten hatte und ich nicht in der Nähe des Ortes, wo es passiert war, hatte schlafen müssen.

Ich hatte das Licht angelassen und die Nacht in einem hellen, freundlichen Zimmer verbracht, umgeben von mich umsorgenden Menschen. Geschlafen hatte ich nicht. Zu sehr waren mir die furchtbaren Bilder der vergangenen Stunden im Kopf herumgespukt.

Nachdem die Ärzte und Krankenschwestern gehört hatten, was passiert war, waren auch sie fassungslos gewesen. Nicht jeder hatte seine Meinung laut ausgesprochen, aber in ihren Gesichtern hatte ich die Betroffenheit darüber gelesen.

Nach dem Frühstück – von dem ich nichts hinunterbekommen hatte außer ein paar Schlucke Kaffee – hatte eine Schwester meine Brandwunden neu versorgt, und ich hatte anschließend das Spital verlassen dürfen. Nun war ich auf dem Weg ins Landeskriminalamt, um meine Aussage zu Protokoll zu bringen.

Chefinspektor Gerhard Köchner erwartete mich bereits, führte mich in sein Büro und bot mir einen

Stuhl an. Nach ein paar höflichen Worten, wie es mir denn ginge, verlangte er, dass ich mich an jedes noch so kleine Detail des Mordes an Amir Saidi erinnerte. Wie spät es gewesen war, was ich zu jenem Zeitpunkt getan und warum ich aus dem Fenster geschaut hatte ... Welche Kleidung die Männer getragen hatten, welche Schuhe und welche Haarschnitte sie gehabt hatten, welche Hautfarbe ... Ob irgendwo ein Auto geparkt hatte oder ich etwas gehört hatte, als Amirs Mörder davongelaufen waren – einen Motor vielleicht ... Ob Amir Saidi noch gelebt hatte, als ich zu ihm hingerannt war, ob er etwas gesagt hatte, das Rückschlüsse auf das Tatmotiv zuließ ... All das wollte Köchner wissen und bohrte tief in meinen Erinnerungen.

Wunden rissen auf. Alte und neue.

Selbstverständlich hatte Köchner längst in Erfahrung gebracht, wie du gestorben warst, hatte alles gelesen, was vor drei Jahren in den Akten darüber notiert worden war. Er wusste, dass ich mitten in unserem Ort überfallen worden war. Ich war bespuckt und wie eine Aussätzige behandelt worden. Die Dorfbewohner hatten Steine durch die Fenster unseres Hofes geworfen und den Schuppen unseres Nachbarn angezündet. Und sie hatten mich verdächtigt, deine Mörderin zu sein.

»Sie haben eine Menge durchgemacht«, sagte er, als wir endlich mit der Befragung fertig waren.

Ich nickte erschöpft. »Gott sei Dank ist es jetzt ja vorüber.«

»Es kann sein, dass wir noch mal mit Ihnen reden müssen ... falls Unklarheiten auftauchen.« Auf Köchners Gesicht zeigte sich keinerlei Gefühlsregung.

»Welche Unklarheiten?«, fragte ich misstrauisch und

fühlte mich in die Zeit von vor drei Jahren zurückkatapultiert, als ich wegen deines Todes in der Polizeiinspektion in Freistadt gesessen und unter dem Verdacht gestanden hatte, dich umgebracht zu haben. Wie eine Verbrecherin hatte ich mich gefühlt. Die Parallelen zu damals nahmen mir jegliches Vertrauen in den Mann, der vor mir saß und Unterlagen auf seinem Schreibtisch zurechtschob, als unterhielten wir uns über das Wetter. Der Papierkram türmte sich in mehreren Stapeln, Stifte und Kugelschreiber lagen verstreut dazwischen, obenauf mehrere Handschuhe, wie sie Kriminalbeamte trugen, um keine Spuren an einem Tatort zu hinterlassen.

»Unklarheiten, die sich im Zuge der Ermittlungen ergeben können«, antwortete Köchner.

Ich nickte, aber in meinem Inneren brodelte es. Zwischen den Zeilen las ich den Argwohn mir gegenüber deutlich heraus. Ich wollte so schnell wie möglich weg von hier. Unruhig verlagerte ich mein Gewicht auf dem Stuhl, der mir jetzt wie eine Anklagebank vorkam. Vielleicht war ich aber auch paranoid, ausgelöst durch meine Erfahrungen von vor drei Jahren mit der Polizei. Möglicherweise waren Köchners Fragen die üblichen, die man in so einem Fall Augenzeugen stellte. Ich konnte mir jedoch genauso gut das Gegenteil vorstellen, atmete tief ein und versuchte, die aufsteigende Panik zu bekämpfen.

»Und natürlich müssen wir Sie bitten, wenn wir die Täter schnappen, sie bei einer Gegenüberstellung zu identifizieren«, fügte Köchner an.

»Natürlich.« Ich unterdrückte den Impuls, vom Stuhl aufzuspringen und davonzurennen.

»Kommen Sie zurecht oder brauchen Sie Hilfe?«

Eine Frage, auf die ich keine Antwort wusste.

»Ich kann Ihnen Namen von Psychologen nennen, die Sie unterstützen, das Erlebte zu verarbeiten und …«

»Ich habe bereits eine Therapeutin«, unterbrach ich ihn.

»Das ist gut.«

Nein, das war es nicht. Besser war es, wenn man keinen Seelenklempner brauchte.

»Soll ich Sie in Ihre Wohnung fahren?«

»Ich nehme den Bus«, erwiderte ich und stand auf. Dabei stieß ich beinahe den Stuhl um, brabbelte eine Verabschiedung und verließ Köchners Büro.

Draußen auf der Straße brauchte ich ein paar Minuten, um mich zu beruhigen. Die Kälte stach mir ins Gesicht und trieb mich an, nicht stehen zu bleiben. Dass heute mal die Sonne schien, bemerkte ich nicht. Meine Beine gingen einfach weiter, und je mehr Distanz ich zwischen mich und das Landeskriminalamt brachte, umso besser fühlte ich mich. Umso mehr löste sich das drückende Gefühl in meiner Brust.

Auf dem Weg zu meiner Wohnung kam es mir vor, als beobachtete mich jemand. Mehrmals drehte ich mich um und kontrollierte, ob ich verfolgt wurde. Von Amir Saidis Mörder vielleicht, die mir Böses wollten, was absurd war, da die nicht wissen konnten, wer ich war. Möglicherweise war auch jemand anderes hinter mir her, Köchner zum Beispiel. Ich hatte gespürt, dass er mir gegenüber vorsichtig gewesen war, dass er mir misstraute …

Oder lag seine Zurückhaltung daran, dass er mich schonen wollte? Weil ich, wie er selbst gesagt hatte, schon so viel durchgemacht hatte?

Ich stieg in den nächsten Bus, musterte die Fahrgäste, die sich aber nicht für mich interessierten. Das Gefühl, verfolgt zu werden, verschwand. Ich starrte aus dem schmutzigen Fenster, die Welt zog an mir vorbei, ohne dass ich es mitbekam. Die Menschen, die dort draußen einkauften, miteinander plauderten oder einfach nur von einem Ort zum anderen unterwegs waren, sah ich nicht. Ich nahm auch keine Gebäude wahr, keine Reklameschilder, keine Autos. Ich wollte einfach nur nach Hause.

Später verließ ich den Bus und legte das letzte Stück zu Fuß zurück. Am Tag sah es hier ganz anders aus, viel lebendiger. Die Sonne schien, und alles wirkte so freundlich, als hätte es den Mord nie gegeben.

Dort, wo Amir Saidi gestorben war, hatten sich zahlreiche Menschen versammelt. Hunderte von Kerzen waren aufgestellt worden, ein Meer aus Lichtern flirrte mir rot und weiß entgegen. Dazwischen lagen Blumen, die in der folgenden Nacht Opfer des Frostes werden würden, doch jetzt bildeten sie gemeinsam mit den Kerzen ein Mahnmal für mehr Toleranz und Mitgefühl. Ein Gemälde aus Trauer und Liebe für einen Menschen, den ich nicht gekannt hatte und dessen Tod mich trotzdem berührte.

Ich hatte mein Ziel beinahe erreicht und ging an den Umstehenden vorbei auf das alte Stadthaus zu.

»Hey! Wohnen Sie hier? Haben Sie von dem Mord letzte Nacht etwas mitbekommen?«, hörte ich jemanden hinter mir rufen.

Ich drehte mich um und sah in die Gesichter zahlreicher Personen, die auf mich aufmerksam geworden waren. Ein Typ mit einem Mikrofon in der Hand kam in meine Richtung, gefolgt von einem Kameramann. Wahrscheinlich war er es gewesen, der mich das gefragt hatte.

Ich wollte kein Interview geben und wandte mich ab. Der Tod sollte kein Geschäft sein, lediglich für den Totengräber. Ich drückte die Tür zu meinem Wohnhaus auf, erklomm mit großen Schritten die vier Stockwerke, entriegelte das Schloss der Wohnungstür und betrat das sichere Innere. Mit zitternden Fingern sperrte ich wieder ab und hakte zudem die Sicherheitskette ein, die ich kurz nach meinem Einzug hatte montieren lassen. An die Tür gelehnt rutschte ich zu Boden. Mein Herz trommelte. Ich spürte nichts anderes. Atmete tief ein und stieß die verbrauchte Luft aus. Wie ich es in der Psychotherapie gelernt hatte. So lange, bis ich mich beruhigt hatte und sich mein Herzschlag normalisierte. Die Panikattacke war vorüber.

Draußen im Stiegenhaus war es still. Wie es schien, waren mir die Reporter nicht in das Gebäude gefolgt.

Ich stand auf und hängte die Jacke an die Garderobe, darunter stellte ich meine Stiefel. Dann holte ich das Handy aus der Handtasche und wählte die Nummer meiner Therapeutin. Das Tonband sprang an und eine fröhliche Stimme teilte mir mit, dass ich außerhalb der Öffnungszeiten anriefe und es am nächsten Tag noch einmal versuchen solle.

Ich setzte mich auf die Couch und wartete auf morgen.

*

In der Nacht schreckte ich aus dem Schlaf hoch. Etwas hatte mich geweckt. Vielleicht der Traum, den ich gehabt hatte … Oder ein Geräusch? Ich lauschte, hörte nichts. Aber das Gefühl, dass etwas nicht stimmte, blieb.

Ohne das Licht anzumachen, stand ich auf und schlich durch die Wohnung. Von draußen fiel genügend Helligkeit herein, sodass ich mich mühelos fortbewegen konnte, ohne gegen etwas zu stoßen. Beim Wohnzimmerfenster blieb ich stehen und sah hinab auf die Fülle an Grabkerzen, die dicht aneinandergereiht gelb und rot flackerten. Leuchtende Signale, die stumm die Finsternis durchbrachen und zu mir nach oben flogen, als schickten sie mir eine Botschaft. Ich hatte schon probiert, die Kerzen zu zählen, vergeblich, es waren Hunderte. Ihr Anblick bot mir einerseits Trost, andererseits erinnerte er mich daran, was geschehen war.

Plötzlich hörte ich Schritte. Ich wandte mich ab und ging in den Flur, dort legte ich mein Ohr an die Wohnungstür. Das Quietschen von Gummisohlen auf gefliestem Boden kam näher, die Treppe herauf.

Mitten in der Nacht.

Die Bilder in meinem Kopf überschlugen sich.

Ich wagte nicht, die Tür zu öffnen und nachzuschauen, was draußen vor sich ging. Hoffte, dass es ein anderer tat, der in dem Gebäude wohnte.

Dann ärgerte ich mich über mich selbst, weil ich das Schlimmste annahm, dass jemand unbefugt in das Wohnhaus eingedrungen war und etwas Böses im Schilde führte. Es war doch viel wahrscheinlicher, dass die Ursache für die Geräusche harmlos war. Ein Nachbar vielleicht, der von einer Party nach Hause kam – wahrscheinlich hatte mich das Zufallen der Tür im Erdgeschoss aus dem Schlaf gerissen. Und nun fand er seine Wohnung nicht auf Anhieb, weil er angetrunken war.

Ob ich ihm helfen sollte?

Ich legte eine Hand auf die Klinke, die andere auf den Schlüssel, dann hörte ich Stimmen. Ein Flüstern. Von mindestens zwei Personen. Sie unterhielten sich.

Angestrengt lauschte ich. Versuchte zu verstehen, was gesprochen wurde, doch die Wortfetzen vermengten sich zu einem undefinierten Rauschen.

Ich nahm die Hand von der Klinke, ebenso vom Schlüssel. Keine Ahnung weshalb, aber ich war mir plötzlich sicher, dass da draußen niemand meine Hilfe brauchte. Aus der absurden Angst heraus, dass die Menschen, die mittlerweile vor meiner Tür angelangt waren, sonst meinen Herzschlag hören könnten, trat ich einen Schritt zurück. Die Geräusche ihrer Sohlen verstummten. Keiner sagte mehr etwas.

Ich hielt den Atem an.

Es raschelte.

Ein Blatt wurde durch den Spalt unter der Tür hindurchgeschoben, selbst in der Dunkelheit meiner Wohnung erkannte ich das helle Papier. Das war etwas Böses, spürte ich. Im ersten Moment war ich unfähig, es aufzuheben. Als würde es dadurch weggehen, wenn ich es liegen ließe. Sich einfach auflösen.

Doch es ging nicht weg.

Es lag auch noch nach Minuten dort. Minuten, in denen es draußen wieder still geworden war.

Schließlich löste ich mich aus meiner Starre, eilte zum Fenster und blickte hinab in die Tiefe. Im Schein der Straßenbeleuchtung und der Kerzen entdeckte ich drei Gestalten. Es waren Männer, ihre Silhouetten und wie sie sich bewegten, ließen mich das annehmen.

Dann wandte sich einer von ihnen um. Sein Kopf drehte sich in meine Richtung und er zeigte mir den ausgestreckten Mittelfinger.

Abrupt sprang ich vom Fenster weg, als hätte mich die Geste auch körperlich getroffen. Mir lief es eiskalt den Rücken hinab. Nun war ich mir sicher, dass die Männer dort unten Amir Saidis Mörder waren. Dass sie zurückgekommen waren. Dass sie wussten, wer ich war und wo ich wohnte.

Mit ausreichend Distanz zu meinem Fenster verharrte ich so lange, bis ich sie nicht mehr sah. Und noch weitaus länger, um Gewissheit zu haben, dass sie auch wirklich weg waren.

Dann schleppte ich mich zurück zur Eingangstür, die nicht dieselbe Sicherheit ausstrahlte wie zuvor. Denn nun war der Feind in meine Wohnung eingedrungen, wenn auch nur indirekt, über das Blatt Papier, das mich jetzt vom Boden aus anstarrte.

Feindselig.

Bedrohlich.

Ich bückte mich und hob es auf. Es war ein Computerausdruck mit lediglich einem einzigen Satz darauf.

Wenn du leben willst, dann halte die Klappe, sonst ergeht es dir wie dem Afghanen!

8. KAPITEL

Den nächsten Tag verbrachte ich im Bett. Mein Körper fühlte sich wie ein Sack Kartoffeln an, ich war kaum in der Lage, mich zu bewegen. Also blieb ich liegen und ging meine Möglichkeiten durch. Liegen bleiben und nichts tun war eine Option, mit dem Drohbrief zur Polizei gehen eine andere. Beide fand ich wenig beruhigend. Aber wenn die Täter gefasst würden, wäre ich zumindest in Sicherheit, solange die Männer hinter Gitter saßen.

Und dann?

Dann würden solche Typen doch gewiss auf Rache sinnen, weil ich es gewesen war, die sie identifiziert hatte. Meinetwegen wären sie ins Gefängnis gewandert. Wenn die Polizei Amirs Mörder jedoch nicht fand, würde ich zeit meines Lebens in Gefahr schweben. Jetzt. Morgen. In einem Jahr. In zehn Jahren und darüber hinaus.

Also, was sollte ich tun?

Da meine Hand eingeschlafen war, drehte ich mich auf die andere Seite. Aber auch so schaffte ich es nicht, eine Entscheidung zu fällen.

Mein Handy klingelte, ich ging nicht ran, sondern redete mir ein, dass ich in Sicherheit war, wenn ich keinen Kontakt zur Außenwelt hatte. Dann konnte ich nichts Falsches sagen, nichts verraten, wem auch immer. Dann würde ich weiterleben. Heute. Morgen. In zehn Jahren und darüber hinaus.

Stunden später musste ich auf die Toilette. Anschließend wusch ich mir im Bad die Hände und spritzte mir ein wenig Wasser ins Gesicht. Als ich ins Schlafzimmer zurückging, kam ich am Computer vorbei. Plötzlich wollte ich wissen, was die Welt da draußen über den Mord an Amir Saidi berichtete, und hoffte, dabei auch etwas über eine Verhaftung der Täter zu finden. Dann wäre ich einen Teil meiner Probleme los. Ich setzte mich an den Computer und öffnete den Browser. In den Nachrichtenportalen war der Mord Tagesthema. Aufgewühlt klickte ich mich durch die Schlagzeilen.

Brutaler Mord an einem Asylwerber in Linz
Feige Mörder überfielen jungen Afghanen
Täter zündeten Opfer bei lebendigem Leib an

Headlines, die das Entsetzen ausdrückten. Das Unfassbare lesbar machten. Alle Medien berichteten darüber, erzählten von Amir Saidi, der aus Afghanistan geflohen war, um hier sicher zu sein.

Er hatte den Raketenangriff durch die Taliban auf sein Dorf in Afghanistan überlebt, die Tausende Kilometer lange Flucht, nicht aber den Hass dreier Männer. Drei Österreicher waren unbewusst zu Handlangern der Taliban geworden und hatten deren Mission erfolgreich zu Ende geführt, auch darüber berichteten die Journalisten.

Ich weinte, als ich Amir Saidis Geschichte las. Von einer Verhaftung der Täter fand ich nichts.

Ebenso wurde in den sozialen Netzwerken über den Fall diskutiert, spekuliert und fantasiert. Während die Presse den Mord einhellig verurteilte, meldeten sich auf Facebook und Twitter Menschen zu Wort, die das anders sahen. Sie schrieben von einem Glücksfall, dass nun ein Flüchtling weniger dem österreichischen Staat auf der Tasche liege. Dass dieser Afghane ohnehin irgendwann eine Straftat begangen hätte und man dem nur zuvorgekommen sei. Und dass diese eine Zeugin nicht mutig, sondern dumm gewesen sei, und sie sich überlegen solle, auf welcher Seite sie stünde, damit ihr nicht das Gleiche passiere. In Österreich gäbe es viel zu viele solcher Gutmenschen und wir bräuchten eine Regierung, die verstünde, was »Austria first« bedeute.

Traurig und entsetzt kehrte ich aus dem Internet in die Wirklichkeit zurück. Das Land veränderte sich. Wurde härter. Düsterer.

Ich ging wieder ins Bett.

Als ich das nächste Mal aufwachte, war es draußen dunkel. Ich hatte mehrere Stunden geschlafen und fühlte mich trotzdem nicht ausgeruht. Es war, als hätten sich mein Körper und mein Geist gegen mich verschworen, alles an und in mir war taub. Ich spürte nichts.

Jemand läutete an meiner Tür. Ich blieb im Bett liegen, tat, als hörte ich es nicht.

Mein Handy klingelte irgendwo in der Wohnung.

Ich hielt mir die Ohren zu, wollte, dass es aufhörte, dass es endlich wieder ruhig war.

Das Läuten verstummte.

Doch nun lärmte die Frage in meinem Gehirn, wer das gewesen sein mochte. Vielleicht Amir Saidis Mörder, weil sie mich noch mal einschüchtern wollten? Erschien ihnen die eine Drohung zu wenig, um nachhaltig zu wirken?

Es hämmerte an der Tür.

Ich zuckte zusammen. Das Pochen war derart ohrenbetäubend, dass es meine Nachbarn bestimmt wecken würde. Obwohl ich Angst hatte, stieg ich aus dem Bett. Kraftlos, doch ich konnte nicht liegen bleiben, während dieser Wahnsinnige das halbe Haus aufweckte. In sicherer Entfernung zur Wohnungstür blieb ich stehen. Ich hatte keinen wirklichen Plan, wollte einfach nur so lange hier ausharren, bis der Eindringling verschwunden war.

»Diana?« Jemand rief meinen Namen.

Ich reagierte nicht.

Klopfen.

»Diana!«, wiederholte die Stimme nun mit Nachdruck. Sie gehörte einer Frau.

»Nora?«

»Verdammt noch mal, Diana! Lass mich endlich rein, bevor ich das ganze Haus zusammenschreie. Und glaube mir, das werde ich tun, wenn du mich weiterhin hier draußen stehen lässt!«

Ich zweifelte nicht an den Worten meiner besten Freundin, sofort entriegelte und öffnete ich die Tür. Ich freute mich, sie zu sehen. Irgendwie.

In Noras Gesicht stand deutlich das Entsetzen geschrieben, welches ihr mein Anblick offensichtlich bescherte. An meinen verbundenen Händen blieb ihr Blick haften, und ich wusste, was sie dachte. Dass ich versucht hatte, mich umzubringen. Wieder einmal. Ich war nicht imstande, diesen Irrtum aufzuklären. In meinem Innersten herrschten Unordnung und eine Sehnsucht, dass alles bald vorbei sein möge. Ich wusste selber nicht, was das alles einschloss.

Ohne ein weiteres Wort zu sagen, trat Nora an mich heran und umarmte mich, drückte mich fest an sich, was guttat und den Stau an zurückgehaltenen Tränen endlich löste. Ich fing an zu weinen.

Nora schloss die Tür und führte mich ins Wohnzimmer. Wir setzten uns auf die Couch, sie reichte mir eine Packung Taschentücher und war einfach für mich da. Sie wartete stumm, bis ich keine Tränen mehr hatte, und sah sich währenddessen verstohlen in meiner Wohnung um. Vermutlich prüfte sie, ob sie verdächtige Tabletten fände, ähnlich jenen, mit denen ich nach deinem Tod versucht hatte, mir das Leben zu nehmen. Dabei betrachtete sie immer wieder meine bandagierten Hände. Mitleidig. Und vorwurfvoll, weil ich sie nicht um Hilfe gebeten hatte.

Sie war extra aus unserem Dorf hergefahren, um nach mir zu sehen, weil ich mich nicht gemeldet hatte. Meine Therapeutin hatte sie alarmiert. Die Psychologin hatte mehrmals versucht, mich zurückzurufen, nachdem ich außerhalb der Dienstzeiten probiert hatte, telefonisch einen Termin zu vereinbaren, weshalb meine Nummer in ihrer Anruferliste gespeichert gewesen war. Ich war jedoch nicht rangegangen. Da ich Nora als Kontaktperson für Notfälle angegeben hatte, hatte meine Therapeutin sie angerufen und Nora wiederum mich. Nach mehrmaligen erfolglosen Versuchen war meine beste Freundin dann ins Auto gestiegen und hergefahren. Sie hatte sich große Sorgen gemacht.

Nora war immer für mich da, so wie jetzt. Ich fühlte mich in ihrer Gegenwart sicher. Ihr würde ich alles erzählen. Dem Fluss aus Tränen folgte ein Strom aus Worten.

*

»Du musst unbedingt zur Polizei gehen und denen den Drohbrief – oder wie immer man das nennt – zeigen«, verlangte Nora, als ich geendet hatte.

»Die Typen werden mich umbringen, wenn sie das rauskriegen«, hielt ich dagegen. Das Papier hatte längst die Wirkung entfaltet, wofür es geschrieben worden war: mich einzuschüchtern.

»Die Polizei wird dich beschützen.«

»Aber wie lange? Angenommen, die finden diese Kerle nicht, was dann?«

»Dann kommst du in ein Zeugenschutzprogramm.«

»Du schaust zu viele amerikanische Filme.«

»Ein Zeugenschutzprogramm gibt es auch bei uns«, war sich Nora sicher. »Die Typen dürfen damit nicht durchkommen!«

»Tun sie aber.«

»Die haben jemanden umgebracht!«

»Ich weiß.«

»Ach, Diana ...« Noras Blick war traurig.

»Ich kann nicht, Nora. Ich hab solch eine Scheißangst!«

»Ich verstehe dich ja, die hab ich auch. Vielleicht sollte ich das machen? Ich könnte zur Polizei gehen und ihnen das Schreiben geben. Dann bist du raus aus der Sache!«

»Das ist doch das Gleiche. Egal, wie der Zettel bei der Polizei landet, es fällt immer auf mich zurück. Schließlich haben sie ihn unter meiner Tür durchgeschoben, nicht deiner.«

»Wie kann ich dir sonst helfen?«

»Du hilfst mir, indem du da bist, Nora. Danke, dass du extra hergefahren bist. Ich weiß, es ist nicht leicht, mit mir befreundet zu sein.«

»Da kann ich dir nicht widersprechen.« Nora zwinkerte mir zu. »Was ist mit deinen Händen? Soll ich sie mir mal ansehen?«

Damit sich meine Freundin nicht gänzlich nutzlos fühlte, streckte ich ihr meine Arme hin. Ich hatte ihr erzählt, wobei ich mir die Verbrennungen zugezogen hatte. Sie löste den Verband, strich die Haut mit der Salbe ein, die ich vom Krankenhaus bekommen hatte, und wickelte eine frische Bandage darum.

»Du hättest Apothekerin werden sollen«, sagte ich.

»Ich bin Apothekerin«, erwiderte Nora und lachte.

Durch Noras Anwesenheit ging es mir viel besser. Ihr fröhliches Lachen füllte nicht nur meine Wohnung, sondern drang bis zu meinem Herzen vor. Ich hatte Angst, wie ich mich fühlen würde, wenn sie wieder nach Hause fuhr.

»Hast du Lust, bei mir zu übernachten?«, fragte ich.

»Hast du Chips da?«

»Und Eis.«

»Schokoladeneis?«

»Und Vanille.«

»Keine zehn Pferde würden mich heute Nacht aus dieser Wohnung kriegen!«

Hoffentlich auch keine drei Mörder, dachte ich, sagte davon aber nichts, sondern lächelte meine Freundin tapfer an.

9. KAPITEL

Am nächsten Morgen brach Nora früh auf und fuhr ohne Frühstück in die Arbeit. Mit einem Augenzwinkern sagte sie zu mir, dass die Anzahl der Kalorien, die wir gemeinsam am Abend verdrückt hatten, ohnehin für eine Woche ausreichten und es meine Schuld sei, dass sie nun nichts mehr essen dürfe. Schließlich sei sie auf Diät, um bis zum Sommer ihre Bikinifigur wiederzuerlangen.

Als die Tür hinter ihr ins Schloss fiel, übermannte mich das Gefühl, in meiner Wohnung eingesperrt zu sein. Diese Tür wirkte wie eine Barriere, hinter der Gefahr lauerte, während im Innern der Wohnung eine Art Vakuum existierte. Gestern war Nora wie ein Wirbelsturm durch sie hereingefegt, laut und strotzend vor Energie, und genauso war sie gegangen. Sie hatte alles mitgenommen, was mich in den letzten Stunden wie ein normaler Mensch hatte fühlen lassen.

Die Stille in meiner Wohnung war derart belastend, dass ich anfing, Krach zu machen, um sie zu vertreiben. Als Erstes klopfte ich gegen die Kommode im Flur, dann gegen die Anrichte in der Küche und zum Schluss gegen den Esstisch. Ich summte ein Lied und ging dabei auf und ab, damit Leben einkehrte. Damit ich mich lebendig fühlte. Meine Wohnung war in den letzten beiden Tagen zu meinem Gefängnis geworden, ohne dass ich es bemerkt hatte, weil ich jeglichen Kontakt zur Außenwelt vermieden hatte.

Ich wählte die Nummer meiner Therapeutin. Als sie endlich ranging, hörte ich Erleichterung in ihrer Stimme. Sie habe sich Sorgen gemacht, da ich ihre Rückrufe ignoriert hätte, und sei froh, dass es mir gut ginge. Als ich ihr mitteilte, dass das so nicht ganz stimme, lud sie mich in zwei Stunden zu einem Termin zu sich ein, da ein anderer Patient abgesagt habe.

Dankbar nahm ich das Angebot an.

Den Weg zur Praxis von Dr. Wellner zurückzulegen, fiel mir alles andere als leicht. Er begann mit der Hürde, meine Wohnung zu verlassen. Ich stand mehrere Minuten vor der Tür und starrte sie an. Noch bot sie mir Schutz vor der Welt da draußen, aber sie hinderte mich auch, mir Hilfe zu holen.

Ich riss mich zusammen, drückte die Klinke nach unten, trat hinaus in den Flur und horchte.

Stille.

Alle waren zur Arbeit oder in die Schule gegangen, alle außer mir. Ich hatte mich krankgemeldet, war unfähig, meiner Arbeit in dem Bioladen nachzugehen. Ich schaffte es ja kaum, mich auf den Beinen zu halten, und würde mich am liebsten unter der Bettdecke verkriechen. Doch dass dadurch nichts besser wurde, hatte ich schon bewiesen, also machte ich einen Schritt nach vorn. Trat durch die Tür und verriegelte sie hinter mir. Prüfte, ob sie abgeschlossen war. Dann rannte ich die Treppe hinunter, verließ das Gebäude und sah mich um. Eilte die Straße entlang und kam an den vielen Kerzen und Blumen für Amir Saidi vorbei. Meine Augen flogen über das Lichtermeer und suchten nach Gefahr. Nach Männern, die mir auflauerten. Die mir Böses wollten. Unfähig, die Mimik der Passanten zu deuten, hastete ich weiter und steuerte Minuten später auf die Straßenbahn zu. Bevor ich einstieg, sah ich mich erneut um.

In der Straßenbahn versuchte ich, von den Gesichtern der Fahrgäste abzulesen, was sie antrieb, ob sie zufällig hier waren oder mir folgten. Die meisten starrten auf ihre Handys und nahmen keine Notiz von mir.

Die Tramway blieb stehen, und ich sprang in die wartende Menge hinaus, die mitfahren wollte. Nun schaute ich mich nicht mehr um, da es einfach zu viele Menschen waren. Ich lief, wurde immer schneller, bis ich Seitenstechen bekam, doch ich ignorierte es und rannte weiter.

Nach Luft ringend riss ich die Tür des Stadthauses auf, in dem die Praxis von Frau Dr. Wellner im ersten Stock lag. Vor mir stand ein Mann, der über mein plötzliches Auftauchen erschrak.

»Alles in Ordnung?«, fragte er.

Mir fielen seine blauen Augen auf. Seine dunklen Haare, die seitlich kurz und oben etwas länger waren. Er trug Jeans, dazu ein sportliches Sakko. Die Begegnung war mir unangenehm, ich war verschwitzt, hatte mich nicht zurechtgemacht, als ich von zu Hause aufgebrochen war. Hatte meine bequemen Sachen anbehalten. Nun waren sie mir peinlich. Außerdem keuchte ich wie ein altes Pferd.

»Ja, alles in Ordnung, danke«, erwiderte ich, als ich wieder bei Atem war, und senkte den Blick. Dabei fuhr ich mir durch die Haare, um zumindest annähernd wie ein zivilisierter Mensch auszusehen.

»Okay. Na, dann …« Bevor der Mann verschwand, drehte er sich noch einmal um. Ich hatte den Eindruck, dass er etwas sagen wollte, doch offensichtlich entschied er sich dagegen und trat hinaus auf die Straße.

Ich fragte mich, wer er gewesen war. Ein Patient von Dr. Wellner? Oder ein Hausbewohner? Ich hatte keine Ahnung, was sich außer der Praxis noch in dem Gebäude befand, aber die Idee, dass er hier wohnen könnte, gefiel mir.

Ich stieg die Treppe hinauf in den ersten Stock und betrat die Ordination meiner Therapeutin. Erleichtert stellte ich fest, dass außer mir niemand da war, und setzte mich auf einen der Stühle im Wartebereich. Bis zu meinem Termin war noch ein wenig Zeit, und mit jeder Minute, die verstrich, wurde ich ruhiger. Bis ich mir sogar lächerlich vorkam, weil ich derart gerannt war. Mitten am Tag. In dieser Stadt. In einem Land wie Österreich. Je länger ich in dem Wartezimmer saß, umso absurder erschienen mir meine Ängste. Aber genau deshalb war ich ja hier.

»Grüß Gott, Frau Heller!« Die Stimme der Psychologin riss mich aus meinen Gedanken.

»Grüß Gott, Frau Doktor. Danke, dass ich heute kommen durfte. Es ist wirklich dringend.« Ich stand auf und folgte meiner Therapeutin in den Behandlungsraum. Kaum, dass ich Platz genommen hatte, sprudelten die Ereignisse der letzten Tage aus mir heraus. Es dauerte eine Weile, bis ich Dr. Wellner alles erzählt hatte. Aufgrund ihres wachen Blickes wusste ich, dass sie mir aufmerksam zuhörte. Zwischendurch machte sie sich Notizen.

»Sie haben eine Menge erlebt«, sagte sie, nachdem ich geendet hatte.

»Deswegen bin ich hier.«

»Wie geht es Ihnen?«

»Ich bin hier.« Dass ich mich beschissen fühlte, war doch offensichtlich.

»Sprechen Sie es aus«, verlangte Dr. Wellner.

»Mir geht es nicht gut.«

»Haben Sie den Drohbrief aufgehoben, von dem Sie erzählt haben?«

»Ja, eingetütet in einen Gefrierbeutel.«

Überrascht zog Dr. Wellner die Augenbrauen hoch. »In einen Gefrierbeutel?«

»Wegen der Fingerabdrücke«, erklärte ich.

»Ich rate Ihnen dringend, zur Polizei zu gehen. Sie wissen nicht, zu was diese Männer alles bereit sind, um Sie zum Schweigen zu bringen. Was, wenn es denen nicht reicht, Ihnen zu drohen? Was, wenn sie eines Tages ernst machen? Frau Heller, Sie leben alleine. Wie wollen Sie sich vor diesen Typen schützen?«

»Denken Sie denn, dass sie ernst machen werden?«

»Wenn Sie mich gefragt hätten, ob ich es für möglich halte, dass hier bei uns in Linz ein Asylwerber auf offener Straße angezündet wird, hätte ich das verneint.«

Mir ging es ähnlich.

»Demnach spielt es keine Rolle, was ich denke, Frau Heller. Viel bedeutender ist, was *Sie* von all dem halten. Wie *Sie* sich fühlen. Wie *Sie* sich schützen können. Ich kann nur Empfehlungen abgeben, handeln müssen Sie am Ende selbst.«

»Aber die haben geschrieben, dass es mir genauso ergehen wird wie Amir Saidi, wenn ich zur Polizei gehe«, brachte ich als Gegenargument vor.

»Hieß so das Opfer?«

Ich nickte.

»Ich glaube trotzdem, dass Sie denen alleine völlig schutzlos ausgeliefert sind. So ein Übergriff kann überall passieren. Auf dem Nachhauseweg von der Arbeit …«

Ich hatte mich krankgemeldet.

»… in Ihrer Wohnung …«

Ich würde ein Sicherheitsschloss einbauen lassen. Und eine weitere Sicherheitskette.

»… auf dem Heimweg von einem Termin …«

Scheiße!

»Quasi überall! Ich rate Ihnen: Gehen Sie zur Polizei! Alleine schaffen Sie das nicht.«

Das war nicht das, was ich hören wollte. Aber es war wahrscheinlich das einzig Richtige. »Okay, ich gehe zur Polizei. Und zwar gleich, bevor ich es mir anders überlege.«

»Soll ich Sie begleiten?«, fragte Dr. Wellner.

Ich schüttelte den Kopf. »Das kriege ich schon hin.«

Irgendwie.

10. KAPITEL

Erneut saß ich im Büro von Chefinspektor Gerhard Köchner und wartete auf eine Reaktion von ihm. Diese würde heute anders ausfallen als beim letzten Mal, dessen war ich mir sicher. Dass ich bedroht worden war, musste seine Haltung mir gegenüber verändern, und sein Misstrauen würde sich zerstreuen. Trotzdem knetete ich meine Finger.

Köchner studierte den Zettel in dem Tiefkühlbeutel, den ich ihm überreicht hatte. Auf seiner Stirn zeichneten sich Falten ab. Zweifelsohne überdachte er die Situation. Ich wagte nicht, ihn dabei zu stören, sondern verharrte so lange auf dem Stuhl, bis die Stille unangenehm wurde.

»Was sagen Sie dazu?«, fragte ich, als ich es nicht mehr länger aushielt.

»Wir werden das Blatt auf Fingerabdrücke untersuchen, vielleicht haben wir ja Glück«, antwortete Köchner und hielt das Papier hoch. »Und wenn die in unserer Datenbank sind, werden sie uns zu den Tätern führen. Oder zumindest zu einem von ihnen.«

Ich nickte. »Das ist gut.«

»Wenn jedoch keine Fingerabdrücke darauf sind – wovon ich derzeit ausgehe, da die Täter wahrscheinlich genau wissen, dass wir danach suchen werden –, sind wir so schlau wie jetzt.«

Ich verstand, was der Chefinspektor damit ausdrücken wollte, und fragte: »Wie kann ich helfen?«

»Sie tun gar nichts! Diese Mistkerle zu finden ist unsere Aufgabe«, erwiderte Köchner.

»Bekomme ich Polizeischutz?«

»Wir haben nicht genügend Personal, um jedem, der sich bedroht fühlt, einen Aufpasser vor die Tür zu stellen. Doch ich werde veranlassen, dass ein Polizeiwagen in regelmäßigen Abständen bei Ihnen zu Hause vorbeifährt und nach dem Rechten sieht. Aber versperren Sie zur Sicherheit alle Türen und Fenster …«

»Fenster? Ich wohne im vierten Stock.«

»Dann alle Türen. Und gehen Sie kein unnötiges Risiko ein, indem Sie nachts alleine durch die Stadt laufen. Es kann sein, dass die Männer Sie beobachten.«

Diese Aussage fand ich beunruhigend.

»Ich gebe den Kollegen Bescheid, dass sie sofort mit den Kontrollfahrten anfangen sollen. Mehr kann ich im Augenblick nicht tun, außer weiterhin mit Hochdruck nach den Mördern von Amir Saidi suchen.«

»Danke«, sagte ich, obwohl ich mich keineswegs sicherer fühlte. Die Polizeipatrouillen würden kaum etwas bewirken, wenn sie nur unten auf der Straße vorbeifuhren. Wenn ich tatsächlich beobachtet wurde, würde man ihre Intervalle schnell herausfinden und dazwischen zuschlagen.

»Und sollten die Täter erneut Kontakt zu Ihnen aufnehmen, melden Sie sich bei uns, und zwar umgehend!«

»Das werde ich.«

»Wir brauchen noch Ihre Fingerabdrücke«, wechselte Köchner das Thema.

»Meine Fingerabdrücke? Weshalb?«

»Wir müssen sie auf dem Drohbrief ausschließen können, immerhin haben Sie das Papier angefasst.« Köchner tippte eine Nummer in den Festnetzapparat auf seinem Schreibtisch und bat seinen Gesprächspartner, er möge bitte mit dem entsprechenden Equipment in sein Büro kommen.

Augenblicke später trat ein Mann mit einem Fingerabdruckscanner ein und erklärte mir, was ich tun musste. Ich legte einen Finger nach dem anderen auf das Glas. Indessen zog Köchner aus einem Stapel auf seinem Schreibtisch eine Akte heraus und schlug sie auf. Ich warf einen Blick auf das oberste Blatt und las das Wort »Obduktionsbericht«. Der Chefinspektor legte den Drohbrief darauf. Mittlerweile waren alle zehn Finger gescannt und die Abdrücke gespeichert. Der Mann verließ uns und nahm den Scanner mit.

»Wissen Sie schon, an was Amir Saidi gestorben ist?«, fragte ich und deutete auf die mittlerweile wieder geschlossene Akte. »Ich meine, was die genaue Todesursache ist. Ob er durch das Feuer gestorben ist oder durch die Schläge.«

Der Chefinspektor lehnte sich in seinem Stuhl zurück und sah mich an, als wollte er so herausfinden, warum ich danach fragte.

»Es tut mir leid … Sie brauchen es mir nicht zu sagen, ich dachte nur …«, stotterte ich. Köchners Verhalten verunsicherte mich.

»Er ist an einem schweren Schädel-Hirn-Trauma gestorben«, beantwortete der Chefinspektor meine Frage.

»Er ist also nicht verbrannt? Das Feuer hat ihn nicht umgebracht?«

»Laut Gerichtsmedizin waren die Schläge auf den Kopf ursächlich für den Tod. Wahrscheinlich hat er von dem Feuer nichts mehr mitbekommen, weil er da schon bewusstlos oder vielleicht sogar tot gewesen ist. Teile der Haut sind zwar verbrannt, aber das hätte er überleben können – das steht zumindest in dem Bericht der Gerichtsmedizin.«

Zu verbrennen war ein grausamer Tod, den die katholische Kirche zu Zeiten der Hexenverfolgung im Mittelalter und der Frühen Neuzeit für die der Ketzerei und Hexerei Verurteilten vorgesehen hatte. Ebenso war der Feuertod im Römischen Reich der Spätantike eine beliebte Form der Todesstrafe gewesen. Ich mochte mir gar nicht vorstellen, welche Schmerzen die armen Seelen hatten erleiden müssen, und war ein klein wenig erleichtert, dass Amir Saidi zumindest das erspart geblieben war.

»Danke, dass Sie es mir gesagt haben. Kann ich jetzt gehen?«, fragte ich.

»Eine Sache noch …«

»Ja?«

»Wir haben niemanden gefunden, der Ihre Aussage bestätigen kann, dass drei Männer am Tatort gewesen sind. Was die Identität der Täter angeht, tappen wir völlig im Dunkeln.«

»Ich weiß nicht, wie ich Ihnen da weiterhelfen kann. Befragen Sie die Menschen in den umliegenden Häusern, ob die etwas beobachtet haben …«

»Das haben wir längst gemacht, aber die meisten haben zu dieser Zeit geschlafen und nichts mitbekommen.«

Mir fiel keine andere Lösung ein, das war auch nicht meine Aufgabe, schließlich war ich eine Zeugin und keine Ermittlerin. »Und was heißt das?«

»Es wäre hilfreich, wenn Sie sich mit unserem Polizeizeichner zusammensetzen und mit ihm Phantombilder der Flüchtigen anfertigen könnten.«

»Ich habe die Männer nur kurz gesehen und nicht darauf geachtet, wie sie ausschauen. Ich glaube zwar, dass ich sie erkennen würde, wenn sie mir gegenüberstehen, aber sicher bin ich mir nicht. Ich hoffe, Sie erwarten nicht zu viel von mir.«

»Probieren Sie es! Wir haben sonst nichts, was uns weiterhilft.«

Wenn die Polizei die Täter nicht fasste, wäre ich nie mehr sicher. Diese Männer könnten mich jederzeit bedrohen und mir etwas antun. Mich vielleicht sogar umbringen. Also ließ ich mich von Köchner zu einem Polizeizeichner bringen. Mit ihm kramte ich in meinem Gedächtnis nach Bildern, die die schrecklichen Szenen auf der Straße unterhalb meines Fensters in mir zurückgelassen hatten, und er versuchte, meine Erinnerungen in ein menschliches Abbild zu verwandeln.

Zwei Stunden später starrte ich auf Porträts von Menschen, bei denen ich selber Zweifel hegte, ob sie tatsächlich die Männer zeigten, denen ich begegnet war. Das Probieren von unterschiedlichen Augen und Mündern in verschiedenen Gesichtsformen hatte die Grenze zwischen Vorstellung und Gesehenem wie verlaufende Aquarellfarben verschwimmen lassen. Ich konnte nicht mehr sagen, ob es tatsächlich die Männer waren oder ob die Gestalten meiner Fantasie entsprangen. Das teilte ich Chefinspektor Köchner mit, der darüber wenig erfreut zu sein schien, was ich durchaus verstand.

»Mal sehen, ob wir dennoch etwas damit anfangen können«, sagte er und bat den Zeichner, die Bilder an sämtliche Kollegen zu schicken, damit alle auf dem neuesten Stand waren und die Augen nach den möglichen Tätern offen hielten.

»Sind wir jetzt fertig?«, fragte ich. Die letzten Stunden waren anstrengend gewesen.

»Ja. Und danke, dass Sie sich Zeit genommen haben.« Köchner begleitete mich nach draußen vor das Gebäude in der Nietzschestraße. Dort verabschiedeten wir uns.

Ich wollte direkt nach Hause fahren, da ich völlig erledigt war. Als ich mich auf den Weg zur Bushaltestelle machte, spürte ich, dass mich jemand beobachtete. Wahrscheinlich blickte mir Köchner hinterher. Wie es schien, hatte ich sein Misstrauen nicht gänzlich beseitigen können.

Ich drehte mich nicht um, sondern ging weiter und begann mich dank des kurzen Fußmarschs langsam besser zu fühlen. Vielleicht lag es daran, dass ich die Polizeidienststelle verlassen hatte oder dass ich mit meinem Problem nun nicht mehr allein war. Immerhin hatte ich meine Freundin Nora, meine Therapeutin Dr. Wellner und jetzt noch Chefinspektor Gerhard Köchner eingeweiht, auch wenn Letzterer in sämtliche Richtungen ermittelte, was mich als mögliche Verdächtige wahrscheinlich miteinschloss.

Die Sonne schien, was mich durchatmen ließ, ähnlich erging es wohl den zahlreichen anderen Menschen, die heute ins Freie drängten. Die Gehsteige waren voll und ich schlängelte mich durch die vielen Männer und Frauen, Kinder und Eltern mit Kinderwagen hindurch. In diesem Getümmel rempelte mich ein Mann an.

»Entschuldigung! Ist alles okay?«, fragte er. Er war stehen geblieben und musterte mich.

Mir fielen seine grauen Augen auf, die kurz geschorenen Haare. Er trug Jeans, eine grüne Jacke und Springerstiefel. Unbehagen erwachte in mir.

»Ja, kein Problem«, erwiderte ich und wollte weitergehen. Als ich jedoch bemerkte, dass sich der Rempler nicht von der Stelle rührte, überlegte ich es mir anders. »Es ist nichts passiert, alles gut«, schob ich nach, um ihn zu beruhigen.

Oder um mich zu beruhigen? Denn erst wenn er weitergehen würde, wäre tatsächlich alles in Ordnung.

Er trat an mich heran und beugte sich nach vorn. »Ich weiß, dass du bei der Polizei gewesen bist«, raunte er mir ins Gesicht. »Dafür könnte ich dich kaltmachen! Das nächste Mal, wenn du zu den Bullen rennst, ramme ich dir ein Messer in den Bauch, ohne dass es jemand mitbekommt. Hast du mich verstanden?«

Ich erstarrte. In meinem Kopf tobte ein Orkan. Fragen wurden aufgeworfen. War das einer von Amir Saidis Mördern? Obwohl ich die Männer gesehen hatte, war ich so durcheinander, dass ich mir nicht sicher war.

Was sollte ich tun? Zurück zum Landeskriminalamt laufen? Oder nach Hause?

»Ob du mich verstanden hast, will ich wissen! Aber vielleicht willst du ja, dass ich dich gleich hier an Ort und Stelle absteche«, zischte er mir zu. Dabei verengten sich seine Augen zu schmalen Schlitzen.

Natürlich hatte ich ihn verstanden. Ich nickte.

Wollte schreien, brachte aber keinen Ton heraus.

Nur mein Mund blieb offen stehen.

Ich starrte mein Gegenüber an, war unfähig, davonzulaufen. War wie gelähmt und damit beschäftigt zu atmen. Ich suchte in seinen Händen nach dem Messer, von dem er gesprochen hatte. Sah es nicht …

Der Mann grinste, wandte sich ab und ging weiter. Den Gehsteig entlang, als wäre nichts passiert. Mein Blick folgte ihm und wanderte weiter in Richtung Polizeigebäude. Ich hatte gespürt, dass Köchner mir nachgeschaut hatte, war mir so sicher gewesen, dass er noch da war … Doch der Platz war leer. Niemand stand dort, der die Szene beobachtet haben könnte.

Etwas Warmes lief mein Bein hinunter. Ich hatte mich eingenässt. Vor lauter Panik hatte ich mir tatsächlich in die Hose gemacht, als ich das Messer schon in meinem Bauch gespürt hatte, wie es eingedrungen und herumgedreht worden war, um größtmöglichen Schaden anzurichten.

»Geht es Ihnen gut?« Eine Stimme riss mich aus meiner Angstwelt.

Ich blickte in ein gütiges Gesicht, weiblich, faltig, grauhaarig, um die 70, und wollte etwas sagen, aber die Buchstaben formten sich nicht zu Wörtern. Mit nassen Beinen und Tränen in den Augen wandte ich mich ab, ohne etwas zu erwidern. Es war unhöflich, das wusste ich, aber ich konnte nicht anders.

Den Bus nahm ich nicht. Die anderen Fahrgäste würden den Uringeruch bemerken und mich abstoßend finden. Ich ekelte mich ja selber vor mir und brauchte eine Weile, bis ich eine Haltung beim Gehen gefunden hatte, die weniger unangenehm war, da die Nässe die Kälte förmlich aufsaugte und mich frösteln ließ. Und jedes Mal, wenn meine Beine aneinanderrieben, durchfuhr mich ein angewiderter Schauder.

Da mich der Mann nicht umgebracht hatte, schloss ich daraus, dass ich vorerst in Sicherheit war. Offensichtlich hatten sie beschlossen, mich am Leben zu lassen, obwohl ich zur Polizei gegangen war und mich damit dem widersetzt hatte, was sie von mir gefordert hatten.

Statt zu schweigen, hatte ich geredet.

Mit Nora.

Mit meiner Therapeutin Dr. Wellner.

Und mit Chefinspektor Köchner.

Auf meinem Weg nach Hause hatte ich das Gefühl, dass mich die Leute anglotzten, als wüssten sie, dass ich mich eingenässt hatte. Dass Urin meine Beine hinabgelaufen war und sich in meinen Schuhen gesammelt hatte. Obwohl ich fror, glühte ich innerlich. Ich wagte nicht, einen der mir Entgegenkommenden um Hilfe zu bitten. Denn dann würden die Typen mich umbringen, noch eine Chance würden sie mir sicher nicht geben. Also ging ich weiter, hielt den Kopf gesenkt, damit niemand meine Scham und meine Tränen bemerkte.

Mein Herz klopfte aufgeregt, als ich zwei Polizisten entdeckte, und ich überlegte, ob ich es wagen und ihnen meine Situation erklären sollte. Die Polizei, dein Freund und Helfer! So hatte es schon geheißen, als ich noch klein gewesen war. Dass ich mich an sie wenden solle, wenn ich Hilfe bräuchte und sonst keiner da sei.

Ich nahm all meinen Mut zusammen und legte mir in Gedanken Worte zurecht, doch als die Polizisten auf gleicher Höhe mit mir waren, blieb ich stumm. Sie gingen an mir vorbei.

Ich drehte mich nicht um, hastete weiter. Fühlte mich verlassen. Weil ich wusste, dass ich es allein nicht schaffen würde. Weil dieser Kampf eine Nummer zu groß für mich war.

Nun sah ich mich doch um. Prüfte, ob jemand auf mich aufmerksam geworden war. Niemand beachtete mich. Ich rannte los und lief, bis ich zu Hause anlangte.

Ich würde mein Leben ändern.

Würde freiwillig aufhören zu existieren, bevor andere mich auslöschten.

11. KAPITEL

»Hey! Wie ist es gelaufen?« Noras Stimme drang neugierig aus dem Lautsprecher meines Handys. Ich hatte gehofft, sie wäre nach einem langen Arbeitstag zu erschöpft, um mich anzurufen. Dann müsste ich sie nicht anlügen, weil ich ihr über die Begegnung mit Amir Saidis Mörder nichts erzählen durfte.

»Gut«, behauptete ich und spürte wieder die nasse Hose an meinen Beinen, obwohl ich sie längst ausgezogen hatte. Nachdem ich zu Hause angekommen war, hatte ich mir noch im Flur die Klamotten vom Leib gerissen, bis ich völlig nackt gewesen war. Alles, was ich angehabt hatte, hatte ich in die Waschmaschine gesteckt – auch die Jacke und den Schal – und extra viel Waschpulver in den dafür vorgesehenen Behälter gefüllt. Die Schuhe hatte ich mit einer Bürste und Seifenlauge geschrubbt, bis meine Hand angefangen hatte zu schmerzen. Erst dann war ich in die Dusche gestiegen und so lange unter dem viel zu heißen Wasser gestanden, bis meine Haut rot gewesen war. Den Urin hatte ich abwaschen können, nicht aber die Angst, die mir in meinen Knochen steckte.

»Was? Ist das alles? Gut, mehr nicht?«

»Was willst du hören? Details, wie ich mit Frau Dr. Wellner über meine Probleme geredet habe?«, antwortete ich schnippisch, damit Nora nicht weiter nachhakte.

Doch meine Freundin überhörte das Offensichtliche. »Ja, was dachtest du denn?« Sie war empört und verletzt, dass ich mich so wortkarg gab. Immerhin war sie meine beste Freundin, und beste Freundinnen sprachen darüber, wenn es ihnen schlecht ging.

Sie selbst handhabte es jedenfalls so und berichtete mir ausführlich davon, wenn wieder einmal eine ihrer Kurzzeitbeziehungen in die Brüche gegangen war, wobei sie an dem Verflossenen meist kein gutes Haar ließ. Oder wenn es Probleme in der Arbeit gab, mit Kunden oder ihrem Chef. Wobei Letzterer sich als Lückenbüßer zwischen Noras Beziehungen bereitwillig zur Verfügung stellte, obwohl er verheiratet war, was ihm bei meiner Freundin einen Sonderstatus einräumte, weshalb sie nicht ganz so schlecht über ihn redete wie über ihre anderen Liebhaber.

»Dr. Wellner hat gesagt, dass ich zur Polizei gehen soll«, erzählte ich mit wachsendem Gefühl, mich gleich übergeben zu müssen. Nicht weil ich gelogen hatte, sondern weil ich Nora so vieles verschwieg, was wichtig war.

»Und? Warst du bei der Polizei?«, fragte Nora.

Ich schluckte. »Ja.«

»Was haben sie gesagt?«

»Dass sie den Drohbrief auf Fingerabdrücke untersuchen werden.«

»Das ist doch gut, oder?«

»Ja, ist es.«

»Warum hab ich dann den Eindruck, dass du dich nicht darüber freust?«

Meiner besten Freundin konnte ich nichts vormachen, deshalb riss ich mich zusammen und argumentierte mit dem, was ich von Köchner erfahren hatte. »Weil die Wahrscheinlichkeit hoch ist, dass keine Fingerabdrücke auf dem

Drohbrief sind, da diese Verbrecher genau wissen, dass die Polizei danach sucht«, antwortete ich, den Tränen nahe. Denn auch wenn ich den wahren Grund für meine schlechte psychische Verfassung verschwieg, setzte das, was ich gesagt hatte, mir ebenfalls zu.

Für einen Augenblick herrschte Schweigen in der Leitung. Nora schien sich das Gehörte durch den Kopf gehen zu lassen. Oder sie überlegte, wie sie mich fröhlich stimmen könnte, was typisch für sie wäre.

»Nora, bist du noch da?«, fragte ich, als ich Zweifel daran bekam.

»Du solltest nach Hause kommen, Diana, und es deinen Eltern erzählen. Ich habe heute deine Mutter getroffen, sie ist bei mir in der Apotheke gewesen. Irgendwie hatte ich den Eindruck, dass sie nur gekommen ist, um mich zu fragen, wie es dir geht. Sie hat eigentlich nichts benötigt, dann aber doch eine Packung Kopfschmerztabletten mitgenommen. Es wäre ihr sichtlich unangenehm gewesen, ohne irgendetwas die Apotheke zu verlassen ... Sie hat mir auch gesagt, dass du dich schon lange nicht mehr bei ihr gemeldet hast. Sie hat dich ein paar Mal angerufen, du bist aber nicht rangegangen. Weiß sie überhaupt, dass *du* die Zeugin bist, über die in den Medien berichtet wird? Dass *du* die Täter vertrieben hast ...«

»Hast du es ihr erzählt?«, unterbrach ich sie.

»Nein. Aber ruf sie an, Diana, sie macht sich große Sorgen um dich. Und dein Vater und dein Bruder können dir möglicherweise helfen.«

Jetzt war ich es, die schwieg. Der Hinweis auf meine Familie riss alte Wunden auf, war ich doch nach deinem Tod mit einem Herzen voller Schmerz von zu Hause weggegangen. Und jetzt wollte ich meine Familie auf keinen

Fall in diese Sache hineinziehen. Die Umstände damals, als du gestorben warst, waren für uns alle schlimm gewesen und hatten alles infrage gestellt, an das ich zu jener Zeit geglaubt hatte. Das sollte nicht noch einmal passieren. Außerdem wollte ich sie nicht in Gefahr bringen.

»Ich rufe sie an«, sagte ich, um Nora das Gefühl zu geben, etwas bewirkt zu haben. Oder um mir selber einzureden, dass ich es in Erwägung zog. Jedoch war ich mir sicher, dass ich es nicht tun würde. Wie die vielen Hunderte Male zuvor auch. Ich musste es allein schaffen, musste mein Leben selber in den Griff bekommen. Das hatte ich mir bei meinem Weggang aus dem Dorf ganz fest vorgenommen.

»Ja, mach das.« Nora schien zufrieden zu sein. »Und haben die Polizisten, bei denen du heute gewesen bist, auch gesagt, was sie zu tun gedenken, um diese Arschlöcher zu fassen? Ich meine, die werden ja nicht darauf warten, dass die sich freiwillig stellen«, blieb sie an dem Thema dran.

»Darüber haben wir nicht geredet«, erwiderte ich.

»Und was unternehmen sie, um dich zu beschützen? Immerhin haben dir diese Typen einen Drohbrief unter der Tür durchgeschoben. Die wissen, wo du wohnst!«

Und einer von ihnen hatte mich heute auf offener Straße dermaßen eingeschüchtert, dass ich mir vor Angst in die Hose gemacht hatte. Von Angesicht zu Angesicht hatte er mir Worte ins Gesicht gespuckt, die bewirkten, dass ich meiner Freundin jetzt nicht die Wahrheit sagte. Sie beobachteten mich, dachte ich, sagte aber: »Die Polizei schickt öfter einen Streifenwagen bei mir zu Hause vorbei, der nach dem Rechten sieht.«

»Das ist doch toll!«, sagte Nora.

Ich tat, als hielte ich es ebenfalls für eine gute Idee, in Wirklichkeit empfand ich es als Bedrohung. Ich hatte Angst, dass die Typen deshalb glaubten, ich wäre noch mal zur Polizei gegangen, und dann ernst machten. Mir wäre lieber, die Polizei hielte sich von mir fern, wenn sie mir keinen persönlichen Schutz gewähren konnte.

»Irgendetwas sagt mir, dass du das nicht so siehst«, blieb Nora hartnäckig. Sie kannte mich eben zu gut.

Doch ich wollte ihr nichts von dem heute Erlebten erzählen. Ich befürchtete, dass Nora sich verplappern oder vor lauter Sorge um mich etwas tun könnte, was mich noch mehr in Gefahr brächte. Also schob ich eine Erklärung vor, die nur halb gelogen war.

»Ich bin total müde, Nora. Es war ein anstrengender Tag. Zuerst war ich bei meiner Therapeutin und hab mit ihr meine Ängste und Sorgen besprochen, und dann bin ich bei der Polizei gewesen und hab dort Fragen über Fragen beantwortet und mit einem Polizeizeichner Phantombilder der Täter erstellt. Ich bin völlig geschafft.«

»Soll ich noch mal zu dir kommen und bei dir übernachten?« Nora schien mir nicht recht glauben zu wollen.

»Nein, mach dir um mich keine Gedanken. Ich schaff das schon.«

»Sicher?«

»Sicher.«

»Ich könnte auf dem Weg zu dir Chips und Eis kaufen …«

Ich lachte übertrieben, um Nora zu beruhigen. »Dann muss ich mir von dir den ganzen Sommer über vorwerfen lassen, dass du nur meinetwegen deine Bikinifigur nicht erreicht hast. Nein, Nora, damit will ich nichts zu tun haben!«

»Einen Versuch war es wert.« Auch Nora lachte, wurde jedoch gleich wieder ernst. »Die lästigen Kilos wollen einfach nicht verschwinden, egal was ich anstelle. Ich hungere den ganzen Tag und esse kaum etwas, nehme aber zu, wenn ich die Sachen bloß anschaue«, beschwerte sie sich.

Ich war über den Themenwechsel erleichtert und alberte noch ein paar Minuten mit ihr herum, wie wichtig oder unbedeutend es war, schlank zu sein und auszusehen wie die Models, die über den Catwalk flanierten. Erst danach verabschieden wir uns.

Ich ging zum Fenster und sah hinab in die Tiefe. Der Anblick der Kerzen und Blumen war tröstlich, weil er signalisierte, dass es unzählige Leute gab, denen nicht egal war, was dort unten auf der Straße geschehen war. Andererseits erinnerte er mich an den Mord und mein eigenes Schicksal. Gut möglich, dass eines Tages auch für mich an einer beliebigen Stelle auf irgendeiner Straße Kerzen aufgestellt und Blumen abgelegt würden, weil Amir Saidis Mörder ihre Drohung in die Tat umgesetzt hatten. Es hätte heute schon passieren können …

Wie viele Kerzen wohl für mich brennen würden?

Tränen liefen mir über die Wangen. Ich wischte sie mit dem Handrücken weg und wandte mich ab, verscheuchte die Hirngespinste in eine dunkle Ecke und redete mir ein, dass es so weit nicht kommen würde. Ich würde es nicht zulassen. Keine Ahnung wie, aber ich würde dafür sorgen, dass ich weiterlebte.

Anschließend bereitete ich mir ein Abendessen zu, Pfannengemüse mit Reis. Ich hatte kaum Appetit. Seit dem Mord hatte ich nur wenig gegessen, bestimmt hatte ich an Gewicht verloren.

Mit dem Teller setzte ich mich auf die Couch vor den Fernseher. Im ORF lief ein Krimi, den ich schon einmal gesehen hatte, deshalb schaltete ich weiter. Der nächste Sender brachte einen Liebesfilm, das war nicht mein Genre. Ich zappte durch die Programme und blieb an einer Dokumentation hängen über Adolf Hitler und dessen Pläne, im geplanten Dritten Reich sogenannte Führerstädte zu erschaffen.

Linz hätte diese von Hitler verliehene Auszeichnung erhalten sollen, da er beabsichtigt hatte, in dieser Stadt, in der er seine Jugend verbracht hatte, seinen Alterssitz zu errichten. Er hatte hier ein Anwesen gigantischen Ausmaßes und die größte Kunst- und Gemäldegalerie der Welt – das Führermuseum – erbauen wollen. Die Landeshauptstadt von Oberösterreich hätte zum kulturellen Mittelpunkt Europas werden sollen, wenn die Nazis den Krieg gewonnen hätten. Durch die Verzögerungen des Ausbaus aufgrund des Krieges waren die dafür vorgesehenen Kunstwerke im Salzbergwerk Altaussee eingelagert worden, wo sie bei Kriegsende von den Alliierten gefunden worden waren. Ein Großteil von ihnen galt als NS-Raubkunst.

Außerdem hätte Linz eine Monumentalverbauung auf beiden Seiten des Donauufers sowie eine Prachtstraße mit Galerien, Museen und einem Schauspielhaus erhalten sollen. Es war geplant gewesen, den Hafen neu zu errichten sowie zwei weitere Donaubrücken. All das hätte man mit Material aus Natursteinvorkommen, zu dessen Abbau Konzentrationslager errichtet worden waren, bis zur geplanten Siegesfeier im Jahr 1955 fertigstellen wollen.

Dass Hitlers Größenwahn keine Grenzen gekannt hatte, ließ Diana schaudern wie jedes Mal, wenn sie das so anschaulich vor Augen geführt bekam. Und dass selbst heute seine Idee eines reinen Deutschen Reiches noch viel zu viele Menschen in ihren Bann zog, jagte ihr Angst ein.

12. KAPITEL

Leon Galmeier lümmelte auf der Couch in seinem Wohnzimmer und sah sich im Fernsehen eine Dokumentation über Adolf Hitler und dessen Pläne an, im Dritten Reich mehrere sogenannte Führerstädte zu errichten. Eine Hochkultur der besonderen Art wäre im Herzen Europas entstanden, hätten die Alliierten den Zweiten Weltkrieg nicht gewonnen und den Führer samt seinen Ideen im Führerbunker in Berlin zu einem Tod durch eigene Hand getrieben – war seine Meinung.

Leons Großvater war über diese Schmach zeit seines Lebens nicht hinweggekommen und hatte immer davon geträumt, dass eines Tages doch noch wahr werden könnte, wovon Hitler gesprochen hatte: ein großes vereintes Deutsches Reich, in dem alle am selben Strang zogen und an gleiche Werte glaubten. Nicht so wie heute in der EU, wo sich die Mitgliedsstaaten bei vielen Themen uneins waren und sich die Kulturen zunehmend vermischten, was Leon zutiefst zuwider war. Ihm gefiel der Gedanke eines starken Mannes an der Spitze eines Staates, der das Volk hinter sich vereinte und die Regeln diktierte. Dass er nie dieser Mann werden würde, wie sein Großvater stets gehofft hatte, war ihm schon seit Längerem klar, aber er war einer, der einen Führer mit Leib und Seele unterstützen würde. Insbesondere dort, wo es galt, im Verborgenen zu handeln, da die Öffentlichkeit noch nicht reif für so manches war.

An Leons Wohnungstür klingelte es. Verwundert darüber, da es schon spät war und er niemanden erwartete, stand er von der Couch auf und schaute durch den Spion. Draußen stand Heimo, der die Schultern hochzog, da ihm kalt zu sein schien. Genervt von der Störung öffnete Leon.

»Hey, was gibt's?«, fragte er.

»Darf ich reinkommen?« Heimos Nase war gerötet, und Leon hatte den Eindruck, dass sein Freund betrunken war.

»Hast du zu Hause kein Bett? Es ist spät, Heimo ...«

»Ich muss dir etwas sagen.«

Für einen Augenblick zögerte Leon, er war müde und wollte die Dokumentation im Fernsehen zu Ende sehen. Er hatte keine Lust, sich ausgerechnet jetzt zu unterhalten, wo im Raum nebenan von den Visionen des Führers berichtet wurde, auch wenn die meisten Medien Hitler als größenwahnsinnig bezeichneten. Doch die hatten keine Ahnung, verstanden nicht wirklich, was die Umsetzung von Hitlers Plänen für die Menschheit bedeutet hätte. Welches Leben sie in einem vereinten Deutschen Reich hätten führen können. Aber noch hatte Leon die Hoffnung nicht gänzlich aufgegeben. Eines Tages würden die Menschen erkennen, was gut für sie war, und dann würde ein Mann an die Spitze treten und das weiterführen, was mit Hitler einst begraben worden war.

»Ach, komm schon, dauert nur ein paar Minuten«, bettelte Heimo und trat von einem Fuß auf den anderen.

Wortlos ließ Leon die Tür aufschwingen und ging vor seinem Freund zurück ins Wohnzimmer, wo Adolf Hitler auf der Mattscheibe durch Soldaten flankiert eine begeisterte Menschenmenge abschritt mit dem zum Führergruß ausgestreckten Arm.

»Cool«, entfuhr es Heimo, als er bemerkte, was gerade im Fernsehen lief. Er stellte sich aufrecht wie ein Soldat hin, was ihm in seinem angetrunkenen Zustand nicht auf Anhieb gelang, und streckte die Hand zum verbotenen Gruß von sich.

Leon stellte den Ton leiser und sah seinen Freund eindringlich an. Er wollte diese Sache so schnell wie möglich hinter sich bringen und dann weiter fernsehen.

Heimo ließ sich unaufgefordert auf die Couch fallen.

»Was ist so dringend, dass es nicht bis morgen warten kann?«, fragte Leon unwirsch und blieb stehen.

»Hast du was zum Saufen da?«

»Ich denke, du hast für heute genug.«

Heimo zog eine Schnute wie ein Junge, dem die Mutter Schokolade weggenommen hatte. Dann schien er sich zu fangen und eröffnete seinem Freund: »Ich hab heute die Tussi beobachtet, die uns bei dem Flüchtling gestört hat, du weißt schon. Sie ist bei den Bullen gewesen!«

»Scheiße!«, fluchte Leon und setzte sich nun ebenfalls. Hitlers triumphaler Aufmarsch auf der Mattscheibe rückte angesichts dieser Nachricht in den Hintergrund. »Dieses Miststück hat es nicht kapiert!«

»Weiber verstehen vieles nicht auf Anhieb, da muss man nachhelfen. Deswegen sind wir ja das starke Geschlecht und nicht die.«

Leon hatte gehofft, dass sie das nicht tun müssten, nachhelfen, wie Heimo es gerade ausgedrückt hatte, und die Sache nach der Drohung erledigt wäre. Wie es aussah, war das nicht der Fall.

»Hast du noch etwas mitbekommen?« Leon stand auf und ging in dem Wohnzimmer hin und her, das half ihm beim Denken, redete er sich ein.

Heimo schüttelte den Kopf. »Nein, nur dass sie zuvor bei einer Seelenklempnerin gewesen ist. Ich hab dir ja gesagt, dass es gut ist, wenn wir sie im Auge behalten.«

Das hatte Heimo in der Tat gesagt. Leon hatte die Frau unterschätzt, das würde ihm nicht noch einmal passieren. Er musste sich etwas überlegen, um sie zum Schweigen zu bringen, denn die Gefahr, dass sie der Polizei half, sie ausfindig zu machen, war noch immer gegeben, schließlich hatte sie ihre Gesichter gesehen. Dagegen musste er etwas tun, das hätte auch sein Großvater so gewollt.

»Aber scheiß dich nicht an, Alter! Ich hab eh dafür gesorgt, dass sie die Fresse hält«, ließ Heimo ihn aufhorchen.

Leon wandte sich wieder seinem Freund zu und musterte ihn. Dessen alkoholisierter Zustand und selbstgefälliges Grinsen ließen ihn befürchten, dass es einen zweiten Mord gegeben hatte, dieses Mal an einer Österreicherin. Das würde das Land nicht gutheißen und sie alle drei jagen. Heimo, Finn und ihn.

Den Tod eines Afghanen zu verkraften war eine Sache, der sorgte zwar für kurze Zeit für Aufregung in den Medien und bei den Gutmenschen, aber der Mord an einer jungen österreichischen Frau war dennoch etwas anderes. Den musste man geschickt ausführen und dem ausländischen Mob, der bestimmt auf Rache für den Tod des Afghanen drängte, die Schuld dafür in die Schuhe schieben.

»Was heißt das? Was hast du getan?«, fragte Leon.

»Ich bin ihr gefolgt, als sie von der Polizeiinspektion rausgekommen ist, und hab ihr ins Ohr geflüstert, dass ich ihr jederzeit ein Messer in den Bauch rammen kann, wenn ich das möchte. Und dass ich das sogar mitten in einer Menschenmenge tun kann. Ich hab ihr verdammt noch mal klargemacht, dass sie vor uns nicht sicher ist und wir sie kriegen, wann immer wir wollen! Und das wollen wir doch, oder?« Heimo lehnte sich zurück, verschränkte die Arme hinter dem Kopf und legte die bestiefelten Füße auf den Couchtisch. Er wirkte mit sich selbst sehr zufrieden.

»Was soll das heißen, du hast es ihr ins Ohr geflüstert? Du bist doch nicht etwa so dicht an sie ran, dass sie dein Gesicht jetzt auch noch aus der Nähe gesehen hat?« Leon wollte nicht glauben, was er hörte.

Für einen Augenblick schwieg Heimo, er schien zu überlegen, was Leon damit auszudrücken versuchte. »Sonst hätte ich ja nicht mit ihr reden können«, reagierte er eingeschnappt, weil Leon seine Glanzleistung offenbar nicht als solche erkannte.

»Hast du eine Sturmhaube getragen?«

»Da wäre ich ja voll aufgefallen! Nein, natürlich nicht, ich bin doch nicht blöd!«

»Und Finn?«

»Was ist mit ihm?«

»War der auch dabei?«

»Nein, auf die Idee bin ich ganz alleine gekommen, und ich hab das auch alleine durchgezogen. Dafür brauche ich keinen Babysitter, Mann! Was ist? Bekomme ich jetzt ein Bier? Als Belohnung ...«

»Mensch, Heimo! Schalt endlich mal dein verdammtes Hirn ein!«, fuhr Leon seinen Freund an und trat näher an die Couch. Er konnte es nicht glauben, dass Heimo ihre Situation derart verkannte, dass er eine so dämliche Aktion in die Tat umgesetzt hatte. »Sie hat dich dadurch ganz genau gesehen und kann mit einem Typen von der

Polizei ein Phantombild von dir anfertigen lassen. Jetzt haben sie dich am Arsch, Blödmann! Und wenn sie dich kriegen, wirst du schon bald die Klappe nicht mehr halten und uns verpetzen!«

Heimo wurde blass. Offenbar realisierte er in diesem Moment, was er angerichtet hatte. Dass er sich und seine Kumpels noch tiefer in die Scheiße geritten hatte. Wenn die Polizei einen von ihnen erwischte, kriegte sie alle dran. Wie in Zeitlupe nahm er die Arme hinter dem Kopf hervor und die Füße vom Tisch. Die Lässigkeit wich purer Panik. Dann bäumte er sich auf und erbrach sich auf den Couchtisch.

»Scheiße, Mann! Was soll das?« Wütend sprang Leon zur Seite, damit er nichts von dem Schwall abbekam.

Umgehend breitete sich ein säuerlicher Geruch nach Kotze und Alkohol im Wohnzimmer aus.

»Es tut mir leid«, faselte Heimo und rannte zur Toilette. Offenbar quälte ihn der Würgereiz noch immer und pumpte weiterhin Mageninhalt nach oben.

Leon besah sich angewidert die übel riechende Sauerei auf dem Couchtisch und dem Boden. Dass Heimo ein Hitzkopf war und gerne mal zu viel trank, wusste er, aber dass er sein Gehirn so gar nicht benutzte, befand er für einen aus ihren Reihen beschämend.

Und diese Zeugin wurde zunehmend zu einem Problem. Sie mussten handeln, jedoch mit Verstand. Wenn sie nicht einzuschüchtern war, mussten sie ihre Schwachstelle finden und dort ansetzen.

Leon ging in seiner Wohnung auf und ab wie ein seit Jahren eingesperrter Tiger in einem viel zu kleinen Gehege, das milderte einerseits seinen Zorn auf Heimo und regte andererseits seine Fantasie an.

»Denk nach, Leon«, redete er mit sich selber und ballte die Hände zu Fäusten. Auch das half ihm beim Denken, ließ ihn sich stark fühlen.

Jeder Mensch hatte eine Schwachstelle. Kinder. Menschen, die einem nahestanden. Sie mussten nur herausfinden, wer das im Falle der Frau war, die beobachtet hatte, wie sie den Afghanen kaltgemacht hatten. Dort würden sie ansetzen und sie ein für alle Mal zum Schweigen bringen, weil sie Angst haben würde, ihrer Familie oder ihren Freunden könnte etwas zustoßen. Sie würden ihr klarmachen, dass der Preis für deren und ihre eigene Sicherheit nicht besonders hoch war, lediglich ihr Schweigen wäre vonnöten. Dann könnten alle in Frieden weiterleben wie bisher.

Und wenn erst mal Gras über die Sache gewachsen war, würden sie auch die Frau aus dem Weg räumen, entweder still und unauffällig oder aufsehenerregend und mit falschen Fährten zu Asylanten, die das ganze Unheil erst heraufbeschworen hatten. Da würde ihm und seinen Freunden schon etwas Passendes einfallen.

Leon war bereit, alles zu tun, um nicht noch einmal ins Gefängnis zu müssen. Die Erinnerung an die Jahre in der Justizanstalt Garsten saßen bei ihm tief und quälten ihn mehr als der Vorfall, aufgrund dessen er in den Bau eingefahren war. Versuchter Totschlag hatte die Anklage gelautet, dabei war es eine Schlägerei gewesen, bei der ihn der andere provoziert hatte. »Nazi« hatte dieser ihm an den Kopf geworfen und dass er sich eines Tages zu seinem Führer in die Hölle scheren könne, wo dieser mit Sicherheit gerade schmore. Da hatte Leon rotgesehen und kräftig zugeschlagen. Immer wieder. Bis sein Kontrahent regungslos am Boden gelegen hatte und das Grölen der Umstehenden verstummt war.

Mithilfe seines Anwaltes war aus dem versuchten Totschlag schwere Körperverletzung geworden, und Leon war ins Gefängnis gewandert. Das war die echte Hölle gewesen. Ja, der Ort der Verdammnis existierte hier auf Erden und nicht dort, wo der Typ, wegen dem er eingefahren war, behauptet hatte.

Es war ein Hohn für Leon gewesen, dass sich die Garstner Justizanstalt zum Teil in den ehemaligen Räumlichkeiten eines Benediktinerklosters befand. Vergebung und Mitgefühl, was von den frommen Predigern einst verkündet und gefordert worden war, hatte mit dem letzten Benediktinermönch wohl die Anstalt verlassen. In Garsten regierten Härte und Disziplin, und unter den Häftlingen gab es eine strikte Rangordnung. Wer sich nicht unterordnete, wurde in einer dunklen Ecke abseits der Kameras halbtot geprügelt oder im Duschraum immer wieder vergewaltigt.

Leon hatte bald begriffen, wie es dort ablief, und sich mit Zigaretten und seiner Loyalität beim Führer des Zellentraktes Schutz erkauft. Einem 100-Kilo-Mann, der bis auf die Fingernägel und Augen tätowiert war und wegen zweifachen Mordes seit 17 Jahren im Knast saß. Er hatte seine Frau mit ihrem Liebhaber im Ehebett erwischt und beide mit einer Axt erschlagen. Zwei Stunden hatte das gedauert. Er zeigte deswegen keine Reue und behauptete, er würde es genau so noch mal tun. Das war einer der Gründe, warum niemand in dem Zellenblock es wagte, ihm seinen Führungsanspruch streitig zu machen.

Von ihm hatte sich Leon einiges abgeschaut, obwohl er sich all die Jahre vor dem Typen gefürchtet hatte. Aber Furcht war genau das, was er jetzt brauchte. Was ihm und seinen Kumpels aus der Klemme helfen würde.

Seit zwei Jahren war Leon wieder draußen. Und das sollte auch so bleiben. Auf noch so eine Erfahrung konnte er verzichten.

Leon klatschte mit der rechten Faust in die offene linke Hand. Die Idee, die Familie der Frau als Druckmittel zu verwenden, war gut, sie musste jetzt nur noch umgesetzt werden. Gleich morgen würden sie damit beginnen, sie hatten keine Zeit zu verlieren. Dann konnte Heimo seinen Fehler wiedergutmachen.

»Heimo! Putz den verdammten Dreck im Wohnzimmer weg, bevor du gehst!«, rief er seinem Freund in die Toilette nach.

Die rauschende Klospülung war die Antwort.

13. KAPITEL

Am nächsten Morgen erwachte ich auf dem Sofa. Ich war beim Fernsehen eingeschlafen, mein Genick war steif, und mein Rücken schmerzte. Ich rollte mich zur Seite, stand auf und trug das Geschirr vom Abendessen, das ich auf dem Couchtisch abgestellt hatte, in die Küche. Anschließend ging ich ins Bad, zog mich aus und drehte in der Dusche das Wasser auf. Ich hatte noch immer das Bedürfnis, alles von mir abzuwaschen, und schrubbte meine Haut, bis sie gut durchblutet war. Zuletzt ließ ich das Wasser einfach über meinen Kopf und die Haare laufen, über mein Gesicht. Die wohltuende Wärme schenkte mir Kraft, und meine Lebensgeister erwachten. Auch spürte ich, dass sich Widerstand in mir zu regen begann. Mir wurde bewusst, dass ich etwas ändern musste, wenn ich ein normales Leben führen wollte.

Und ja, verdammt, das wollte ich!

Ich wollte auf die Straße gehen, ohne mich pausenlos umzusehen. Und ich wollte mir keine Gedanken mehr machen müssen, ob mich jemand verfolgte und vorhatte, mich umzubringen. Die wenigen Polizeistreifen, die unter meinem Fenster vorbeifuhren, würden mich nicht beschützen können. Das war lediglich ein Akt der Gewissensberuhigung der Polizei, damit sie später sagen konnte, dass sie nicht tatenlos gewesen war, falls mir doch etwas zustieße.

Ich stieg aus der Dusche, trocknete mich ab und putzte meine Zähne. Dann bereitete ich Kaffee zu, stellte mich damit ans Fenster, schlürfte die dampfende Flüssigkeit und blickte hinab auf die Straße. Alles schien so zu sein wie gestern Abend, nur konnte ich bei Tageslicht das Flackern der Kerzen nicht erkennen. Die Sonne leuchtete hell vom Himmel und übertrumpfte alle anderen Lichtquellen. Auch entdeckte ich keine Männer, die zu mir heraufsahen und meine Wohnung beobachteten.

Ich wandte mich ab und setzte mich an den Computer. Den Vormittag verbrachte ich damit, mich im Internet über die Möglichkeiten zu informieren, wie man sich selbst verteidigte. Mit den Angreifern zu reden hatte keinen Sinn, das wusste ich. Auch bestand nicht immer die Möglichkeit davonzulaufen. An verschiedenen Standorten in Linz wurden Kurse angeboten, in denen man lernte, wie man sich gegen Angreifer am besten zur Wehr setzte. Doch die Männer, die mich bedrohten, waren zu dritt, und ich war allein. Ich hatte schlechte Karten, da waren sich alle einig, die im Internet über Selbstverteidigung schrieben.

Es gab nur einen Weg, das Blatt zu wenden, und ich war bereit, diesen Weg zu gehen. Ich surfte noch ein paar Stunden im Internet und suchte danach.

Am Nachmittag wollte ich meiner Therapeutin davon berichten und erfahren, wie sie dazu stand. Außerdem musste ich ihr erzählen, was ich nach ihrem Rat, zur Polizei zu gehen, erlebt hatte. Durch ihren Beruf war sie an die ärztliche Schweigepflicht gebunden. Anders als Nora, die ihren seelischen Zustand stets auf der Zunge trug und bei der es nur eine Frage der Zeit war, dass sie etwas unabsichtlich ausplapperte. Ich musste die furchtbaren Dinge, die geschehen waren, unbedingt laut aussprechen, und da war die Wahl, wem ich den ganzen Mist anvertrauen konnte, klar auf Dr. Wellner gefallen.

Ich trat aus meiner Wohnung hinaus in das Stiegenhaus und sah mich um.

Ich verließ das Gebäude und sah mich um.

Ich ging die Straße entlang und sah mich um.

An jeder Ecke vermutete ich Gefahr, jederzeit rechnete ich mit einem tödlichen Stich zwischen meine Rippen, jede noch so harmlose Geste der Menschen weckte meinen Fluchtinstinkt. Ich rannte durch die Stadt, bis ich außer Atem in der Praxis von Frau Dr. Wellner ankam, und fragte mich, wie oft ich an diesen Typen vorbeigelaufen war, ohne es bemerkt zu haben.

Im Warteraum setzte ich mich auf einen Stuhl, obwohl ich lieber gleich in das Behandlungszimmer gestürmt wäre. Eine junge Frau saß mir gegenüber, kaute an ihren schwarz lackierten Fingernägeln der einen Hand und starrte auf das Handy in der anderen. Ich versuchte, ruhiger zu atmen, und redete mir ein, dass ich hier in Sicherheit war. Dass von dieser Frau keine Gefahr ausging und sie sich nicht für mich interessierte, da sie das Display ihres Smartphones nicht aus den Augen ließ.

Die Tür zu Dr. Wellners Behandlungsraum ging auf, und ein Mann mittleren Alters trat heraus, gekleidet mit Anzug und Krawatte, in der Hand eine Aktentasche. Ohne ein Wort des Grußes ging er an uns vorbei und ließ die Tür hinter sich krachend ins Schloss fallen.

»Frau Heller? Haben wir für heute etwas ausgemacht?«, fragte die Therapeutin, als sie mich bemerkte.

»Nein«, erwiderte ich und stand auf. »Aber ich muss unbedingt mit Ihnen reden.«

»Das geht nicht, ich hab gleich den nächsten Termin«, entgegnete die Psychologin und deutete auf die junge Frau mit Septum-Piercing, die kaum älter als 20 Jahre alt und komplett schwarz gekleidet war. Sie ließ das Handy sinken und schaute neugierig zwischen Dr. Wellner und mir hin und her.

»Es ist wirklich dringend«, flehte ich.

Die Therapeutin schien über eine Lösung nachzudenken.

»Ich hab Zeit. Wenn du willst, kannst du vor mir rein«, redete mich die junge Frau gleich per Du an, wie es in ihrem Alter üblich war. Nur dass ich gut zehn Jahre älter war als sie.

»So einfach ist das nicht«, zeigte Dr. Wellner auf. »Dadurch würden sich alle weiteren Termine auch nach hinten verschieben.«

»Dann teilen wir uns den Termin halt«, meinte die junge Frau.

Dieses Angebot nahm ich nur zu gerne an. »Das ist lieb von dir, danke!«, verwendete ich dieselbe vertraute Anrede und drängte mich an Dr. Wellner vorbei in den Behandlungsraum. Dort hörte ich, wie sich die Therapeutin bei ihrer anderen Patientin für mich entschuldigte.

»Es tut mir leid, Frau Mischbacher, wenn Sie wollen, kann ich der Dame sagen, dass sie …«

»Das ist gar kein Problem«, kam es postwendend zurück. »Sie müssen mir halt nur für die Arbeit bestätigen, dass ich die ganze Zeit über bei Ihnen gewesen bin.«

»Das werde ich. Das ist das Mindeste, was ich für Sie tun kann, um mich für die Unannehmlichkeiten zu entschuldigen. Und nächstes Mal hängen wir die Zeit einfach hinten an. Ich danke Ihnen, Frau Mischbacher!« Mit diesen Worten schloss Dr. Wellner die Tür und kam zu mir in die Besprechungsecke, wo ich bereits ohne Aufforderung Platz genommen hatte, um Zeit zu sparen. Immerhin brannte mir mein Anliegen unter den Nägeln.

Die Therapeutin blieb vor mir stehen. »Sie können hier nicht einfach so auftauchen, Frau Heller. Sie müssen einen Termin vereinbaren, wie alle anderen auch. Oder zumindest vorher anrufen. Also, was ist passiert?«, fragte sie etwas ungehalten, nahm aber trotzdem das Tablet in die Hand, das auf dem Tisch daneben lag, und setzte sich damit mir gegenüber. Sie tippte ein paarmal auf das Display und rief sich meine Akte auf den Bildschirm.

»Ich bin bei der Polizei gewesen, so wie Sie mir geraten haben. Wie es aussieht, beobachten mich Amir Saidis Mörder die ganze Zeit und haben das mitgekriegt. Als ich aus dem Polizeigebäude herausgekommen bin, hat mir einer von denen gedroht, mir ein Messer in den Bauch zu rammen, falls ich noch einmal mit der Polizei rede«, sprudelte es aus mir heraus. Ich wusste nicht weshalb, aber irgendwie fand ich, dass Dr. Wellner zumindest ein wenig Mitschuld trug an dem, was geschehen war. Weil sie mir empfohlen hatte, zur Polizei zu gehen, und eigentlich hätte wissen müssen, dass das brandgefährlich war.

Auf dem Gesicht meines Gegenübers spiegelte sich Entsetzen. »Das … das tut mir aufrichtig leid. Ich … ich hätte niemals gedacht, dass die so weit gehen würden …«, stotterte Dr. Wellner sichtlich geschockt.

Ich wusste, dass sie erst seit ein paar Jahren als Psychologin praktizierte und ihr demnach so manche praktische Erfahrung fehlte, trotzdem hatte ich mich entschieden, bei ihr eine Therapie zu machen. Also durfte ich jetzt nicht so hart mit ihr ins Gericht gehen. »Ich auch nicht«, gab ich zu. Genau wie sie hatte ich die Situation falsch eingeschätzt. Und wie Nora, die mir denselben Ratschlag erteilt hatte.

Für einen Augenblick schwiegen wir, da Dr. Wellner in gleichem Maße ratlos zu sein schien wie ich.

»Wollen Sie darüber reden?«, fragte sie, als sie den ersten Schock offenbar überwunden hatte.

»Sie dürfen es ja niemandem erzählen … Also ja, ich möchte darüber reden«, erwiderte ich. Genau deswegen war ich gekommen.

Dr. Wellner bot mir Kaffee an, den ich dankbar annahm. Mit der Tasse in der Hand erzählte ich ihr alles, was ich auf der Polizeidienststelle erlebt hatte, angefangen von dem Gespräch mit dem Chefinspektor bis hin zum Anfertigen der Phantombilder.

»Wie kann ich Ihnen helfen?«, fragte Dr. Wellner, nachdem ich geendet hatte.

»Sie können mir sagen, was ich jetzt tun soll.«

»Sie wollen wirklich noch einmal einen Ratschlag von mir, obwohl der letzte derart schiefgelaufen ist?«

Ich nickte. »Sonst wäre ich nicht hier.«

»Ich werde Ihnen gewiss nicht mehr raten, zur Polizei zu gehen. Ehrlich gesagt weiß ich nicht, was ich Ihnen empfehlen soll.«

»Wenn ich zur Polizei gehe und die mich dabei beobachten, bin ich tot. Gehe ich nicht zur Polizei, lebe ich in ständiger Angst, dass hinter der nächsten Ecke jemand lauert, der mich umbringen will. Diese Männer scheuen nicht vor Gewalt zurück. Sie haben Amir Saidi ermordet und mir mit dem Tod gedroht. Was hindert sie daran, dass sie mich auf dem Nachhauseweg abpassen, in den dunklen Winkel einer Gasse schleppen und dort vergewaltigen? Dann bin ich zwar nicht tot, aber auch das will ich nicht erleben.«

»Ich verstehe Ihr Dilemma …«

»Was würde Sie an meiner Stelle tun?«

Dr. Wellner schüttelte den Kopf. »Da bin ich überfragt. Das ist mein erster solcher Fall. Ich hab damit keinerlei Erfahrung. Ich würde wohl versuchen, unbemerkt von denjenigen, die Sie bedrohen, Hilfe von der Polizei zu erhalten.«

»Wie? Indem ich dort anrufe? Die würden mich bitten, bei einer Polizeiinspektion vorbeizuschauen, oder sie würden zu mir nach Hause kommen. Beides ist nicht möglich, weil es viel zu gefährlich ist, dass diese Typen das mitkriegen. Ich weiß nicht, wo die sich überall herumtreiben.«

»Sie könnten irgendwo einen Treffpunkt vereinbaren und sich heimlich …«

»Ich wäre mir nie sicher, ob mich jemand beobachtet und mir dann folgt«, unterbrach ich sie.

»Tut mir leid, das war dumm von mir.« Wellner legte das Tablet beiseite, in dem sie sich hin und wieder Notizen machte, und fuhr sich mit der rechten Hand über die Stirn, was ihre Verzweiflung und die Tatsache, dass sie mit ihrem Latein am Ende angelangt war, zum Ausdruck brachte. »Ich kann Ihnen leider nicht helfen«, gab sie zu. »Ich weiß nicht, wie.«

»Doch, Sie können mir helfen«, erwiderte ich mit fester Stimme.

»Ja? Wie denn?« Dr. Wellner sah mich zweifelnd an. Es schien, als hätten wir die Rollen getauscht.

»Sie können mir sagen, wo ich eine Waffe kaufen kann.« Ich hatte bereits im Internet nach Möglichkeiten gesucht, aber lediglich Onlineshops gefunden, bei denen man eine Kopie eines auf den eigenen Namen ausgestellten Waffenscheines hochladen musste. Oder die Abwicklung eines Kaufes würde mehrere Tage dauern, manchmal sogar Wochen. Ich brauchte die Waffe jedoch sofort! Also hoffte ich, dass Dr. Wellner damit mehr Erfahrung hatte als ich, was naiv war, das wusste ich, aber vielleicht hatte ich ja Glück. Und wenn ich falschlag, hinderte sie hoffentlich die ärztliche Schweigepflicht, mit jemandem darüber zu reden.

»Haben Sie einen Waffenschein?«, fragte sie.

»Nein.«

»Dann kann ich Ihnen leider nicht helfen.«

»Und wenn ich einen hätte?«

»Würde ich sagen, dass Sie in das nächste Waffengeschäft gehen und sich dort eine Waffe kaufen sollen. Das wäre legal und somit in Ordnung.«

Legal und in Ordnung, wiederholte ich im Kopf. Die Männer, die Amir Saidi umgebracht hatten und mich bedrohten, scherten sich einen Dreck darum, was legal und in Ordnung war. Wenn ich mich an die Gesetze hielte, hatte ich keine Chance.

»Und eine andere Möglichkeit gibt es nicht?«

»Darüber habe ich ehrlich gesagt keine Kenntnisse. Ich kann Ihnen keine Namen nennen, an die Sie sich wenden können, da ich nicht in solchen Kreisen verkehre. Aber versuchen Sie es im Internet. Angeblich soll es nicht so schwierig sein, dort fündig zu werden.«

Ich verstand. Tiefer wollte ich nicht vordringen, um Dr. Wellner noch ein gutes Gefühl bei der Sache zu lassen. Immerhin war sie Psychologin geworden, um Menschen zu helfen, und nicht, um ihnen als Komplizin behilflich zu sein, das Leben eines anderen wohlmöglich auszulöschen. Denn auch wenn ich die Waffe nur zu meiner Verteidigung einsetzte, würde vielleicht jemand durch sie sterben.

»Ich danke Ihnen, dass Sie sich Zeit für mich genommen haben, obwohl ich keinen Termin hatte«, sagte ich und erhob mich.

»Frau Heller?« Dr. Wellner tat es mir gleich und stand mir gegenüber.

»Ja?«

»Seien Sie vorsichtig.« Die Therapeutin reichte mir die Hand, was sie sonst nie tat. Seit der Pandemie wurde diese Geste von vielen Menschen vermieden.

Ich ergriff und schüttelte sie. »Das bin ich. Auf Wiedersehen!« Der Abschied kam mir ein wenig theatralisch vor. Wahrscheinlich rechnete Dr. Wellner nicht damit, mich noch einmal wiederzusehen. Diesen Gedanken fand ich beängstigend und verließ den Behandlungsraum.

Im Wartezimmer saß noch immer die junge Frau. Als sie mich bemerkte, ließ sie ihr Handy sinken und schaute mich aufmerksam an.

»Alles klar?«, fragte sie.

»Ja. Danke, dass du deinen Termin mit mir geteilt hast«, sagte ich.

Ein Lächeln huschte über ihr Gesicht. »Gern geschehen.«

Dr. Wellner erschien in der Tür und bat die junge Frau zu sich.

Diese stand auf und kam auf mich zu. »Alles Gute«, wünschte sie mir. »Ich glaube, du kannst es gebrauchen.« Sie hielt mir die Faust hin, und ich stieß mit meiner dagegen.

»Das wünsche ich dir auch!« Ich straffte die Schultern, verließ die Praxis und das Gebäude und trat hinaus auf die Straße. Nach wenigen Schritten fiel mir eine Gestalt auf, die direkt auf mich zusteuerte.

Für einen Augenblick hörte mein Herz auf zu schlagen.

14. KAPITEL

Ich starrte den Mann an, unfähig, mich zu rühren. Doch auch wenn ich nicht in Schockstarre verfallen wäre, hätte ich nicht gewusst, wohin ich so schnell laufen sollte. Hier gab es nirgendwo eine Möglichkeit, mich zu verstecken. In den umliegenden Gebäuden waren Wohnungen untergebracht oder Praxen von Ärzten und Rechtsanwälten. Die meisten Eingänge waren verschlossen und gingen nur durch das Betätigen eines Türöffners auf.

Nur noch wenige Meter trennten uns voneinander. Die Chance abzuhauen schwand. Und ich blieb stehen.

»Ich hatte gehofft, Sie hier wiederzusehen«, sagte der Mann, als er mich erreicht hatte, und lächelte mich an, als wäre es das Natürlichste auf der Welt. Das war es vielleicht auch. Zu einer anderen Zeit. In einem anderen Leben.

Langsam verließ mich die Panik, und ich fragte mich, warum ich überhaupt vor ihm hatte davonlaufen wollen. Weshalb hatte ich geglaubt, dass von ihm Gefahr ausging?

Er war mir im Gedächtnis geblieben, ebenso seine blauen Augen und die dunklen Haare, die an den Seiten kurz und oben ein wenig länger waren. Er war der Mann, mit dem ich beinahe zusammengestoßen war, als ich von der Straßenbahnhaltestelle zu Dr. Wellners Praxis gelaufen war und ungestüm die Tür des Gebäudes geöffnet hatte. Da war er plötzlich vor mir gestanden. So wie jetzt.

»Ach ja?«, erwiderte ich, da mir nichts Besseres einfiel. Ich war nervös und mein Herz pochte viel zu heftig, weil ich ungeschickt war in diesen Dingen.

»Ich habe auf Sie gewartet.«

»Hier? Auf der Straße?«

»In dem Haus sind wir uns das erste Mal begegnet.« Er lächelte, und Grübchen bildeten sich in seinen Wangen.

»Ich erinnere mich …«

»Das freut mich, denn das heißt, dass ich Ihnen auch aufgefallen bin.« Sein Lächeln wurde breiter.

Ich erwiderte seine Freundlichkeit und war drauf und dran, mich gut zu fühlen.

»Darf ich Sie zu einem Kaffee einladen?«, fragte er.

Damit hatte ich nicht gerechnet. Es war lange her, dass ich von einem Mann eingeladen worden war und ich Zeit mit jemandem verbracht hatte, den ich kaum kannte.

Aber etwas in mir wollte, dass ich mitging, also verdrängte ich die mahnende Stimme in meinem Kopf, dass es sich um eine Falle handeln könnte und ich vielleicht einen Komplizen von Amir Saidis Mördern vor mir hatte.

»Gerne«, sagte ich, während mein Puls raste.

Gott sei Dank hatte ich mir heute etwas Schickeres angezogen als beim letzten Mal. Jeans, einen schwarzen Pullover und Stiefel mit einem Pelzrändchen. Darüber trug ich eine warme Winterjacke, einen roten Schal und rote Handschuhe.

»Ich freue mich, dass Sie mitkommen. Ich muss gestehen, ich habe daran gezweifelt«, sagte er.

»Oftmals bin ich dann doch für Überraschungen gut. Ich freue mich übrigens auch«, erwiderte ich mutiger, als ich mich fühlte.

»Dort vorne in der nächsten Straße ist ein kleines Café, das sehr gemütlich ist. Die machen den besten Apfelkuchen, den Sie jemals gegessen haben.« Er deutete in die angesprochene Richtung.

»Dann schlage ich vor, wir gehen dorthin.«

Der Typ neben mir strahlte, als wir losmarschierten.

»Sprechen Sie öfter fremde Frauen an?«, fragte ich.

»Nur diejenigen, die mir ausgesprochen gut gefallen«, erwiderte er.

»Danke.« Ich konnte mich nicht erinnern, wann mir das letzte Mal jemand ein Kompliment gemacht hatte. Wahrscheinlich war es Johannes gewesen, mit dem ich nach deinem Tod eine Liaison gehabt hatte. Weil er für mich da gewesen war und mir geglaubt hatte, während andere an mir gezweifelt hatten. Kurz und leidenschaftlich war die Affäre gewesen, aber vor allem hatte sie verhängnisvoll geendet. »Dann gestehe ich Ihnen jetzt, dass ich mir gar nicht sicher bin, ob es richtig ist, mit Ihnen in dem Café einen Kaffee zu trinken und den besten Apfelkuchen meines Lebens zu essen, aber ich habe beschlossen, dieses Risiko einzugehen. Oder gibt es einen Grund, warum ich das nicht tun sollte?«

»Nein, auf gar keinen Fall! Ich bin ein liebenswürdiger Mann, der sich zu benehmen weiß.« Er lächelte wieder.

»Und bescheiden sind Sie auch.«

Jetzt lachte er, und seine Fröhlichkeit färbte auf mich ab. Den Gedanken an Johannes und an das, was damals geschehen war, verdrängte ich. Denn wenn ich mich davon beeinflussen ließe, bliebe ich auf ewig allein.

Wir schritten die Straße entlang und bogen an der nächsten Kreuzung rechts ab. Unterwegs erfuhr ich, dass er Mathias hieß, 36 Jahre alt war und als Grafiker in einer Werbeagentur arbeitete. Minuten später betraten wir das Café und setzten uns an einen Tisch mit Blick durch eine mannshohe Glasfront, an der die meisten Menschen gestresst vorbeiliefen. Nur wenige genossen den Flair in diesem umtriebigen Stadtteil, der im Sommer gerne von Touristen besucht wurde, da die Donaulände und das Kunstmuseum Lentos nicht weit entfernt lagen.

»Da Sie jetzt alles über mich wissen, erzählen Sie mal ein wenig von sich«, forderte mich Mathias auf, nachdem wir unsere Bestellung aufgegeben hatten.

»Über mich gibt es nicht viel zu wissen«, begann ich zögerlich, weil das Gespräch eine Wende nahm, bei der ich mich unwohl fühlte. Ich wollte nicht zu viel von mir preisgeben, da wir sonst rasch auf die unangenehmen Dinge zu sprechen kämen. Warum ich mein Leben nicht im Griff hatte. Wie ich dich verloren hatte. Wie Amir Saidi gestorben war und was ich damit zu tun hatte. »Meinen Namen habe ich Ihnen ja schon verraten …«

»Diana … Klingt wunderschön, so majestätisch«, flirtete er mit mir, was guttat nach so langer Zeit der Entbehrung. Ihn schien meine Zurückhaltung nicht zu stören.

»Danke«, erwiderte ich und spürte, wie ich errötete.

Die Kellnerin kam und brachte unsere Bestellung. Das bot mir eine kurze Verschnaufpause, in der ich mich sammeln konnte. Ich nahm einen Schluck Kaffee und verbrannte mir beinahe die Zunge.

»Ich arbeite in einem Bioladen«, fuhr ich fort, »bin 1,72 Meter groß und verrate Ihnen auf gar keinen Fall mein Gewicht.« Ein wenig war mir das Gesagte peinlich, aber mir fiel im Augenblick nichts Unverfänglicheres ein.

»Das brauchen Sie auch nicht, das spielt überhaupt keine Rolle. Sie sind wunderschön, wie Sie sind!«

Ich senkte den Blick. Noch weiter zu erröten war nicht möglich. Um etwas zu tun zu haben, steckte ich mir eine volle Gabel in den Mund.

»Sind Sie ... Single?« Mathias neigte den Kopf, als fürchtete er sich vor der Antwort. Während er darauf wartete, was ich erwidern würde, hörte er auf, von seinem Kuchen zu essen.

»Nein ... oder eigentlich ja.« Ich schluckte und legte die Gabel beiseite. Die Geschichte von dir zu erzählen schmerzte immer noch. »Oliver, mein Ehemann, ist vor drei Jahren gestorben.«

»Das tut mir leid.« An Mathias' Mimik erkannte ich, dass er es aufrichtig meinte.

»Danke.« Ich lehnte mich zurück und knetete meine Finger, was ich immer tat, wenn ich nervös war oder mich unwohl fühlte.

»Wie ist er ...?«

Ich war noch nicht so weit, darüber mit einem Mann zu sprechen, den ich erst seit wenigen Minuten kannte. Ich griff nach meiner Tasche und wollte gehen, was für mein Gegenüber wie eine Flucht aussehen musste, was es fraglos auch war. Ich konnte nur nicht sagen, ob ich vor diesem Mann davonlief oder vor meiner Vergangenheit. »Hören Sie, ich möchte nicht darüber reden und werde jetzt ...«

»Es tut mir leid! Das war dumm von mir, entschuldigen Sie bitte«, unterbrach mich Mathias sofort, als er merkte, was ich vorhatte. »Ich habe keine Erfahrung damit, dass jemand Nahestehendes stirbt, da ich selber noch nie in so einer Lage gewesen bin, worüber ich ausgesprochen dankbar bin. Ich hätte nicht nachhaken sollen.«

Ich blieb sitzen. Ein Teil von mir wollte es. »Schon gut, es ist ja nicht so, dass es ein Geheimnis wäre, wie Oliver gestorben ist, ich kann nur nicht … einfach so locker davon erzählen. Wir kennen uns ja kaum, und damals ist viel passiert … Sie haben bestimmt in den Zeitungen davon gelesen.«

»Kann sein, aber das ist jetzt nicht wichtig. Ich möchte, dass Sie bleiben und wir einen schönen Nachmittag zusammen verbringen. Können wir das vergessen und noch einmal von vorne beginnen?«

»Das wäre schön«, erwiderte ich. Und meinte es auch so.

Mathias schien erleichtert zu sein.

»Wir können uns duzen«, schlug ich vor.

»Sehr gerne.« Mein Gegenüber strahlte wieder.

»Du hast mir noch nicht gesagt, ob du eine Frau oder eine Freundin hast«, setzte ich unser Kennenlernen fort. »Oder vielleicht sogar beides.«

Mathias lachte und sagte: »Dann hätte ich dich nicht angesprochen.«

»Da ist was dran.«

»Was machst du in deiner Freizeit?«

Für ein paar Stunden vergaß ich alles, was mir derzeit Probleme bereitete. Ich erzählte ein kleines bisschen von mir, erfuhr mehr von Mathias, wir scherzten und alberten herum. Ich konnte nicht sagen, wie lange wir in dem Café gesessen hatten, aber irgendwann war es Zeit, nach Hause zu gehen.

Mathias begleitete mich, und das fühlte sich gut an. Obwohl es draußen schon finster war, schien für mich in diesem Moment die Sonne. Ich genoss Mathias' Anwesenheit und fühlte mich beinahe unbeschwert. Erst als wir an dem neongrünen Reklameschild vorbeigingen und die auf der Straße abgestellten Kerzen und Blumen in mein Blickfeld rückten, kehrte all das, was ich für eine Weile vergessen hatte, in mein Bewusstsein zurück. Doch es schien plötzlich nicht mehr ganz so bedrohlich zu sein wie noch vor Stunden, als ich meine Wohnung verlassen hatte und ebenfalls daran vorbeigekommen war.

»Was ist hier passiert?«, fragte Mathias, als wir die Stelle erreichten, die aufgrund der vielen Kerzen die Dunkelheit ein klein wenig vertrieb.

»Ein junger Mann wurde ermordet«, sagte ich.

»Ich hab davon gelesen. Oder es im Fernsehen gesehen, ich weiß es nicht mehr genau. Ich finde es grauenvoll, dass Menschen zu so etwas fähig sind.«

»Ja, das ist schrecklich«, stimmte ich ihm zu.

»Solche Schweine gibt es leider überall.«

»Du hast recht.« Ich ging weiter, um diesen Ort so rasch wie möglich zu verlassen und die Erinnerungen an den Mord zurückzudrängen, um den restlichen Abend vielleicht noch genießen zu können. »Dort drüben wohne ich.« Ich deutete auf das alte Stadthaus, in dem sich meine Wohnung befand.

Mathias folgte mir und fragte: »Dann … dann hast du alles mitbekommen, oder?«

»Ich hab es gesehen«, erwiderte ich leise.

»Scheiße!«, entfuhr es Mathias.

»Das ist noch untertrieben.«

»Es muss grauenvoll für dich sein. Ich meine … wie geht es dir jetzt? Ich mag mir gar nicht vorstellen, was du durchmachst.«

Ich blieb stehen und wandte mich ihm zu. »Es geht mir beschissen.« Obwohl mir Tränen in die Augen stiegen, lächelte ich. Ich wollte diesen Moment nicht verderben, indem ich die Dämonen, die mich seit Amir Saidis Tod verfolgten, Oberhand gewinnen ließ. Ich wollte, dass dieser Abend genauso schön und unbeschwert ausklang, wie der Nachmittag begonnen hatte.

Mathias trat an mich heran und zog mich an sich. Ich lehnte meinen Kopf an seine Schulter, und er legte seine starken Arme um mich. Ich sog seinen Geruch ein und spürte seinen Körper, der so kräftig war und sich nahtlos an meinen fügte. Doch das alles ging mir irgendwie auch zu schnell. Wir hatten gerade erst unser erstes Date hinter uns. Ich wollte nicht, dass Mathias dachte, dass ich leicht zu haben wäre. Wenn daraus etwas Ernstes entstehen sollte, würde er es verstehen.

Ich löste mich von ihm, was mir schwerfiel. Alles in mir sträubte sich, ich hatte dieses Gefühl des Geborgenseins so dringend nötig, und ich tröstete mich damit, dass wir schon bald an dieser Stelle weitermachen würden. Vielleicht wäre ich dann bereit, den nächsten Schritt zu gehen.

»Danke für den schönen Nachmittag«, sagte ich und trat zurück. Auf Mathias' Gesicht zeigte sich Enttäuschung. Ohne Zweifel hatte auch er sich ein anderes Ende des heutigen Tages gewünscht.

»Es war mir eine Freude«, erwiderte er, sichtlich unschlüssig, was er tun sollte. Ob er mich gehen lassen oder festhalten sollte.

»Es war gut, dass du mich angesprochen hast«, sagte ich, um mit etwas Verbindendem zu enden. Ich lächelte ihn an und machte Anstalten zu gehen.

»Diana?«

»Ja?« Ich hielt inne und nahm an, dass er fragen würde, ob er noch mitkommen könne, auf einen Schlummertrunk – oder mehr.

»Werden wir uns wiedersehen?«

»Ich würde mich sehr darüber freuen«, sagte ich und hoffte, dass in meiner Stimme keine Zweifel mitschwangen.

»Welche Wohnung ist deine?«

Ich deutete hinauf zu meinem Fenster. »Die rechts außen im vierten Stock.«

»Gut. Ich warte, bis du oben angelangt bist.«

»Gute Nacht, Mathias.«

»Gute Nacht, Diana.«

Ich querte die Straße und öffnete die Haustür. Dann lief ich wie ein verliebter Teenager die Treppe hinauf und sperrte meine Wohnung auf. Ohne die Sicherheitskette vorzulegen, schlüpfte ich aus den Schuhen und eilte mit Schmetterlingen im Bauch zum Fenster. Ich zog den Vorhang zur Seite, blickte hinunter auf die Straße und freute mich darauf, Mathias noch einmal zu sehen, wie er zu mir heraufschauen und mir zuwinken würde.

Doch meine Augen erfassten nichts dergleichen.

Mathias war nicht allein, jemand war bei ihm. Drei Männer hatten ihn umzingelt, fielen über ihn her. Ich konnte nicht glauben, was sich dort unten abspielte. Ich hatte das Gefühl, das schon einmal erlebt zu haben. Als wäre ich in einer Zeitschleife gefangen und alles würde sich so lange wiederholen, bis mich jemand daraus befreite …

Bis ich mich befreite!

Dieses Mal nahm ich mir nicht die Zeit, um aus dem Fenster zu schreien, holte kein Messer und keinen Besen, zog meine Schuhe nicht an, sondern rannte in Strümpfen die vier Stockwerke hinunter auf die Straße.

Als ich dort ankam, waren die Männer weg.

Auch von Mathias fehlte jede Spur.

15. KAPITEL

Ich stand in Strümpfen auf dem Asphalt – es war eiskalt. Alles passierte noch einmal, nur mit einem einzigen Unterschied: Dieses Mal fehlte die Leiche!

Ich lief ein Stück die Straße rauf und wieder hinunter, konnte keinen klaren Gedanken fassen. Mathias war weg. Ebenso die Männer, die ich von meinem Fenster aus gesehen hatte.

Was war geschehen?

Hatten sie Mathias entführt?

Und wenn ja, weshalb?

War ich das eigentliche Ziel gewesen und hatten sie sich nur, weil ich bereits in meine Wohnung gegangen war, Mathias geschnappt? Obwohl ich ihm nichts erzählt hatte …

Aber das wussten diese Männer nicht.

Vielleicht hatten sie angenommen, dass ich ihm heute Nachmittag in dem Café all die schlimmen Dinge anvertraut hatte …

Demnach beobachteten sie mich noch immer!

Erneut sah ich mich um, entdeckte niemanden. Die Straße war leer. Es war auch schon spät.

Ich fror. Meine Füße in den dünnen Socken auf dem eisigen Asphalt schmerzten. Ich lief ins Haus, die Treppe hoch in meine Wohnung, knallte die Tür hinter mir zu und schob die Sicherheitskette vor. Langsam sank ich zu Boden. Zitterte. Überlegte.

Ich musste die Polizei rufen. Musste denen erzählen, was passiert war …

Doch dann verstieße ich erneut gegen die Regeln und setzte damit Mathias' Leben aufs Spiel.

Also keine Polizei!

Das kam mir falsch vor. Außerdem war ich nicht stark genug, um das allein zu bewältigen. Ich fühlte mich schwach, war durcheinander und benötigte dringend Hilfe …

»Wenn du doch nur bei mir wärst«, sagte ich laut, um meine Stimme zu hören. Um mich zu beruhigen, denn du hattest immer gewusst, was zu tun gewesen war. Hattest stets Lösungen parat gehabt. Ich vermisste dich so sehr, selbst heute noch, drei Jahren nach deinem Tod. Doch du warst nicht da.

Also stand ich auf, atmete tief durch und überlegte noch mal von Neuem.

Wenn ich die Polizei riefe und die Entführer das mitbekämen, wäre jetzt nicht mehr nur ich, sondern ebenso Mathias in Gefahr. Informierte ich die Polizei nicht, würde niemand nach Mathias suchen und er würde in der Gewalt dieser Männer bleiben, die weiß Gott was mit ihm anstellten.

Dafür wäre dann ich verantwortlich!

Ich würde es mir nie verzeihen, wenn ihm etwas zustieße …

Also doch die Polizei informieren!

Ich wählte den Notruf. 133. Eine weibliche Stimme meldete sich. Noch während sie den üblichen Spruch aufsagte, wurde mir klar, dass sie nach meiner Schilderung sofort ein Einsatzteam losschicken würde, immerhin war ein Mensch entführt worden. Polizeiwagen mit eingeschalteten Blaulichtern würden durch die Stadt jagen und mit quietschenden Reifen unten auf der Straße anhalten. Das wäre so auffällig, da könnte ich Amir Saidis Mörder gleich selber darüber in Kenntnis setzen, dass ich es wieder getan hatte. Dass ich erneut meinen Mund nicht gehalten hatte.

Also doch keine Polizei!

Rasch tippte ich auf den roten Hörer auf dem Display meines Handys und hoffte, dass die Frau aus der Notrufzentrale nicht zurückriefe. Immerhin hatte sie nun meine Nummer.

Doch darüber konnte ich jetzt nicht nachdenken. Ich musste handeln und kramte in meiner Handtasche nach der Visitenkarte von Chefinspektor Gerhard Köchner. Ich war mir sicher, dass ich sie da reingesteckt hatte, nachdem er sie mir bei unserer ersten Begegnung überreicht hatte, fand sie aber nicht.

»Verdammt! Wo ist sie?«

Endlich entdeckte ich sie zwischen einer zusammengeknüllten Shoppingtasche und meinem Portemonnaie, zog sie heraus, strich sie glatt und tippte die Ziffern von Köchners Nummer der Reihe nach ein.

Ob der Chefinspektor um diese Zeit überhaupt noch im Dienst war? Würde er rangehen?

Das Freizeichen ertönte. Am anderen Ende der Leitung läutete es. Einmal. Zweimal. Dann noch ein paar Male.

»Ja?«, meldete sich ein Mann.

»Chefinspektor Köchner?«, fragte ich, da ich mir nicht sicher war, ob nicht jemand anderer für Köchner abgehoben hatte, schließlich kannte ich seine Stimme nicht gut. Ich wollte auf jeden Fall nur mit dem Chefinspektor reden.

»Ist dran.«

»Es tut mir leid, dass ich Sie so spät noch störe …«

»Wer sind Sie?«

»Oh, tut mir leid!« Ich hatte vergessen, mich vorzustellen. »Hier ist Diana Heller. Ich bin diejenige, die …«

»Ich weiß, wer Sie sind, Frau Heller. Was ist los, dass Sie anrufen?«

»Es ist …« Ich zögerte und überlegte, ob es tatsächlich richtig war, was ich tat. Plötzlich hegte ich erneut Zweifel.

»Ja?« Köchner klang ungeduldig.

»Es … es ist wieder etwas passiert«, rang ich mich zur Wahrheit durch. Der Anfang war getan. Und als ich die ersten Worte ausgesprochen hatte, gab es für mich kein Halten mehr. Ich erzählte, was sich zugetragen hatte, ebenso, dass ich zuvor mit dem Polizeinotruf verbunden gewesen war, aber aufgelegt hatte, da ich nicht wollte, dass eine Einsatztruppe mit Blaulicht in meine Straße rasen würde.

»Wo sind Sie, Frau Heller?«

»In meiner Wohnung.«

»Wir kommen zu Ihnen und …«

»Nein!«, rief ich. »Ich hab Ihnen doch gerade gesagt, dass das nicht geht. Die beobachten mich!«

»Wer sind die?«

»Amir Saidis Mörder. Sie bedrohen mich … Aber da ist noch etwas, das ich Ihnen erzählen muss.«

»Ich höre.«

»Nachdem ich gestern bei Ihnen gewesen bin, hat mich einer der Typen abgepasst und mir gedroht, mich umzubringen, wenn ich noch mal zur Polizei gehe und über den Mord rede.«

»Hat ihn noch jemand außer Ihnen gesehen?«, fragte Köchner.

»Ich denke schon.«

»Würde sich einer von diesen Leuten an den Mann erinnern, wenn wir einen Zeugenaufruf starten? Mit einer flüchtigen Begegnung, die niemandem im Gedächtnis geblieben ist, können wir nichts anfangen.«

»Ich glaube nicht«, gab ich zu und dachte an die zwei Polizisten, die mir auf dem Weg nach Hause entgegengekommen waren. Wenn ich ihnen von der Bedrohung erzählt hätte, hätten sie den Mann vielleicht verfolgt. Oder die Frau, die mich gefragt hatte, wie es mir gehe, ich hatte ihr nicht geantwortet und war davongelaufen. Ich hatte mich bemüht, möglichst unauffällig zu wirken. Das stellte sich nun als Fehler heraus, da ich mit keinen Zeugen aufwarten konnte. »Aber ich hab diesen einen Typen jetzt aus der Nähe gesehen und weiß, dass das Phantombild seinem tatsächlichen Aussehen entspricht. Das ist doch gut, oder?«

»Nicht gut genug, Frau Heller. Ich komme zu Ihnen. Allein. Wir müssen darüber von Angesicht zu Angesicht reden. Das, was Sie mir erzählen, ist eine schwerwiegende Sache. Ich kann das nicht einfach so übers Telefon belassen und dann …«

»Dadurch gefährden Sie nicht nur mein Leben, sondern auch das von Mathias«, unterbrach ich den Chefinspektor und hörte, wie er genervt die Luft ausstieß.

»Na gut, dann machen wir es andersrum. Sie kommen zu mir auf die Polizeidienststelle. Und zwar sofort! Wir dürfen keine Zeit verlieren, wenn stimmt, was Sie mir berichtet haben. Sie müssen es irgendwie schaffen, unbemerkt das Gebäude zu verlassen.« Das war keine Bitte, sondern ein Befehl.

Im Erdgeschoss führte eine Tür in den Innenhof hinaus. Wenn ich ihn querte, könnte ich auf der gegenüberliegenden Seite durch ein anderes Wohnhaus auf die Parallelstraße gelangen – vorausgesetzt, sämtliche Türen waren nicht verschlossen.

»Das könnte klappen«, sagte ich.

»In 15 Minuten?«

»Ich hab kein Auto und bin zu Fuß unterwegs. Vielleicht fährt noch ein Bus, das weiß ich aber nicht. Sagen wir in einer halben bis Dreiviertelstunde?«

»Soll ich Sie wo abholen?«

»Nein, ich schaff das schon.« Ich legte auf und zog mich an. Aus dem Schrank holte ich eine alte Jacke, die ich seit Jahren nicht mehr angehabt hatte. Statt den roten Handschuhen nahm ich graue und tauschte den ebenfalls roten Schal gegen einen beigefarbenen. Dann packte ich das Smartphone in die Handtasche und verließ die Wohnung.

Die Tür im Erdgeschoss, die in den Garten führte, war nicht versperrt. Bevor ich hindurchschlüpfte, zog ich die Kapuze meiner Jacke über den Kopf und den Schal über Mund und Nase. Anschließend trat ich hinaus in den grün angelegten Innenhof, der besonders bei Kindern beliebt war. Im Sommer spielten sie hier Fußball, im Winter wurde von ihnen, wenn es das Wetter zuließ, eine Schneeballschlacht veranstaltet, an der sich manchmal auch Erwachsene beteiligten. Mich hatte in den letzten drei Wintern schon der ein oder andere Schneeball getroffen, was übermütiges Gelächter bei den Kindern hervorgerufen hatte.

Jetzt aber war es ruhig, beinahe totenstill. Selbst die Geräusche der umliegenden Straßen drangen aufgrund der Gebäude, die den Lärm abschirmten, nur gedämpft hierher.

Ich erreichte den gegenüberliegenden Wohnungsbau und drückte die Klinke herunter. Mist! Die Tür war abgesperrt.

Eine Möglichkeit gab es jedoch noch, aus dem Innenhof zu gelangen. Etwa 20 Meter weiter vorn war eine Einfahrt, die direkt auf die Straße hinausführte. Sie war ein Relikt aus jener Zeit, in der im Hof noch Autos geparkt hatten. Vor über zehn Jahren hatte man diesem Raum jedoch mehr Bedeutung für die Menschen beigemessen und in der Nähe eine Tiefgarage errichtet, in der sich die Bewohner der umliegenden Häuser einen Parkplatz anmieten konnten. Die Innenhöfe waren indessen zu kleinen grünen Erholungsoasen umgestaltet worden.

Ich ging zum Tor und schob den Riegel zurück. Anschließend zog ich einen der Flügel einen Spaltbreit auf und trat hinaus auf die Straße. Nur ein Pärchen schlenderte eingehakt in Richtung Mariendom, sonst sah ich niemanden. Ich steckte die Hände in die Taschen und ging los. Bemühte mich, ruhig zu bleiben, um keine Aufmerksamkeit zu erregen. Als wäre alles normal.

Nach mehreren Hundert Metern fing ich an zu laufen.

*

Ich schaffte die Strecke zur Polizeidienststelle in etwas mehr als 20 Minuten, was viel schneller war als sonst. Das Landeskriminalamt war um diese Uhrzeit lediglich mit einer reduzierten Mannschaft besetzt. Verschwitzt, aber mit der Gewissheit, dass mich niemand verfolgt hatte, da ich mich unzählige Male umgesehen hatte, betrat ich das Gebäude und bat, zu Chefinspektor Köchner vorgelassen zu werden. Augenblicke später saß ich ihm wieder gegenüber.

»Wie heißt dieser Mathias mit Familiennamen?«, fragte er, nachdem ich ihm noch einmal alles erzählt hatte.

»Ich … ich weiß es nicht«, gab ich zu. Ich hatte nicht danach gefragt, wir hatten uns eben erst kennengelernt. »Ich hab heute das erste Mal mit ihm geredet. Er hat mich vor dem Haus meiner Therapeutin abgepasst, da wir uns dort schon mal begegnet sind. Zufällig natürlich. Er hat gehofft, mich dort wiederzusehen. Was ja auch so gewesen ist.«

»Dann sind Sie mit ihm in ein Café gegangen und haben den Nachmittag mit ihm verbracht«, wiederholte Köchner, was ich ihm zuvor erzählt hatte, und machte sich weitere Notizen.

Ich nickte. »So ist es gewesen, ja.«

»Anschließend hat er Sie nach Hause begleitet. Wie spät war es da?«

»Es war dunkel … keine Ahnung, ich hab nicht auf die Uhrzeit geachtet. Vielleicht acht? Halb neun?«

»Dann sind Sie rauf in Ihre Wohnung, während er auf der Straße zurückgeblieben ist.«

»Das sagte ich doch schon!«, entgegnete ich ungeduldig und wollte aufstehen.

»Beruhigen Sie sich, Frau Heller. Ich möchte alles in Ruhe durchgehen, damit uns keine Fehler unterlaufen.«

»Okay.« Ich sank auf den Stuhl zurück und ließ die Befragung über mich ergehen, auch wenn ich Angst hatte, dadurch wertvolle Zeit zu verlieren. Zeit, in der die Männer Mathias etwas antun könnten.

»Wie ging es weiter?«, fragte Köchner und blickte von seinen Notizen auf.

»Ich hab vom Fenster aus beobachtet, wie diese Monster auf Mathias losgegangen sind. Sie haben ihn umzingelt, zu Boden gerissen und verprügelt.«

»Das haben Sie von demselben Fenster aus gesehen, von dem Sie bereits den Mord an Amir Saidi beobachtet haben?«

»Ja.«

»Was haben Sie dann gemacht?«

»Ich bin nach unten gelaufen und wollte ihm helfen ...«

»Haben Sie etwas mitgenommen, um sich verteidigen zu können?«

»Nein, dieses Mal bin ich sofort losgerannt, um keine Zeit zu verlieren.«

»Sie haben nichts mitgenommen, mit dem Sie sich zur Wehr hätten setzen können? Kein Messer, keinen Besen, keinen Regenschirm oder sonst etwas, mit dem Sie hätten zuschlagen können? Obwohl Sie wissen, dass diese Männer gefährlich sind und diese Sie ja auch bedroht haben?«

Mir wurde klar, wie dumm und naiv ich gewesen war. Wenn die Männer gewartet hätten, hätten sie auch mich erwischt. Dennoch war es mir in diesem Moment als das Richtige erschienen. »Nein, ich hab nichts mitgenommen. Bei Amir Saidi hatte ich deshalb zu lange gebraucht. Wäre ich schneller gewesen, würde er vielleicht noch leben.«

»Erzählen Sie weiter!«, forderte Köchner mich auf.

»Als ich unten angekommen bin, ist niemand mehr da gewesen. Die haben Mathias entführt! Sie müssen etwas tun! Bitte!«

»Wir werden die Nachbarn befragen, ob sie etwas beobachtet haben.«

»Da war keiner. Ich hab niemanden gesehen.«

»Beim Mord an Amir Saidi gab es auch keinen einzigen Zeugen außer Ihnen. Ist das nicht seltsam? Immerhin sind wir in Linz, die Stadt hat über 200.000 Einwohner.«

»Ich wohne in einer abgelegenen Straße, in der lediglich Wohnhäuser stehen. Da sind keine Geschäfte, bis auf den Laden mit dem neongrünen Reklameschild. Und gerade, weil es so ruhig ist, lebe ich dort. Wie viele von den anderen Bewohnern vermutlich auch. Und jetzt ist es draußen kalt, da läuft niemand zum Vergnügen durch die Gegend, ebenso keine Touristen … Moment mal …« Erst jetzt fiel mir auf, dass Köchner mich misstrauisch musterte. »Sie glauben mir nicht, hab ich recht?«

»Ich muss gestehen, es fällt mir zunehmend schwerer«, gab Köchner zu.

»Sie denken tatsächlich, dass ich mir alles nur ausgedacht habe? Weswegen?«

»Es ist schon eine abwegige Geschichte, die Sie mir da erzählen. Zuerst der Mord ohne andere Zeugen und jetzt eine Entführung, wieder ohne andere Zeugen. Und jedes Mal spielen Sie darin eine bedeutende Rolle. Was soll ich Ihrer Meinung nach davon halten?«

»Das ist mir scheißegal, was Sie davon halten«, erwiderte ich trotzig. »Es hat sich alles so zugetragen, wie ich es Ihnen erzählt habe!«

Der Chefinspektor kramte in den Stößen auf seinem Schreibtisch nach einer Akte und zog ein Papier heraus. Er tat, als studierte er es, aber ich war mir sicher, dass ihm der Inhalt längst bekannt war.

»Auf dem Blatt, das angeblich unter Ihrer Tür durchgeschoben wurde, befinden sich keine Fingerabdrücke«, ließ er mich wissen.

»Genau das haben Sie doch erwartet«, wies ich ihn darauf hin, ohne auf das »angeblich« einzugehen, das er benutzt hatte. Es verdeutlichte nur noch mehr, wie stark Köchners Zweifel an mir waren. »Dass die Täter wissen, dass Sie danach suchen werden, sobald diese Drohung in Ihre Hände gelangt. Das haben Sie gesagt!«

»Lediglich Ihre Fingerabdrücke sind darauf, Frau Heller«, legte Köchner nach.

»Natürlich! Weil ich den Zettel angefasst hab. Ich hab ihn aufgehoben und gelesen und erst dann, wie ich realisiert hab, was das ist, in einen Gefrierbeutel gesteckt.«

»Es kann so gewesen sein, wie Sie behaupten. Möglicherweise ist es aber anders abgelaufen. Vielleicht gibt es diesen Mathias gar nicht, den Sie ausgerechnet heute kennengelernt haben wollen, mit dem Sie den ganzen Nachmittag verbracht haben und dessen Nachnamen Sie nicht kennen. Vielleicht wollen Sie bloß erneut Aufmerksamkeit erregen, die Sie nach dem Tod Ihres Mannes und jenem von Amir Saidi zweifelsohne bekommen haben. Oder das Rendezvous ist nicht so verlaufen, wie Sie sich das vorgestellt haben, und der Typ ist einfach abgehauen, als er die Chance dazu gesehen hat. Auch das wäre möglich.«

Harte Worte, die mir den Boden unter den Füßen wegzogen. Ich wurde plötzlich verdächtigt, eine Lügnerin zu sein, zumindest was Mathias anbelangte. Welche Rolle ich in Köchners Augen bei Amir Saidis Tod spielte, war mir noch nicht klar. Ich wollte es in diesem Augenblick auch gar nicht wissen. Ich wollte nur noch weg von diesem Ort.

»Werden Sie mir nun helfen, Mathias zu finden?«, fragte ich ruhig, obwohl in meinem Inneren ein Orkan wütete. Lediglich meine bebenden Lippen verrieten, wie aufgewühlt ich war.

»Wenn es ihn gibt, werden wir selbstverständlich alles tun und ihn suchen«, erwiderte Köchner.

»Kann ich gehen?«

»Ja. Aber halten Sie sich zu unserer Verfügung. Es werden sich bestimmt noch Fragen …«

Der Rest von Köchners Worten versank in lautem Tosen. Das Blut in meinem Körper brodelte und in meinen Ohren rauschte es. Ich erhob mich vom Stuhl, mir wurde schwindelig und ich wankte. Stützte mich an der Rückenlehne ab, bis ich glaubte, gehen zu können. Ich meinte, dass Köchner meinen Namen sagte, aber das Rauschen in meinen Ohren war derart laut, sodass ich seine Worte nicht verstand. Oder seine Stimme war zu leise, sodass ich sie nicht richtig hören konnte.

Ich stolperte zur Tür.

Dann wurde es schwarz um mich.

16. KAPITEL

Ich wachte am Boden liegend auf. Jemand hielt meine Beine in die Höhe, eine Hand tätschelte meine Wange.

»Frau Heller? Hören Sie mich?«

Es war Köchners Stimme, die in mein Bewusstsein drang, also befand ich mich noch immer auf der Polizeidienststelle. Ich konnte nichts dagegen tun, auch wenn ich mich noch so sehr anstrengte, seine Worte aus meinem Kopf auszusperren, ich hörte sie weiterhin.

»Frau Heller? Wir haben die Rettung gerufen, sie wird gleich da sein.«

Mehr und mehr Gesichter rückten in mein Blickfeld, von oben sahen sie auf mich hinab. Sie gehörten allesamt Polizisten. Ich versuchte aufzustehen, wollte weg von dem Ort, wo mir Köchner übel mitgespielt hatte. Wo er mich vom Opfer zur Täterin hatte machen wollen.

»Sie hatten einen Kreislaufkollaps, bleiben Sie liegen. Zumindest so lange, bis die Rettung da ist.« Hände drückten mich auf den Boden zurück. Ich war wehrlos und ließ es geschehen.

»Wann haben Sie zuletzt etwas gegessen?«, fragte Köchner dicht über mir.

Das Verhör ging also weiter, dachte ich, aber es wirkte nicht mehr so bedrohlich auf mich wie vor meinem Zusammenbruch.

»Heute Nachmittag, ein Stück Apfelkuchen«, sagte ich

und fügte im Geiste an: den besten, den ich je in meinem Leben gegessen hatte.

»Und davor?«

Ich überlegte. Zuerst fiel mir nichts ein, doch dann erinnerte ich mich an das Pfannengemüse mit Reis. Ich war zwar darüber auf der Couch eingeschlafen, ein wenig davon hatte ich dennoch zu mir genommen. Auch das sagte ich.

»Kein Wunder, dass Sie zusammenklappen«, rügte mich Köchner.

Die Sanitäter kamen, und die Polizisten machten ihnen Platz. Meine Pupillen wurden kontrolliert, mein Blutdruck gemessen. Jemand erzählte ihnen, was passiert war und dass mich Köchner gerade noch aufgefangen hatte, bevor ich mit dem Kopf auf den harten Boden geprallt wäre. Die Männer vom Roten Kreuz wollten mich mitnehmen, aber ich hielt dagegen, dass es mir schon besser gehe und ich etwas essen und mich ausruhen würde. Ich war mir sicher, dass mir nichts fehlte und mir lediglich alles zu viel geworden war. Amir Saidis Tod. Mathias' Entführung. Köchners Verdächtigungen. Lauter Gründe für meinen Zusammenbruch.

Die Sanitäter zogen ab, und ich befand mich noch immer in Köchners Büro, saß wieder auf dem Stuhl. Vielleicht hätte ich doch mit dem Rettungswagen mitfahren sollen, dann wäre ich zumindest nicht mehr auf der Polizeidienststelle.

»Es tut mir leid, dass ich Sie vorhin so hart rangenommen habe«, entschuldigte sich Köchner überraschend bei mir.

Damit hatte ich nicht gerechnet. Ich nahm gerade einen Schluck Wasser, das man mir gereicht hatte, und verschluckte mich beinahe.

Währenddessen zog der Chefinspektor eine Schublade seines Schreibtisches auf, fasste hinein und holte einen Schokoriegel heraus. »Die hab ich immer bei mir, falls ich während der Ermittlungen nicht zum Essen komme. Hier! Nehmen Sie!« Er schob mir die Süßigkeit auf einem Aktenstapel entgegen.

»Soll das ein Friedensangebot sein?«, fragte ich.

»Ich wusste nicht, dass wir uns im Krieg befinden.«

»Na ja, für mich fühlt es sich im Augenblick so an, als fiele alles um mich herum in sich zusammen. Außerdem haben Sie vorhin mit scharfer verbaler Munition auf mich geschossen. Sie haben sich dafür sogar bei mir entschuldigt. Also ja, ich denke, wir befinden uns im Krieg.« Ich griff nach dem Schokoriegel und riss die Verpackung auf. Erst jetzt bemerkte ich, wie hungrig ich war.

»Ich mache nur meinen Job«, erwiderte Köchner.

»Danach sieht es von meiner Position aus aber nicht aus.« Immerhin war Mathias nach wie vor verschwunden. Ich stand auf und ging zur Tür.

»Die Kollegen sind längst losgefahren und suchen nach Ihrem Freund, diesem Mathias, dessen Nachnamen wir nicht kennen. Ich nehme an, dass schon bald eine Vermisstenanzeige eingehen wird, wenn …« Köchner verstummte.

Ich blieb bei der Tür stehen und wandte mich um. »Wenn stimmt, was ich Ihnen erzählt habe«, ergänzte ich den Satz.

»Das hab ich nicht gesagt.«

»Aber so gemeint … Danke, dass Sie mich aufgefangen haben. Und danke für den Schokoriegel.«

»Soll ich Sie nach Hause fahren?«

»Nein. Denn auch wenn Sie mir nicht glauben, es hat sich nichts geändert. Würden wir zusammen gesehen, wäre das für mich immer noch fatal. Und wahrscheinlich für Mathias.«

*

Vor dem Polizeigebäude empfing mich kalte Luft. Sie tat mir überraschend gut und spülte frische Energie in meine müden Knochen. Das konnte aber auch an dem Schokoriegel liegen, den ich gierig hinuntergeschlungen hatte. Ich sah mich um und stellte fest, dass dies bereits zur Gewohnheit wurde. Dass ich nichts mehr tat, ohne mich umzublicken. Zu dieser späten Stunde war der Bereich beim Eingang des Landeskriminalamtes gut überschaubar. Außer ankommenden und abfahrenden Polizeiautos entdeckte ich nichts. Ich zog den Reißverschluss meiner Jacke bis ganz nach oben, stülpte die Kapuze über meinen Kopf und ging los.

Allerdings nicht nach Hause. Ich hatte noch etwas vor.

Beim nächsten Bankomaten hob ich 400 Euro ab, mehr ging nicht. In meiner Geldbörse befanden sich 82 Euro, das Kleingeld mitgerechnet. Ob es für meine Zwecke reichen würde, wusste ich nicht, trotzdem musste ich es versuchen.

Ich lief durch die dunklen Gassen von Linz und hoffte, auf jemanden zu treffen, der mir helfen konnte. Von den wenigen Menschen, die jetzt noch unterwegs waren, entsprach keiner dem Bild, wie ich mir jemanden vorstellte, der tat, wonach ich suchte.

In der Nähe des Pfarrplatzes entdeckte ich eine Frau, die trotz frostiger Temperaturen nur leicht bekleidet war. In dem Minirock und den Netzstrümpfen fror sie bestimmt, ebenso waren die roten High Heels keinesfalls wintertauglich. Ich wusste, dass in dieser Gegend immer wieder Prostituierte anzutreffen waren, und ich erhoffte mir, dass sie mir einen Tipp geben konnten. Immerhin war ihre Arbeit nicht gerade ungefährlich.

»Hallo«, grüßte ich schon aus drei Metern Entfernung.

»Hallo, Süße«, erwiderte die Blondine mit verrauchter Stimme. Sie trat geschmeidig wie eine Katze näher an mich heran, als wollte sie mich verführen. Ich schätzte sie um mindestens 15 Jahre älter als ich, wenngleich ich durch das dick aufgetragene Make-up und die auffälligen Konturen um Augen und Mund auch falschliegen konnte. Ich war mir nicht sicher, ob ich ihre echten fülligen Haare bestaunte oder ob sie eine Perücke trug, was wahrscheinlicher war. Jedenfalls waren ihre Lippen aufgespritzt.

»Kannst du mir sagen, wo ich eine Waffe kaufen kann?«, fragte ich direkt. Es machte keinen Sinn, um den heißen Brei herumzureden.

»Verpiss dich!«, zischte sie mir entgegen.

Irgendwie hatte ich mit dieser Reaktion gerechnet, wenn ich auch auf eine andere gehofft hatte. Ich wandte mich ab und lief weiter.

»Hey!«, rief mir die Prostituierte hinterher.

Zögernd blieb ich stehen und drehte mich zu ihr um.

»Aber wenn du ficken willst …«

Ohne darauf zu antworten, setzte ich meinen Weg fort. Mein Ziel war die Altstadt, von dort hörte man die wildesten Sachen. Raufereien. Drogen. Und Waffenverkäufe unter der Hand. Dort hoffte ich fündig zu werden. Vorerst wollte ich mich jedoch nur mal umsehen und mich dann spontan entscheiden, ob ich einen weiteren Versuch wagte.

Minuten später betrat ich das Rickirick, eine Bar, die größer war, als der Eingang von außen vermuten ließ.

Das Lokal bestand aus einem schmalen Gang, in dem die Betreiber beidseitig hohe Tische mit Barhockern aufgestellt hatten, die allesamt besetzt waren. Im rückwärtigen Bereich wurde die Bar geräumiger und endete an einem Tresen, wo zwei Männer Cocktails mixten, die von Kellnern an die Tische gebracht wurden. Waren mir draußen nur wenige Menschen begegnet, so war es hier drinnen gerammelt voll. Der Lärmpegel war hoch, aus mehreren Lautsprechern trommelte Musik, und ich wunderte mich, dass sich die Gäste noch unterhalten konnten.

Ich versuchte, unter den Nachtschwärmern jene herauszufiltern, die möglicherweise illegal Waffen verkauften, wobei mir klar war, dass man so etwas niemandem ansah. Ich bemerkte Frauengruppen, die fröhlich lachten und sich zuprosteten, und Männer, die Frauen taxierten und wohl noch mehr Zeit benötigten, um sich zu überwinden und sie anzusprechen. Pärchen steckten die Köpfe zusammen und mussten sich trotzdem anschreien, um einander zu verstehen. Aber niemand von denen machte den Eindruck, als handelte er im Verborgenen mit Waffen.

»Was willst du trinken?«, fragte mich eine Kellnerin, die mit einem Tablett in der Hand leere Gläser zurück zum Tresen balancierte.

»Äh … ich … nichts, danke«, sagte ich. »Ich suche bloß jemanden.«

»Na dann … Vielleicht willst du ja etwas, wenn du ihn gefunden hast.« Mit diesen Worten verschwand sie im Getümmel.

Mir fiel ein Typ auf, der bis zum Hals tätowiert war. Aus dem Ausschnitt seines Pullovers kroch eine Schlange hinauf bis zu seinem Ohr. Auf der anderen Seite erstreckten sich die Ausläufer eines Spinnennetzes. Da er die

Ärmel hochgeschoben hatte, konnte ich sehen, dass ebenso seine Arme mit blauschwarzen Linien und Flächen verziert waren. Er unterhielt sich mit einem Typen, der die Haare zu einem Zopf zusammengebunden hatte. Diesen beiden traute ich das Geschäft zu, nach dem ich suchte, wenngleich mir bewusst war, dass meine Einschätzung von Vorurteilen geprägt war. Aber irgendwie verhielten sich die Männer auch anders als die übrigen Gäste. Sie wirkten ernster und nicht, als wären sie auf Unterhaltung aus.

Ich nahm all meinen Mut zusammen und drängte mich durch die Barbesucher hindurch in ihre Richtung. Auf dem Weg überlegte ich mir, wie ich das Gespräch anfangen sollte. Konnte ich mein Anliegen direkt aussprechen, oder wäre es besser, wenn ich mich vorerst vage hielt und vorfühlte, ob ich nicht komplett danebenlag? Würden sie mich auslachen, wenn ich sie fragte, ob sie eine Pistole für mich hätten? Oder gar die Polizei rufen?

»Hi«, sagte ich, als ich ihren Stehtisch erreichte, und gab mich betont locker, was mich Überwindung kostete.

»Grüß dich! Dich haben wir hier ja noch nie gesehen«, sagte der Tätowierte und beugte sich nach vorn, damit ich ihn besser verstehen konnte.

»Ich bin auch das erste Mal da«, gab ich zu.

»Wie schön. Schön für uns«, erwiderte der mit dem Zopf und grinste.

»Du hast ja gar nichts zu trinken. Ich lade dich ein. Was willst du haben?«, fragte der Tätowierte und winkte die Kellnerin zu uns, ohne auf meine Antwort zu warten.

»Äh … nichts, danke. Ich wollte euch nur etwas fragen.«

»Raus damit! Was willst du wissen? Eins gleich vorweg: Wir sind beide Singles. Du kannst uns also beide haben, wobei ich für mich plädiere. Ich bin eindeutig der Hübschere«, sagte der Typ mit dem Pferdeschwanz.

Die Männer lachten.

»Deswegen bin ich nicht hier.«

Gespielte Enttäuschung machte sich auf den Gesichtern breit.

»Na los, womit können wir dir helfen?«

»Ich suche jemanden ...«

»Du hast uns gefunden!«, rief der Tätowierte und streckte die Arme seitlich von sich, als würde ich angelaufen kommen und ihm wie ein Kind entgegenspringen.

Nun musste auch ich lachen, wurde jedoch gleich wieder ernst. »Nein, tut mir leid ... Ich suche jemanden, der mir eine Pistole verkauft.«

Die Augen des Tätowierten weiteten sich. »Wowowow! Hab ich dich richtig verstanden? Du brauchst eine Waffe?«

»Genau«, bestätigte ich.

»Tut mir leid, damit haben wir nichts zu schaffen!« Nun hielt er die Hände abwehrend vor sich, als ginge von mir Gefahr aus. Auch der mit dem Zopf schüttelte abweisend den Kopf.

Die Kellnerin kam und fragte: »Na, hast du endlich den gefunden, den du gesucht hast?« Ihr Blick wechselte zwischen uns hin und her.

»Nein, leider nicht«, sagte ich. »Entschuldigt mich bitte.« Ich drängte mich durch die Menschen in Richtung Ausgang. Das Ganze war mir unangenehm. Und es war ein weiterer Fehlschlag.

Mein Mut sank, und ich realisierte, dass es nicht so einfach werden würde, an eine Waffe zu gelangen. Nicht wie in manchen Filmen, wo an jeder zweiten dunklen Ecke ein Dealer oder ein Waffenschieber auf Kundschaft lauerte.

Aber ich brauchte die Waffe sofort und hatte nicht die Zeit, einen Waffenschein zu beantragen und Schießübungen zu machen. Wobei Letzteres nicht schlecht wäre, das musste ich zugeben. Und um sie übers Darknet zu bestellen, kannte ich mich zu wenig aus.

Ich verließ die Bar und atmete tief durch. Drinnen war es stickig gewesen und viel zu warm. Ich hatte geschwitzt, wahrscheinlich, weil ich die Jacke anbehalten und etwas Verbotenes getan hatte. Ich hatte eine Scheißangst gehabt. Und noch war es nicht vorbei. Ich hatte noch immer keine Pistole. Also betrat ich das nächste Nachtlokal, doch auch dort fand ich niemanden, der mir weiterhalf. Ebenso nicht in der nächsten und übernächsten Bar.

Ich wollte mich gerade auf den Heimweg machen, als in Höhe des Jubiläumsbrunnens jemand hinter mir rief: »Hey, warten Sie!«

Ein bärtiger Mann stand an der Ecke zur Hahnengasse. Seine lockigen Haare fielen ihm ins Gesicht, und seine Jacke war trotz Kälte zur Hälfte offen, ein kariertes Hemd blitzte darunter hervor. Mit einer Hand winkte er mich zu sich, die andere vergrub er in der Hosentasche. Ich schätzte ihn etwa so alt wie meinen Vater. Er sah weder einschüchternd noch vertrauenerweckend aus. Einen Waffenhändler stellte ich mir anders vor. Dennoch – oder vielleicht gerade deshalb – machte ich ein paar Schritte auf ihn zu, um zu hören, was er von mir wollte.

»Ich hab mitbekommen, dass Sie etwas suchen«, raunte er mir entgegen, als ich nahe genug war.

»Das stimmt«, erwiderte ich. Mein Herz pochte mir bis zum Hals, doch ich schöpfte Hoffnung. »Können Sie mir helfen?«

»Kommen Sie mit!« Er deutete mit einer Kopfbewegung, dass ich ihm folgen sollte, wandte sich ab und ging los.

»Wissen Sie denn überhaupt, was ich suche?«, rief ich und rührte mich nicht von der Stelle. Bevor ich diesem Mann hinterherlief wie eine Hündin ihrem Herrn, wollte ich Klarheit. Ich war mir nämlich sicher, dass ich ihn in den vielen Bars, die ich abgeklappert hatte, nicht angesprochen hatte. Woher wusste er also von mir? Hatte es sich bereits herumgesprochen, dass da eine war, die eine Waffe kaufen wollte? Oder dass eine Frau allein durch die Altstadt lief und leichte Beute für Triebtäter war? Vielleicht wollte mich der Typ in eine dunkle Gasse locken und dort über mich herfallen …

Er legte den Zeigefinger auf den Mund und signalisierte, dass dies nicht der richtige Ort war, um mein Anliegen zu besprechen. Also musste ich ihm folgen, wenn ich wissen wollte, ob er mir die ersehnte Waffe verkaufen würde.

»Scheiße!«, fluchte ich, schob alle Vorbehalte beiseite und redete mir ein, dass ich ja noch immer umdrehen konnte, sollte sich die Sache anders entwickeln, als ich es wollte.

Wir gingen in die Hofgasse, er vorne, ich mehrere Schritte dahinter. Vor einem alten Stadthaus mit unscheinbarer Tür hielt er inne und sah sich um. Ein paar Nachtschwärmer waren unterwegs, beachteten uns jedoch nicht. Der Mann drückte die Klinke nach unten und betrat das mehrere Hundert Jahre alte Gebäude, das in seiner Entstehungszeit reichen Menschen gehört haben musste.

Ich blieb draußen stehen. Jetzt war der Zeitpunkt, an dem ich mich entscheiden musste.

Bleiben oder gehen?

Das Haus betreten oder davonlaufen?

Mein Atem wurde schneller. Meine Nerven flatterten. Gleich würde ich hyperventilieren und ohnmächtig werden, wenn ich mich nicht zusammenriss.

»Was ist?«, fragte der Mann.

»Ich komme«, sagte ich, obwohl es eine Falle sein könnte. Aber wenn ich jetzt einen Rückzieher machte, hatte ich vielleicht meine einzige Chance vertan, heute Nacht an eine Pistole zu gelangen.

Ich betrat das Stadthaus und schloss hinter mir die Tür. Neben dem Eingang führte eine spärlich ausgeleuchtete Steintreppe in den Keller hinab, die der Mann vor mir nach unten stieg. Auch waren die Wände zum Großteil aus Stein gemauert mit dazwischenliegenden Abschnitten, die grob verputzt und im Laufe der Jahre mehrmals ausgebessert worden waren. Spinnweben hingen in den Ecken, und ich fragte mich, wann das letzte Mal jemand dort unten gewesen war. Recht oft dürfte dieser Abgang nicht benutzt werden. Ich versuchte nicht nachzudenken, was mich erwarten könnte, und folgte dem Mann in die Tiefe. Erst jetzt fiel mir ein, dass ich Nora eine Nachricht hätte schicken können, in der ich ihr erklärte, was ich vorhatte, und zog das Handy aus der Tasche. Doch für eine WhatsApp war es zu spät. Hier unten hatte ich keinen Empfang.

Mehrere Türen führten von einem schmalen Gang in dahinterliegende Räume. Nur in einem brannte Licht. Ich hörte Stimmen. Jemand war dort. Der Mann ging darauf zu, ich hinterher.

Der Raum war vollgestopft mit Regalen, Kisten und Schachteln. Ich konnte nicht sehen, was sich darin befand, bezweifelte aber, dass es sich um ein Waffenlager handelte, dafür sahen die Sachen zu gewöhnlich aus. Zwei weitere

Männer warteten auf uns. Sie waren um die 40, vielleicht auch älter. Die Haare des einen waren graumeliert, und der andere hatte ein markantes Kinn und zwirbelte die Enden seines riesigen Schnäuzers. Beide erweckten den Eindruck, als seien sie harmlose Hausbewohner. Nette Familienväter, die ansonsten mit ihren Kindern spielten, wenn sie nicht gerade im Büro ihrer geregelten Arbeit nachgingen. Doch nun standen sie mir mitten in der Nacht im Keller eines alten Stadthauses gegenüber.

»Wir haben erfahren, dass Sie eine Waffe suchen«, sagte jener mit den graumelierten Haaren.

»Ja. Eine Pistole«, erwiderte ich mit belegter Stimme, da ich mir vor Angst beinahe in die Hose machte, und räusperte mich.

»Was für eine Pistole?«, fragte der andere mit dem markanten Kinn und dem auffälligen Schnäuzer.

»Ich … ich hab keine Ahnung. Irgendeine. Egal welche. Hauptsache, ich kann damit schießen.«

»Da können wir behilflich sein«, sagte der Graumelierte und lächelte mich an.

Ich erwiderte das Lächeln. Unsicher, aber hoffnungsvoll. »Danke.«

Der Typ, der mich hergebracht hatte, verschwand, worauf mich erneut Panik befiel.

Der Graumelierte musste meine Angst bemerkt haben, denn er sagte: »Keine Bange, er holt lediglich die Pistolen.«

»Ich brauche nur eine«, erwiderte ich.

»Sie dürfen auswählen«, erklärte er mir.

»Das ist gut«, sagte ich.

Während wir warteten, entstand eine unangenehme Stille, die für mich schwer zu ertragen war. Ich entschied mich für Smalltalk. »Ich bin übrigens …«

»Keine Namen!«, unterbrach mich Schnauzbart sofort. »Je weniger wir voneinander wissen, umso besser.«

»Alles klar.«

Es folgte wieder Stille, die zwar nicht länger als ein paar Minuten dauerte, mir aber vorkam wie eine Ewigkeit. Schnauzbart und Graumeliert nutzten die Zeit, um einen Regalboden leer zu räumen. Dann endlich kehrte der Mann, der mich hergebracht hatte, mit drei Pistolen zurück und legte sie auf den frei gewordenen Platz. So wie das ablief, zogen die Männer das bestimmt öfter durch. Niemand sagte ein Wort, trotzdem wusste jeder, was er tun musste. Demnach war ich nicht die Einzige, die sich bei ihnen illegal eine Waffe besorgte, was mich jedoch nicht erleichterte. Und um keine Spuren zu hinterlassen, sollte die Aktion doch einmal auffliegen, blieb hier drinnen alles so, wie man es von einem Keller erwartete: mit Kisten und Schachteln vollgestopfte Regale. Nichts deutete darauf hin, dass in diesem Raum Waffen unter der Hand verkauft wurden.

»Eine Glock 17 Gen5«, sagte Graumeliert und deutete auf die erste Pistole. »Sie hat einen beidseitig bedienbaren Verschlussfanghebel und einen orangefarbigen Patronen-Zubringer, damit man auch bei schlechter Sicht erkennen kann, wann das Magazin leer ist. Der Lauf wurde überarbeitet, damit ist sie noch präziser als das Vorgängermodell. Kaliber 9 Millimeter und 17 Patronen Magazinkapazität. Ein echtes Schmuckstück.«

»Wie viel kostet sie?«, fragte ich.

»Weil Sie es sind, 500 Euro. Nur heute und bar auf die Hand.«

So viel Geld hatte ich nicht bei mir. »Was ist mit den anderen?«

»Das hier ist eine SIG Sauer P320 X-Five. Sie hat eine verstellbare Visierung mit einem Hi-Viz Lichtsammler-Korn und einen verlängerten Verschlussfanghebel. Kaliber 9 Millimeter. Sie liegt gut in der Hand und hat ein Magazin mit 19 Patronen.«

»Und der Preis?«

»800.«

Das war eindeutig zu viel.

»Und die da?« Ich deutete auf die dritte Pistole.

»Eine Walther PK380 mit Stahlverschluss und einem Polymer-Griffstück. Ist kompakt und einfach zu bedienen. Ebenfalls im Kaliber 9 Millimeter mit acht Schuss. Kostet nur 250 Euro.«

»Die nehme ich!«, entschied ich.

»Sehr gut.« Der Verkäufer schien zufrieden zu sein. »Wollen Sie auch Munition?«

»Ja, bitte einmal vollmachen«, antwortete ich.

Die Männer lachten ob meiner Wortwahl. »Einmal vollmachen«, wiederholte Schnauzbart. »Das ist ja wie einmal volltanken. Kennen Sie sich mit Pistolen denn überhaupt aus?«

»Ich kann mit einem Jagdgewehr schießen, das hab ich schon als Kind gemacht. Und einmal im Jahr gab es bei uns ein Dorffest mit Wettschießen, da hab ich natürlich auch teilgenommen.«

»Bestimmt haben Sie immer gewonnen«, tippte Graumeliert.

»Leider nicht«, gab ich zu.

»Ein Gewehr ist etwas ganz anderes als eine Pistole«, sagte Schnauzbart und zeigte mir, wie ich die Waffe richtig hielt, lud und entsicherte. Die acht Patronen verblieben dabei im Magazin.

»Hier! Die gibt es gratis dazu. Damit Sie uns nicht draufgehen bei dem, was Sie vorhaben.« Graumeliert reichte mir die angefangene Packung mit den Patronen. »9 Millimeter kurz, Vollmantelgeschoss, damit sollte nichts schiefgehen.«

Schnauzbart übergab mir die Walther PK380. »Bitte schön, Lady. Passen Sie auf sich auf!«

Ich ließ Pistole und Munition in meine Handtasche gleiten und holte das Portemonnaie heraus. Dann zählte ich die 250 Euro in seine Hand.

»Werden wir von Ihnen in den Zeitungen lesen?«, fragte Graumeliert.

»Ich hoffe nicht.«

»Das hoffen wir auch. Viel Glück bei dem, was immer Sie tun werden.«

»Danke, das kann ich gut gebrauchen.«

Wir verabschiedeten uns, und ich verließ den Keller mit zittrigen Beinen, stieg die steinerne Treppe hinauf und saugte im Freien gierig frische Luft ein.

Ich hatte es getan! Ich hatte mir tatsächlich eine Waffe gekauft und war ein klein wenig stolz auf mich, obwohl ich eigentlich beschämt sein müsste. Aber diese Pistole könnte darüber entscheiden, ob ich leben oder sterben würde.

Mit der Walther PK380 in meiner Handtasche ging ich nach Hause und fühlte mich immer sicherer, je weiter ich mich von dem alten Haus in der Altstadt entfernte.

17. KAPITEL

Leon dachte nach. Die Entführung des Mannes war eine Kurzschlusshandlung gewesen, eines hatte das andere ergeben. Er hatte die Situation nicht unter Kontrolle gehabt, das war ihm jetzt klar. Aber zu jenem Zeitpunkt, als es geschehen war, waren die Pferde mit ihm durchgegangen, ebenso mit seinen Freunden. Und nun wusste er nicht, wie sie weiter vorgehen sollten.

Finn und Heimo tranken Bier aus Dosen, die sie in dem Supermarkt am Bahnhof gekauft hatten. Ihnen schien die Tragweite ihrer Handlung nicht bewusst zu sein. Sie hatten einen Menschen auf offener Straße entführt und es in dem Moment für eine coole Sache gehalten. Sie hatten gedacht, dass es ihre Probleme lösen würde. Stattdessen hatten sie alles nur noch schlimmer gemacht, denn es bestand durchaus die Möglichkeit, dass sie dabei von jemandem beobachtet worden waren.

Seit Stunden checkte er deshalb die Nachrichten auf seinem Handy, ob etwas über eine Entführung berichtet wurde. Das war nicht der Fall, was allerdings nicht hieß, dass die Polizei davon keine Kenntnis hatte. Nur der Presse war es halt nicht bekannt. Zumindest noch nicht.

Nachdem ihm Heimo erzählt hatte, wie er gesehen hatte, dass die Augenzeugin aus dem Landeskriminalamt in der Nietzschestraße gekommen war, hatte er es zuerst nicht glauben können. Er hatte angenommen, dass ihre durch die Tür geschobene Drohung ausgereicht hätte, sie dermaßen einzuschüchtern, dass sie die Klappe hielt.

Da hatte er sich wohl geirrt.

Während Heimo vorgeschlagen hatte, ihr einen Finger abzuschneiden, damit sich so ein Gang zur Polizei nicht wiederholte, hätte er ihr drohen wollen, dass sie ihrer Familie etwas antaten. Und irgendwann, wenn Gras über die Sache gewachsen wäre, hätte Leon sie seinen Freunden zum Fraß vorgeworfen. Dann hätte er sich selber die Hände nicht schmutzig gemacht.

Aber alles war anders gekommen.

Als sie zu der Tussi gegangen waren, um ihr noch einmal klarzumachen, dass sie nicht mit den Bullen reden durfte, war sie nicht zu Hause gewesen. Mittlerweile wussten sie, dass sie Diana Heller hieß, der Name stand auf ihrem Türschild. Sie hatten sich vor ihrem Wohnhaus auf die Lauer gelegt und gewartet. Nach gut einer Stunde war die Frau erschienen, allerdings nicht allein, sondern sie hatte einen Typen im Schlepptau gehabt.

Leon war überrascht gewesen, als der Mann nach einer kurzen Abschiedsszene auf der Straße allein zurückgeblieben war. Er hatte damit gerechnet, dass er mit der Frau in die Wohnung gehen und sie flachlegen würde. Was für ein Weichei, hatte er gedacht, und auch Finn und Heimo hatten sich darüber lustig gemacht. Zuerst in ihrem Versteck im Hauseingang schräg gegenüber, dann war Heimo hervorgetreten und hatte dem verhinderten Liebhaber seine Verachtung ins Gesicht gespuckt. Hatte ihn ausgelacht und ihm gegen die Brust geschlagen. Hatte gesagt, dass er selbst hinaufgehen wolle und es der Tussi mal so richtig besorgen würde, da sein Gegenüber ja offensichtlich nicht dazu in der Lage sei.

Daraufhin hatte sich der Typ verteidigt, klar, was hätte er sonst tun sollen. Er hatte Heimo zurückgestoßen, und Leon und Finn waren ihrem Freund zu Hilfe geeilt.

Plötzlich war alles ganz schnell gegangen. Fäuste waren geflogen, es war getreten und festgehalten worden. Gezogen und gestoßen. Bis der Typ am Boden gelegen hatte.

»Hey! Wir nehmen den Kerl mit! Dann hält die Fotze bestimmt die Fresse!«, hatte Heimo gerufen und nach oben zu der Wohnung gedeutet.

Finn war sofort begeistert gewesen und hatte den Kofferraum seines BMW, mit dem sie hergefahren waren, geöffnet. »Das machen wir! Wir statuieren an ihm ein Exempel und hängen es den Ausländern an!«

Leon hatte dem zugestimmt. In der dunklen Straße hatte sich das gut angehört. Er hatte geglaubt, diese Sache wäre besser, als bloß ihre Familie zu bedrohen, hatte nach oben geblickt und sie an dem Fenster auftauchen gesehen. Hatte sich vorgestellt, wie es für sie sein musste, dass sich das Schauspiel wiederholte, das sie aus erster Reihe beobachtete. Da hatte er gewusst, dass sie dieses Mal den Mund halten würde. Dass sie der Polizei nicht mehr helfen würde, sie zu finden.

»Legt ihn in den Kofferraum!«, hatte er seiner kleinen Einsatztruppe befehligt und sich gefühlt, als wäre er im Krieg. Das waren sie irgendwie auch, denn schließlich mussten sie sich gegen diese Frau und deren Redseligkeit zur Wehr setzen.

Finn und Heimo hatten den Mann vom Boden hochgezerrt und Richtung Wagen geschleift, ihn in den Kofferraum gesteckt und den Deckel zugeworfen. Daraufhin waren sie in das Auto gesprungen, und Leon hatte noch einmal nach oben gesehen zu dem hell erleuchteten Fenster. Die Frau war nicht mehr da gewesen.

»Wie geht's jetzt weiter?«, riss Heimo Leon aus den Gedanken, nahm einen großen Schluck aus der Bierdose, setzte sich aufrecht auf einen wackeligen Stuhl und rülpste. Anschließend grinste er wie ein Schuljunge, der sich ungezogen verhielt. Als er jedoch Leons ernstes Gesicht bemerkte, lehnte er sich zurück und wartete auf eine Antwort.

Leon hätte am liebsten gesagt, dass sie Scheiße gebaut hatten, aber das hätte zur Folge gehabt, dass sein Ansehen als ihr Anführer einen Kratzer erlitten hätte. Immerhin hatte er die Tat gebilligt, sie sogar als gut empfunden und mitgemacht. Also schwieg er vorerst.

»Wir könnten ihm einen Finger abscheiden, so wie wir es bei der Tussi vorgehabt haben, und ihn ihr schicken. Oder vor die Tür legen«, schlug Heimo vor.

»Und dann?«, hakte Leon nach und war gespannt, wie seine Freunde sich des neuen Zeugen entledigen wollten.

»Dann ... dann bringen wir ihn um, wie den Afghanen. Ob einen oder zwei Morde, ist doch egal. Wenn sie uns erwischen, wandern wir hinter Gitter, so oder so. Das Wichtigste ist, dass sie uns eben nicht auf die Schliche kommen, klar?« Heimo schien zum Äußersten bereit zu sein.

Doch Leon war es nicht. Er wollte nicht durch die Gegend laufen und wahllos Leute ermorden, obwohl er alles dafür täte, um nicht noch einmal ins Gefängnis zu müssen. Das mit dem Afghanen war passiert, dazu hatte er sich hinreißen lassen, und die Zeugin aus dem Weg zu räumen würde vielleicht notwendig werden, wenn es ihnen nicht gelang, sie auf andere Weise zum Schweigen zu bringen. Aber mit der Entführung des Mannes hatten sie sich noch tiefer in die Scheiße hineingeritten, nicht auszudenken, was wäre, wenn sie ihn ebenfalls töteten … Besser wäre es, wenn sie eine andere Lösung fänden.

Sein Großvater hingegen würde sagen, dass er tun solle, was notwendig sei. Er hatte im Zweiten Weltkrieg nicht lange gefackelt und selten Gnade vor Recht ergehen lassen. Damit hatte er sich gebrüstet, und Leon hatte ihn für seine Stärke bewundert.

»Wir könnten ihn auch erschießen, wenn dir das lieber ist«, sagte Finn.

»Und was soll das bringen? Dann haben wir einen weiteren Menschen umgebracht, was uns nicht weiterhilft. Wir laufen trotzdem immer noch Gefahr, dass Diana Heller den Mund aufmacht.«

»Killen wir sie halt auch«, erwiderte Heimo, als unterhielten sie sich darüber, wer den Müll raustrug. »Was macht das schon, ist eh völlig wurscht. Sind es eben drei Tote, die auf unser Konto gehen. Einmal Mörder, immer Mörder. So ist es doch!« Abermals trank er einen gehörigen Schluck.

Leon hörte, wie das Bier seine Kehle hinunterfloss. Hoffentlich kotzte er nicht wieder, dachte er. Andererseits war es ihm hier in dem alten Haus egal, da mussten weder er noch sonst jemand sauber machen.

Als Heimo absetzte, lief ihm die Flüssigkeit aus den Mundwinkeln und das Kinn hinab. Mit dem Arm wischte er sich trocken. »Wenn man bedenkt, dass wir nur wegen dem Afghanen in dieser Scheiße stecken, kann ich euch gar nicht sagen, wie sehr mich das anpisst. Der hätte wahrscheinlich nicht einmal bei uns in Österreich sein dürfen. Hätten sie ihn besser mal schon abgeschoben, dann wäre das alles nicht passiert.«

Finn nickte seinem Freund zu. »Hast recht, aber die Sache ist nun mal, wie sie ist.«

»Ja, leider!« Heimo schnaubte. »Was ist mir dir, Leon? Sagst du auch mal etwas?«

Nun war Leon gezwungen, aus der Deckung zu gehen. Zu einem weiteren Mord war er nicht bereit, doch das würde er nicht zugeben. »Ich schlage vor, wir gehen in den Keller und filmen den Typen dabei, wie wir ihm klarmachen, was Sache ist. Anschließend sorgen wir dafür, dass Diana Heller dieses Video bekommt. Mal sehen, wie tapfer sie dann noch ist.« Leon grinste, was ihm zugegeben nicht leichtfiel. Er wollte Stärke signalisieren und dass er die Sache im Griff hatte.

»Ist das alles?«, kam es von Heimo retour. Er wollte die Angelegenheit zu einem Ende bringen, hatte Blut geleckt, das wusste Leon. In dieser Stimmung war Heimo gefährlich, auch das war Leon klar. Heimo hatte ebenso wie er selbst schon mal im Knast gesessen, wegen schwerer Körperverletzung. Er hatte einem Gleichaltrigen im Streit um eine Packung Zigaretten sämtliche Rippen gebrochen und sein Gesicht zu Brei geschlagen. Eigentlich hatte die Anklage auf versuchten Totschlag gelautet; da Heimo damals allerdings noch nicht volljährig gewesen war und sich bei der Verhandlung reuig gezeigt hatte, wozu ihm sein Verteidiger geraten hatte, hatte die Richterin das Urteil abgemildert.

»Vorerst schon. Mal schauen, was passiert.«

»Du spielst mit dem Feuer, Leon«, kommentierte Finn. »Was, wenn wir sie dadurch noch mehr aufschrecken und sie erneut zur Polizei geht?«

»Das glaube ich nicht. Die macht sich doch sicher jetzt schon ins Höschen.« Leon hoffte, dass er dieses Mal richtiglag. Er musste handeln und die Zügel wieder in die Hand nehmen, damit seine Freunde nicht auf dumme Gedanken kamen. »Kommt! Heimo, du filmst! Aber gib acht, dass du unsere Gesichter nicht draufhast.«

»Na, wenn du meinst.« Es war unschwer zu erkennen, dass seine Freunde von dem Vorschlag nicht sonderlich begeistert waren.

Die Männer gingen hinab in den Keller des leerstehenden Hauses in der Nähe des Bahnhofs, wo sie sich verschanzt hielten. Das Gebäude hätte längst abgerissen werden sollen, um Platz für den künftigen Westring zu machen, doch die Genehmigungen ließen auf sich warten. Also verfiel es und diente trotz der Verschläge als Unterschlupf für Obdachlose. Einen Mann, der bei ihrer Ankunft hier geschlafen hatte, hatten sie vertrieben. Keine große Sache, diese Penner waren leicht zu verscheuchen. Und mit einem Zehner für Schnaps sogar dankbar.

Ihre Geisel hatten sie mit Kabelbinder an einen Stuhl gefesselt, den die einstigen Besitzer – wie so vieles in den alten Gemäuern – zurückgelassen hatten. Den Mund hatten sie ihr verklebt. Als sie den Raum betraten, aktivierten Finn und Heimo die Taschenlampenfunktion ihrer Handys. Strom gab es in dem Gebäude nicht mehr, demnach auch kein Licht.

Heimo leuchtete dem Mann direkt ins Gesicht. Der blinzelte und kniff die Augen zusammen.

»Bist du so weit?«, fragte Leon.

»Es kann losgehen!« Heimo tippte auf das Display seines Handys und startete die Aufnahme.

Leon riss der Geisel das Klebeband vom Mund. »Wie heißt du?«, fragte er außerhalb des Blickwinkels der Kamera stehend.

»Mathias Bastreimer«, presste der Angesprochene hervor. Das Abziehen des Klebebandes hatte ihm sichtlich wehgetan.

»Wie stehst du zu Diana Heller?«

»Ich … ich hab sie gerade erst kennengelernt. Wieso? Was ist mit ihr?« Die Augen des Typen weiteten sich vor Angst.

Finn hieb der Geisel mit der Faust in den Bauch. Obwohl die Hände des Mannes an der Stuhllehne festgebunden waren, beugte er sich nach vorn, so weit es aufgrund der Fesselung möglich war. Gut erkennbar blieb ihm die Luft weg.

»Die Fragen stellen wir, verstanden?«, blaffte Finn von außerhalb des Aufnahmebereiches.

Mathias Bastreimer nickte, konnte nicht sprechen. Rang nach Luft.

»Wie hast du Diana Heller kennengelernt?«, fragte Leon.

»Ich …« Mathias hustete. Dann riss er sich zusammen, um zu antworten. »Ich hab sie gesehen … in Urfahr … Sie ist mir aufgefallen … Da hab ich sie angesprochen.«

»Wo ist sie gewesen? Was hat sie dort gemacht, wo ihr euch begegnet seid?«, wollte Leon wissen, um Rückschlüsse ziehen zu können.

»Sie hat gesagt, dass sie bei ihrer Therapeutin gewesen ist.«

»Und? Glaubst du ihr?«

»Wieso sollte ich das nicht?«

Ein Hieb traf ihn seitlich am Kopf.

»Ah!«, schrie Mathias.

»Glaubst du ihr?«, wiederholte Leon die Frage.

»Ja, ich glaube ihr!«, spuckte Mathias ihm entgegen.

»Verdammt noch mal, was wollt ihr von mir? Und was wollt ihr von ihr?«

Die Faust kam dieses Mal von rechts und warf Mathias samt dem Stuhl um.

»Wenn du lediglich meine Fragen beantwortest, bleibt dir das erspart«, sagte Leon zu dem am Boden Liegenden. »Deine Entscheidung.«

Mathias keuchte, nickte.

»Helft ihm auf!«, verlangte Leon. Langsam fühlte er sich in seiner Rolle wohl. Es gefiel ihm, die Macht über diesen Mann zu haben. Ebenso über seine Freunde. Wenn er den Befehl gäbe, ihn zu töten, würden sie es tun. Vor allem Heimo, der sich jetzt schon kaum zurückhalten konnte, würde sich auf ihn stürzen wie ein tollwütiger Wolf. Aber auch in Finns Gesicht erkannte Leon Zustimmung für das, was sie taten.

Sein Großvater wäre stolz auf ihn!

Finn und Heimo zogen Mathias in die Höhe, dadurch war für einen Augenblick die Aufnahme verwackelt. Heimo achtete darauf, dass die Kamera stets zu Boden geneigt war und nicht unabsichtlich ihre Gesichter einfing.

Als Mathias wieder aufrecht saß, richtete Heimo sein Handy erneut auf ihn. Blut floss aus Mathias' Mund, seine Lippe war beim letzten Faustschlag aufgeplatzt. An seiner Stirn hatte er eine Schramme, wahrscheinlich vom Sturz auf den Boden. Dort lag allerlei Gerümpel herum, das vermutlich die Obdachlosen weggeworfen hatten, auch Glasscherben entdeckte Leon. Aber das war nicht sein Problem.

»Bist du dir sicher, dass sie nicht bei der Polizei gewesen ist?«, fragte er.

»Davon hat sie mir nichts erzählt.«

»Das ist gut, und so soll es auch bleiben. Denn wenn sie zur Polizei geht und denen etwas über uns verrät, bist du dran!« Leons Stimme war eindringlich, und Heimo und Finn war klar, dass diese Aussage an Diana Heller gerichtet war, die die Aufnahme ja erhalten sollte.

Mathias nickte. Offenbar war er derart eingeschüchtert, dass er sich nichts mehr zu erwidern traute.

»Und jetzt sagst du deiner Freundin, wie wichtig es ist, dass sie sich daran hält, verstanden?« Leon klang wie ein Lehrmeister, der bedingungslosen Gehorsam forderte und nicht zögern würde, seinen Willen mit Gewalt durchzusetzen.

Heimo zoomte das Gesicht der Geisel näher heran, um dem Ganzen mehr Dramatik zu verleihen. Doch Mathias blieb stumm.

»Sollen wir ihm einen Finger abschneiden?«, fragte er. »Den können wir der Tussi mit der Aufnahme mitschicken.«

Leon hatte Heimo schon zurechtweisen wollen, weil ihm das ständige Hinweisen auf die Möglichkeit, jemandem einen Finger abzuschneiden, auf die Nerven ging, als diese Drohung plötzlich Wirkung zeigte.

Mathias hob den Kopf und blickte in die Kamera. Sein blutverschmierter Unterkiefer bebte, er hatte den Widerstand aufgegeben. Tränen standen in seinen Augen und vermischten sich mit dem Blut aus der Wunde auf seiner Stirn, als sie ihm über die Wangen liefen. Wie rote Bäche rannen sie hinab. »Bitte, Diana … bitte tu, was sie verlangen.«

Daraufhin beendete Heimo die Aufnahme.

18. KAPITEL

Mit der Waffe in meiner Handtasche hätte ich mich beinahe getraut, die Vordertür zu nehmen, doch sicherheitshalber schlich ich auf demselben Weg zurück in meine Wohnung, wie ich sie verlassen hatte. Schlafen konnte ich trotz später Stunde nicht, also legte ich die Pistole auf den Esstisch und starrte sie an wie etwas, das aus einer anderen Welt kam. Was sie irgendwie auch tat. In mein Universum passte dieses Ding nicht, war ein Fremdkörper, von dem Gefahr ausging. Aber eigentlich sollte sie Gefahr abwehren, redete ich mir ein, obwohl ich stets die Meinung vertreten hatte, dass Waffen keine Bedrohung lösten, sondern sie überhaupt erst verursachten. Und genauso fühlte es sich jetzt an, als ich die Walther PK380 betrachtete.

Ich schaltete den Computer ein und öffnete den Browser. Wollte wissen, wo ich einen Menschen am besten mit einer Kugel treffen sollte, um ihn außer Gefecht zu setzen, aber nicht zu töten. Die Beine schienen mir das Naheliegendste zu sein. Wenn der Gegner am Boden lag und nicht mehr laufen konnte, wäre man selber in der Regel in Sicherheit. Ein Schuss in den Rumpf oder den Kopf musste ich als ungeübte Schützin vermeiden, auch wenn ich mit dem Gewehr ganz gut umgehen konnte. Doch es war etwas anderes, auf einem Kirtag in Ruhe auf eine bewegungslose Scheibe anzulegen und abzudrücken, als während eines Überfalls in Notwehr auf jemanden zu schießen. Zu groß wäre die Gefahr einer tödlichen Verletzung. Lediglich wenn ich keinen anderen Ausweg mehr sähe und mein eigenes Leben schützen müsste, würde ich dorthin zielen, wo meine Chance am größten war, als Siegerin aus dem Duell hervorzugehen.

Nach einer Stunde schaltete ich den Computer aus, stand auf und griff nach der Pistole, um ein Gefühl für sie zu bekommen. Um nicht völlig überrumpelt zu sein, wenn ich sie einsetzen musste. Mit beiden Händen hielt ich sie fest und tat, als zielte ich auf jemanden, was mir eine Gänsehaut über den Rücken jagte. Nicht nur wegen der Brandwunden an meinen Händen, die zwar gut heilten, aber bei festen Berührungen schmerzten, sondern vor allem, weil ich mir geschworen hatte, so ein Ding nie anzurühren, seit du durch eine Kugel gestorben warst. Und nun stand ich da und zielte auf eine imaginäre Person mit der Absicht, wenn nötig, abzudrücken.

Nicht nur die Situation hatte sich verändert, auch ich hatte mich verändert.

Ich erkannte mich selber kaum wieder.

Nach deinem Tod war ich in Wien, Graz und Salzburg gewesen, immer auf der Suche nach meinem Ich. Ich sehnte mich nach Wiesen und dem Geruch des Waldes, vermisste die Weite des hügeligen Mühlviertler Berglandes und die Enge der Täler. Trotzdem war ich in der oberösterreichischen Landeshauptstadt gelandet, weil ich hier Arbeit gefunden hatte, was schwer gewesen war, da ich zeit meines Lebens gedacht hatte, ich würde den Hof meiner Eltern übernehmen und nichts anderes als die Landwirtschaft gelernt hatte. Doch dann hatte mir dieser Bioladen einen Job und damit eine Chance gegeben, mein Leben wieder in den Griff zu bekommen. Eine

Chance, die ich wahrscheinlich nicht verdient hatte, wenn ich jetzt auf die Pistole in meiner Hand schaute. Ich war drauf und dran, das Vertrauen, das man in mich setzte, zu enttäuschen. Weil ich kein guter Mensch war, wenn ich die Waffe benutzte und jemanden verletzte oder gar tötete. Und ich fragte mich, ob ich tatsächlich für einen Mann verantwortlich war, den ich erst zweimal gesehen und mit dem ich ein paar Stunden in einem Café gesessen hatte. Wenn sogar die Polizei nicht viel unternahm, um ihn zu finden, konnte ich doch darauf warten, was weiter passieren würde …

Nein, das konnte ich eben nicht! Es hatte sich alles verändert. Durch deinen Tod. Durch so vieles in den letzten Jahren. Durch Mathias. Früher hätte ich vielleicht anders gehandelt. So aber musste ich zumindest versuchen, Mathias aus den Fängen dieser Männer zu befreien. Wahrscheinlich musste ich mich auch selber retten. Ich war nicht nach Linz gekommen, um in der gleichen verzweifelten Situation dahinzuvegetieren wie bei mir zu Hause im Dorf. Hier in Linz war ein neuer Mann in mein Leben getreten und hatte es für ein paar Stunden lebenswert gemacht. Hatte mir Hoffnung geschenkt. Ich war es ihm quasi schuldig.

Ich zog die Lade meiner Kommode auf und legte die Walther PK380 hinein. Dann schob ich sie zu, atmete durch und wollte ins Bett gehen. Ein Geräusch vor der Wohnungstür hielt mich zurück.

Da draußen war jemand, ich war mir sicher.

Ich holte die Pistole wieder heraus und zielte auf die Tür. Keine Ahnung, weshalb ich das tat, doch es fühlte sich besser an, als wenn ich lediglich auf das Holz starrte, das mich von der Person da draußen trennte.

Schritte entfernten sich, wurden leiser. Die Geräusche verstummten.

Ich ging zum Fenster und sah hinab in die Tiefe. Eine Gestalt verließ das Wohnhaus. Sie trug eine Kapuze, ich konnte ihr Gesicht nicht sehen. Von mir abgewandt stieg sie in einen Wagen, der am Straßenrand parkte. Ohne das Licht einzuschalten, fuhr das Auto weg. Ich wartete eine Viertelstunde, ob es zurückkäme oder sich etwas anderes täte. Doch da war nichts. Auch im Stiegenhaus blieb es ruhig.

Ich würde jetzt diese Tür öffnen, um nachzuschauen, was die Person gewollt hatte. Innerlich machte ich mich auf das Schlimmste gefasst, hoffte, dass man mir lediglich einen abgetrennten Schweinekopf vor den Eingang gelegt hatte.

Oder eine tote Katze.

Hoffentlich nicht … Den Gedanken schob ich beiseite. Die Walther PK380 hielt ich schussbereit in Händen.

»Du schaffst das, Diana«, sprach ich mir selber Mut zu. Mit zitternden Knien trat ich an die Tür, öffnete sie. Zielte nach rechts, nach links, immerhin hatte ich nur eine Person davonfahren sehen. Diese Typen, die Mathias entführt hatten, waren aber zu dritt gewesen, und zwei von ihnen könnten sich in dem Wohnhaus verschanzt haben. Doch der Gang war leer. Erst jetzt blickte ich zu Boden. Auf meiner Fußmatte mit dem Aufdruck »Herzlichen willkommen« lag ein braunes Kuvert.

Ich war erleichtert, dass es kein Schweinekopf und keine tote Katze war. Aber vor allem, dass dort kein abgetrennter Körperteil von Mathias lag.

Ich bückte mich und hob den Umschlag auf. Nahm ihn mit in die Wohnung, versperrte die Tür und legte die

Sicherheitskette vor. Von außen tastete ich den Inhalt ab, etwas Kleines, Längliches befand sich darin. Ich riss die Klebestelle auf und ließ den Inhalt in meine Hand rutschen.

Ein USB-Stick.

»Was soll das?«, sagte ich laut, um meine Stimme zu hören. Damit ich mich weniger allein fühlte, was absurd war, das wusste ich. Aber Selbstgespräche zu führen half mir, Stress abzubauen, dazu hatte mir meine Therapeutin geraten. Und jetzt gerade hatte ich mächtigen Stress.

Ich steckte den Stick in den Computer und öffnete die einzige Datei, die darauf gespeichert war. Ein Video, aufgenommen in einem Keller, das erkannte ich bereits nach den ersten Sekunden.

»Mein Gott!«, entfuhr es mir, als Mathias auftauchte. Er wurde von dem Licht, das auf ihn gerichtet war, geblendet … Jemand redete mit ihm. Über mich. Fragte, ob er wisse, ob ich bei der Polizei gewesen sei …

Das mussten die Killer sein! Niemand sonst würde Mathias solche Fragen stellen!

Sie schlugen ihn. Er schrie, stöhnte. Noch einmal traf ihn ein Hieb in den Bauch. Für einen Augenblick verschwand er aus dem Aufnahmebereich …

Was taten ihm die Männer an? Und warum taten sie es?

Mathias erschien wieder im Bild, er blutete. An Stirn und Mund. Man drohte, ihm einen Finger abzuschneiden … Sein Gesicht rückte nah an die Linse heran. »Bitte, Diana … bitte tu, was sie verlangen«, sagte er in die Kamera gerichtet. Dann war das Video zu Ende.

Starr vor Schreck saß ich vor dem Computer. Ich konnte nicht glauben, was ich gesehen hatte. Was passierte. Am liebsten hätte ich geschrien, doch meine Kraft reichte dafür nicht aus. Ich wollte aufstehen, aber mein Gehirn steuerte meine Beine nicht. Dann rutschte ich zu Boden und rollte mich wie ein Ungeborenes zusammen. Erst die einsetzenden Tränen brachten mir Erleichterung.

*

Ich wusste nicht, wie lange ich so dagelegen hatte. Als ich mich hochrappelte, war mir kalt. Ich schlüpfte in eine Weste und nahm einen Schluck Wasser. Langsam verflüchtigte sich der Schock, mein Gehirn begann wieder zu arbeiten. Nach ein paar Minuten sah ich mir das Video erneut an. Dann noch einmal. Und viele weitere Male danach. Bis ich es auswendig kannte, jede Regung von Mathias, jedes Wort von dem Sprecher und seinen Gehilfen. Ich hatte drei verschiedene Stimmen ausgemacht neben der von Mathias. Drei Männer. Amir Saidis Mörder.

Im Kopf ging ich alles noch einmal durch. Die Männer würden Mathias nicht am Leben lassen. Er war jetzt wie ich ein Zeuge. Hatte wahrscheinlich deren Gesichter gesehen, kannte ihre Stimmen, wusste, wo sie sich aufhielten. Sich versteckten. Sie würden ihn töten, egal, ob ich zur Polizei ginge oder nicht. Denn was blieb ihnen anderes übrig? Was sollten sie mit Mathias tun, wenn ich mich an ihre Vorgaben hielt und schwieg? Wie lange würden sie ihn festhalten können, ihn mit Lebensmitteln versorgen? Bis er 100 Jahre alt war?

Und laufen lassen würden sie ihn auf keinen Fall. Die Gefahr, dass er sie identifizieren konnte, wuchs von Augenblick zu Augenblick. Sie wuchs mit jeder Begegnung und je länger sie ihn in ihrer Gewalt hatten.

Mathias war so gut wie tot.

Diese Erkenntnis bohrte sich in mein Gehirn wie das Messer, mit dem man mir gedroht hatte, es in meinen Bauch zu stechen. Die einzige Chance, Mathias das Leben zu retten, war mithilfe der Polizei. Ich allein würde es nicht schaffen. Eigentlich wollte ich auf keinen Fall noch einmal zum Landeskriminalamt zurück.

Doch ich musste es tun.

Ich blickte auf die Uhr, es war 4 Uhr morgens.

19. KAPITEL

Das Klingeln des Handys riss Chefinspektor Gerhard Köchner aus dem Schlaf. Er brauchte einen Moment, bis er den Ursprung des schrillen Geräusches lokalisiert hatte, und tastete in der Dunkelheit nach dem Smartphone auf seinem Nachtkästchen. Als er es zu fassen bekam, hielt er es sich ans Ohr.

»Ja?«

Das Gerät bimmelte weiter.

Er wischte über das Display und warf gleichzeitig einen Blick auf die Leuchtziffern des Radioweckers. 04:17 Uhr. Es war mitten in der Nacht. Kein Wunder, dass er die Augen nicht aufkriegte.

»Ja?«, wiederholte er in der Hoffnung, dass sich jemand verwählt hatte. Das war zu dieser Uhrzeit jedoch unwahrscheinlich. Es musste sich um einen Anruf von der Dienststelle handeln.

»Chefinspektor Köchner?«, fragte eine Frauenstimme.

»Am Apparat«, erwiderte er.

»Hier ist Diana Heller.«

Köchner war umgehend wach und richtete sich im Bett auf.

»Frau Heller? Ist wieder etwas passiert?«

»Ja«, hielt sich die Frau am anderen Ende der Leitung vorerst bedeckt. »Können Sie zu mir kommen?«

»Jetzt?«

»Es ist wichtig.«

»Wo sind Sie?«

»Zu Hause.«

»Um was geht es?« Köchner machte die Nachttischlampe an.

»Das zeige ich Ihnen, wenn Sie da sind. Sie müssen sich etwas ansehen.«

»Wenn Sie mich um diese Zeit zu sich bestellen, müssen Sie mir schon mehr geben, Frau Heller«, verlangte Köchner, stand jedoch auf und öffnete den Kleiderschrank, um ein frisches Hemd herauszunehmen. Die Hose, die er gestern angehabt hatte, hing über der Lehne des Stuhls am Ende des Bettes, die würde er noch mal anziehen.

»Ich hab Ihnen doch erzählt, dass Mathias entführt wurde …«

»Und weiter?«

»Diese Schweine haben ein Video gemacht, auf dem zu sehen ist, wie sie ihn foltern.«

Köchner konnte hören, dass Diana Heller weinte. »Wo ist dieses Video?«, fragte er.

»Bei mir. Sie müssen mir helfen, bitte!«

»Was ist mit keinem Kontakt zur Polizei?«, hakte Köchner nach. Immerhin ging es um mehr als um diesen Mathias, dessen Nachname sie immer noch nicht kannten und der auch nicht als vermisst gemeldet worden war. Er hatte mehrmals bei den Kollegen nachgefragt.

»Das spielt jetzt keine Rolle mehr. Mathias ist tot, wenn Sie mir nicht helfen. Sie sind seine einzige Chance!«

»Ich bin in zehn Minuten bei Ihnen!« Köchner legte auf und warf das Handy auf das Bett. Hastig zog er sich an. Mit den Fingern fuhr er durch seine Haare, was wenig brachte. Ohne Gel oder zumindest ein bisschen Wasser waren sie nicht zu bändigen. Aber dafür nahm er sich nicht die Zeit.

Der Mordfall an dem Asylwerber, an dem er im Augenblick arbeitete, war äußerst verworren. Aufgrund ihrer Geschichte und ihres emotionalen Zustandes, verursacht durch den gewaltsamen Tod ihres Ehemannes vor drei Jahren, erschien ihm Diana Heller als glaubhafte Zeugin wenig geeignet. Menschen in psychischen Ausnahmezuständen waren beinahe zu allem fähig, auch zu einem Mord, wenn sie dadurch Erleichterung empfanden. Oder mehr Aufmerksamkeit bekamen. Oder damit einen Hilfeschrei absetzten, weil sie nicht mehr weiterwussten. Seltsam war jedenfalls, dass es weder bei dem Mord an dem Afghanen noch bei der angeblichen Entführung dieses Mathias' weitere Augenzeugen gab. Köchner musste zwar zugeben, dass die Gegend, in der die Verbrechen geschehen waren – wobei es in Bezug auf diesen Mathias bislang keinen Beweis gab, dass es überhaupt ein Verbrechen gegeben hatte – und in der Diana Heller wohnte, nachts wenig los war. Es gab keine Lokale, und der einzige Laden schloss um 18 Uhr. Er hatte das überprüft. Wenn man nicht in einem der Stadthäuser wohnte oder zu Besuch war, gab es also kaum einen Grund, dorthin zu gehen.

Wenn man allerdings beabsichtigte, ein Verbrechen zu verüben, war die nächtliche Ruhe dafür ideal.

Köchner steckte seine Glock 17 in das Schulterholster. Er würde vorsichtig sein, vielleicht war die Frau ja auch bloß ein Lockvogel, wenngleich ihm für diese These die Zusammenhänge noch gänzlich fehlten. Er konnte sich nicht vorstellen, dass sie etwas mit der Sache zu tun hatte, ausschließen wollte er es dennoch nicht. Er hatte schon mehrmals die Erfahrung gemacht, dass Menschen zu den unglaublichsten Dingen bereit waren, wenn sie aus irgendeinem Grund dazu getrieben wurden. Oder glaubten, so handeln zu müssen.

Ein letzter Blick in den Spiegel sagte ihm, dass er furchtbar aussah. Zu wenig Schlaf hatte dunkle Ringe unter seine Augen gegraben, er war seit Tagen unrasiert und die Haare ergrauten zunehmend, was ihn schmerzlich ans Älterwerden erinnerte. Nur seine grünen Augen funkelten wie eh und je neugierig und entschlossen.

*

Der Chefinspektor hielt ein gutes Stück vor der Stelle mit den Kerzen und Blumen an und stellte den Wagen am Straßenrand ab. Alles war ruhig, niemand war draußen unterwegs. Die meisten Menschen schliefen noch und würden erst in ein paar Stunden auf die Straße drängen. Nur in dem Gebäude gegenüber dem Tatort brannte in einer Wohnung im vierten Stock Licht. Er glaubte, einen Schatten in einem Fenster auszumachen, wahrscheinlich von Diana Heller. Sie wartete auf ihn.

Er stieg aus, lief die Straße entlang bis zu dem Wohnhaus und drückte die Klinke herunter. Wider Erwarten konnte er eintreten. Von der Polizei wurde dringend empfohlen, die Gebäudeeingänge zumindest nachts zu versperren. Das würde er nachher ansprechen.

Im vierten Stock senkte er den Finger auf Diana Hellers Klingel. Die Tür öffnete sich einen Spalt, das verheulte Gesicht der Augenzeugin erschien. Sie löste die Sicherungskette und ließ ihn ein.

»Danke, dass Sie hier sind«, sagte sie anstatt eines Grußes. »Ich hätte es im Augenblick nicht geschafft, zu Ihnen auf die Polizeidienststelle zu kommen.«

Köchner erkannte, dass das nicht gelogen war. In der Hand hielt Diana Heller ein zerknülltes Taschentuch, das ganz zerfleddert war. Sie befand sich in keiner guten mentalen Verfassung, aber ihm fiel auf, dass ihre Hände nicht mehr verbunden waren.

»Wo ist das Video?«, kam er gleich zur Sache.

»Auf meinem Computer.« Diana Heller ging ihm voraus und setzte sich an den Schreibtisch. Sie drehte den Bildschirm so, dass er eine gute Sicht darauf hatte.

Köchner blieb stehen und stützte sich mit den Händen auf der Schreibtischplatte ab.

Mit einem Klick startete Diana Heller die Aufnahme.

Dunkler Raum … Licht … Ein Mann … Stimmen … Schläge … Schreie … Blut … Die an die Zeugin gerichteten Worte des Mannes … Aus.

Diana Heller starrte Köchner an. Wahrscheinlich versuchte sie herauszufinden, ob er ihr nun endlich glaubte.

»Kann ich es noch mal sehen?«, fragte er.

Nach einem Mausklick begann das Video von Neuem.

»Wollen Sie einen Kaffee?«, fragte Diana Heller und stand auf.

»Wenn es keine zu großen Umstände macht, gerne. Schwarz und ohne Zucker«, erwiderte Köchner, ohne den Blick vom Monitor zu nehmen. Die paar Minuten, in denen die Frau in der Küche hantierte, würden ihm die Gelegenheit geben, sich in Ruhe mit der Aufnahme genauer auseinanderzusetzen. Er ließ sich auf dem Stuhl nieder und sprang in dem Video mehrmals vor und zurück, um sich ein paar Stellen öfter anzuschauen. Der Dreh wirkte echt, nicht gestellt oder sonst wie manipuliert. Und Diana Heller hatte ganz klar Angst. Also ja, er glaubte ihr.

»Hier, bitte.« Diana Heller stellte ihm eine Tasse Kaffee hin. Den hatte er jetzt dringend nötig. Immerhin war es mitten in der Nacht.

»Danke.« Gierig trank er einen Schluck.

»Und? Was denken Sie?«

»Das Video ist echt«, erwiderte er. »Es wurde in einem alten verlassenen Gebäude aufgenommen. Das Wenige, was man am Rand der Szene sehen kann, ist Gerümpel. Hin und wieder tauchen seitlich Mauern auf. Vielleicht schaffen es die Kollegen von der Technik, aufgrund der Bilder einen Standort zu lokalisieren. Dann wissen wir, wo sie sich verstecken, und schicken die Kavallerie los.«

»Gut.« Diana Heller nickte. »Und wie machen wir das?«

»Ich lade das Video auf mein Handy und sende es per Mail an einen Kollegen. Ich muss ihn natürlich darüber in Kenntnis setzen, sonst liest er die Nachricht erst, wenn er ins Büro kommt. Aber so lange will ich nicht warten. Ich werde ihn gleich anrufen.«

»Okay.« Die Frau nahm einen Schluck aus ihrer Kaffeetasse, die sie mit beiden Händen umklammerte. Köchner glaubte, dass sie etwas sagen wollte, doch sie tat es nicht.

»Dann … mache ich mal.« Der Chefinspektor schickte die Aufnahme an seine eigene Mailadresse und die des Kollegen von der Technik des Landeskriminalamtes, so wie er es gesagt hatte. Danach rief er ihn an. »Ich bin's, Gerhard. Tut mir leid, dass ich dich aus dem Schlaf reiße, Theo, aber ich habe eine Anfrage, die nicht warten kann … Ein Video … Ja, die üblichen Analysen bitte. Ganz besonders wichtig ist herauszufinden, wo sich die Männer aufhalten … Ja, es ist wirklich dringend, es handelt sich um eine Entführung … In einem alten, verlassenen Gebäude, leider sieht man davon nicht viel … Ich weiß, dass die Chancen dafür nicht gut stehen, probiere es bitte trotzdem … Danke, du hast etwas gut bei mir.« Köchner beendete das Gespräch.

»Wie geht's jetzt weiter?«, fragte Diana Heller.

»Der Kollege fährt auf die Dienststelle und schaut sich das Video an. Sobald er etwas hat, ruft er an. Und Sie erzählen mir in der Zwischenzeit, wie Sie das Video erhalten haben.«

»Es war vor meiner Tür. Jemand hat es dort abgelegt, und zwar auf der Fußmatte, damit ich es sofort finde. Ich hab draußen Geräusche gehört, und als diese verstummt sind, bin ich zum Fenster und hab gesehen, wie ein Mann das Gebäude verlassen hat, in einen Wagen gestiegen und weggefahren ist. Erst danach hab ich mich getraut, die Tür zu öffnen. Und da lag dann ein Kuvert mit dem USB-Stick drinnen.« Sie deutete auf einen braunen Umschlag am Schreibtisch. »Ich hab ihn natürlich angefasst, dadurch sind meine Fingerabdrücke darauf. Tut mir leid, in der Aufregung hab ich nicht daran gedacht, Handschuhe anzuziehen.«

»Wir haben Ihre Fingerabdrücke bereits und können sie ausschließen. Ich gehe allerdings davon aus, dass wir erneut keine anderen finden werden«, erwiderte Köchner.

»Aber es ist so gewesen, wie ich gesagt habe! Ich hab dieses Video nicht gemacht, es wurde mir vor die Wohnung gelegt!«

»Keine Bange, ich glaube Ihnen«, beruhigte Köchner die Frau. »Außerdem bekommen Sie Polizeischutz. Und jemand soll dafür sorgen, dass die Haustür im Erdgeschoss in der Nacht zugesperrt wird.«

»Darüber gab es schon heftige Diskussionen unter den Mietern«, erzählte Diana Heller. »Die eine Hälfte will, dass sie verschlossen wird, die andere ist dagegen, weil es so viel bequemer ist und in Linz ja eh nichts passiert. Die zweite Fraktion hat sich durchgesetzt.«

»Das wird sich ab heute ändern«, erwiderte Köchner. »Ich werde mit dem Hausmeister reden. Schlafen Sie ein wenig, Sie sehen grauenvoll aus.« An ihrem Gesichtsausdruck erkannte Köchner, dass sie ihm die Aussage nicht krummnahm. Sie hatte andere Sorgen.

»Dieses Kompliment kann ich nur zurückgeben«, entgegnete Diana Heller.

Der Chefinspektor erinnerte sich an den Blick in den Spiegel vor dem Verlassen seiner Wohnung und lächelte. »Ich werde so lange hierbleiben, bis ein Kollege vor dem Gebäude Stellung bezogen hat.«

»Danke. Ich setze mich auf die Couch, es war ein langer Tag und eine anstrengende Nacht. Wenn Sie noch Kaffee wollen, es ist welcher in der Kanne.« Sie deutete in Richtung Küche.

»Danke.« Köchner beobachtete Diana Heller, wie sie sich in eine Decke wickelte und auf das Sofa sinken ließ. Dabei behielt sie ihn im Auge. Sie misstraute ihm, das spürte er, nach ihrer letzten Begegnung war das kein Wunder. Er hatte sie falsch eingeschätzt und gedacht, dass die Sache mit dem verschwundenen Freund bloß eine Erfindung wäre. Dass sie sich wichtigmachen oder von jemand anderem ablenken wollte. Er hatte sogar in Erwägung gezogen, dass sie selbst etwas mit Amir Saidis Tod zu tun haben könnte. Nun aber, nachdem er dieses Video gesehen hatte, glaubte er ihr.

Und etwas anderes wurde ihm außerdem klar: Diese Frau, die eben auf dem Sofa eingeschlafen war, war der einzige Mensch, der Amir Saidis Mörder und Mathias' Entführer ins Gefängnis bringen konnte. Folglich würden diese Männer alles daransetzen, sie zum Schweigen zu bringen.

20. KAPITEL

Ich schreckte aus dem Schlaf hoch und stellte fest, dass ich auf der Couch lag und voll angezogen war. Das einfallende Sonnenlicht blendete mich, und ich erinnerte mich an den Traum, den ich gehabt hatte. Darin war Mathias entführt worden, und ich hatte mir eine Waffe gekauft. Als ich mich aufsetzte, pochte es heftig in meinem Kopf. Bevor der Schmerz zu einem hämmernden Presslufthammer mutierte, musste ich eine Schmerztablette nehmen, stand auf und ließ in der Küche Wasser in ein Glas laufen. Als ich damit zurückkam, fiel mir auf, dass der Bildschirm auf dem Schreibtisch verdreht war.

Schlagartig wurden Erinnerungen wach.

Köchner war in meiner Wohnung gewesen, fiel mir ein, und ich hatte mich auf die Couch gelegt. Dann musste ich eingeschlafen sein.

Wo war der Chefinspektor?

Und weshalb war er zu mir gekommen?

Plötzlich fühlte ich mich nicht mehr allein und ging ins Schlafzimmer, ins Bad, sogar auf der Toilette sah ich nach.

Niemand war da.

Hatte ich auch das bloß geträumt? Bildete ich mir ein, dass Köchner da gewesen war? Und wenn nicht: Wann war er gegangen? Und wie hatte er mich allein hier zurücklassen können? Er hatte ja keinen Schlüssel und konnte demnach die Tür von außen nicht versperren.

Ich prüfte die Sicherheitskette, sie war nicht eingehakt, ebenso war die Tür nicht verriegelt. Ich drehte den Schlüssel zweimal gegen den Uhrzeigersinn, anschließend kehrte ich zurück ins Wohnzimmer und zog die oberste Lade der Kommode auf. Darin lag die Walther PK380. Es war also kein Traum gewesen, ich hatte mir tatsächlich eine Pistole gekauft.

Ich drückte auf eine beliebige Taste meines Computers, das beendete den Ruhemodus, der Monitor leuchtete auf und zeigte mir die letzte Aktivität. Das Video, in dem Mathias gefoltert wurde. Mit einem Klick fing es an zu laufen. Meine Augen füllten sich mit Tränen, ich blinzelte sie weg, wandte mich ab und stellte mich ans Fenster. Während ich in die Tiefe hinabblickte, drohten die Männer in dem Video meinem neuen Freund und schlugen ihn. Ich kannte die Bilder, sah nicht mehr hin. Stattdessen entdeckte ich unten auf der Straße einen Wagen, wahrscheinlich der von Köchner angekündigte Polizeischutz, der mir eben wieder einfiel. Deshalb war er gegangen. Deshalb war der Chefinspektor nicht mehr da und die Tür nicht versperrt gewesen.

Ich wusste nicht, ob ich erleichtert sein sollte, und holte aus dem Erste-Hilfe-Schrank die Schmerztabletten heraus, drückte eine aus einem Blister und legte sie mir auf die Zunge. Mit Wasser spülte ich sie hinunter. Obwohl ich geschlafen hatte, fühlte ich mich wie erschlagen. Vielleicht wurde ich krank, dachte ich, ließ mich wieder auf die Couch fallen und kuschelte mich in eine Decke.

Mitten in meine Lethargie hinein klingelte das Handy. Ich ließ es läuten.

Nach fünf Minuten klopfte es an der Tür.

Ich quälte mich vom Sofa hoch und schaute durch den

Spion. Ein Polizist stand draußen, ich erkannte die Uniform und machte auf, ließ die Sicherheitskette aber vorgehängt.

»Guten Morgen, Frau Heller. Chefinspektor Köchner versucht Sie zu erreichen und hat mich hochgeschickt, weil Sie nicht an Ihr Handy rangehen«, erklärte mir der Polizist. Es war derselbe, der am Tag des Mordes an Amir Saidi gemeinsam mit Köchner in meiner Wohnung gewesen war. »Ist alles in Ordnung bei Ihnen?«

In Ordnung war schon lange nichts mehr, dachte ich und ärgerte mich darüber, dass die von der Polizei ausgerechnet ihn als meinen Personenschutz abgestellt hatten. »Ja, danke. Ich hab das Handy auf lautlos gestellt, damit ich ein wenig schlafen kann. Ich rufe ihn gleich zurück«, sagte ich und wollte die Tür schließen, als ich merkte, dass sich der Uniformierte nicht von der Stelle rührte. »Ist noch etwas?«

»Äh … Dürfte ich bitte Ihre Toilette benutzen?«, fragte er.

»Na gut, kommen Sie herein.« Ich nahm die Kette aus der Sicherung. »Zweite Tür rechts.«

»Danke, es ist mir peinlich, aber wenn die Natur ruft, kann man nichts machen. Da muss man halt, wenn man muss.« Der Mann lächelte entschuldigend.

»Ist schon okay«, winkte ich ab. »Wollen Sie einen Kaffee? Ich mach mir nämlich welchen.«

»Gerne, danke.« Der Polizist verschwand in der Toilette.

Ich erinnerte mich nicht an seinen Namen, lediglich daran, dass er sich abfällig über Flüchtlinge geäußert hatte, worauf ihn Köchner nach unten geschickt hatte. Ich schaltete die Kaffeemaschine ein, nahm mein Handy und wählte die Nummer des Chefinspektors.

»Frau Heller, endlich! Ist bei Ihnen alles in Ordnung? Sie haben nicht abgehoben, da hab ich Achleitner zu Ihnen raufgeschickt«, meldete sich Köchner nach dem ersten Läuten.

»Ich hatte das Handy auf lautlos gestellt«, wiederholte ich die Lüge, weil ich nicht erklären wollte, warum ich nicht rangegangen war. »Gibt es etwas Neues?«

»Der Techniker hat sich das Video angeschaut und bestätigt, dass es echt ist und nicht manipuliert wurde. Auch der Zeitstempel stimmt, es wurde vergangene Nacht aufgenommen. Leider hat uns die Umgebung keine entscheidenden Hinweise darauf geliefert, wo es gedreht wurde. Ebenso bringen uns die Geräusche im Hintergrund nicht weiter. Wir reden noch mit Streetworkern und bitten sie, sich das Video anzuschauen. Die kennen die meisten Unterschlupfe für Obdachlose, vielleicht ist das ja einer davon.«

»Das wäre ja auch zu schön gewesen«, seufzte ich. Die Zeit war eindeutig gegen uns. Inzwischen konnten diese Männer Mathias alles Mögliche angetan haben. Er könnte sogar tot sein.

»Wir finden ihn, verlassen Sie sich darauf«, erwiderte Köchner, der meine Gedanken gehört zu haben schien.

»Hoffentlich ist es dann nicht zu spät.«

»Wir tun alles, was in unserer Macht steht. Die Kollegen von der Streife fahren durch Linz und suchen nach Anhaltspunkten. Manche von ihnen haben Kontakte zu Menschen aus dem Untergrund und hören sich dort um. Wir haben unsere Informanten überall.«

»Und was kann ich tun?« Ich fühlte mich nutzlos, wenngleich mich die Angst lähmte. »Ich kann doch nicht nur rumsitzen und warten.«

»Sie halten die Füße still, Frau Heller. In Ihrer Wohnung sind Sie am sichersten, Achleitner passt auf Sie auf.«

Ich würde ihm gerne glauben, doch das, was ich bis jetzt über Achleitner wusste, ließ mich zweifeln. »Warum haben Sie ausgerechnet ihn zu meinem Personenschutz eingeteilt? Sie kennen doch seine Meinung über … Sie wissen schon.«

»Wir haben viel zu wenige Kollegen, die dafür infrage kommen. Auch wenn sich Achleitner manchmal wie ein Arsch aufführt, er ist ein guter Polizist«, erwiderte Köchner.

Damit musste ich mich wohl zufriedengeben und bat: »Halten Sie mich bitte auf dem Laufenden, wenn sich etwas tut.«

»Das werde ich.«

Wir beendeten das Telefonat. Als ich mich umdrehte, stand Achleitner unerwartet hinter mir. Ich erschrak, da ich weder die Klospülung noch die Toilettentür gehört hatte.

»Entschuldigen Sie, ich wollte Sie nicht erschrecken«, sagte der Polizist.

»Schon gut«, winkte ich ab und hoffte, dass er noch nicht lange im Raum war und das Gespräch mit Köchner nicht mitgehört hatte. Eigentlich erwartete ich, dass er nun gehen würde. Doch Achleitner blieb. Das fand ich unheimlich und überlegte, ob meine Pistole geladen war. Sie befand sich in der obersten Lade der Kommode, die nur wenige Meter von mir entfernt stand. Das würde ich vielleicht schaffen, wenn …

»Der Kaffee?«, erinnerte mich der Polizist.

»Ah, genau! Der Kaffee!« Erleichtert eilte ich in die Küche, schenkte dort das schwarze Gebräu in ein Keramikhäferl und rief ins Wohnzimmer: »Wollen Sie Milch und Zucker?«

»Von beidem bitte reichlich«, kam es zurück.

Ich gab genügend Milch und zwei Löffel Zucker hinein, rührte mehrmals um und brachte das Häferl zu Achleitner, der noch immer dort stand, wo ich ihn zurückgelassen hatte. »Bitte schön.«

Der Polizist nahm einen Schluck. »Ah, schmeckt ausgezeichnet. Danke!«

Ich ging davon aus, dass er nun mit dem Kaffee runter zum Polizeiauto gehen würde, aber Achleitner machte weiterhin diesbezüglich keinerlei Anstalten.

»Wenn Sie wollen, können Sie den Kaffee auch hier trinken, draußen ist es ja eisig kalt«, fühlte ich mich genötigt anzubieten.

»Sie haben recht, danke. Heute friert man sich den Ar... Ich meine, es ist wirklich saukalt. Und mein Wagen hat keine Standheizung, die sparen bei der Polizei, dafür werfen sie das Geld anderswo zum Fenster raus.«

Ich hörte die Verbitterung in seinen Worten, beschloss aber, nicht darauf einzugehen. Ich wollte nicht noch einmal so ein Gespräch führen wie jenes am Tag von Amir Saidis Tod.

»Sie können ja genauso gut hier drinnen auf mich aufpassen«, erwiderte ich, obwohl ich nicht wollte, dass er die ganze Zeit über in meiner Wohnung sein würde.

»Sogar viel besser als draußen auf der Straße«, sagte Achleitner und grinste.

Ich setzte mich ihm gegenüber an den Esstisch und nahm einen Schluck aus meiner Tasse.

»Und Ihr Kollege unten im Wagen?«

»Was ist mit dem?«

»Sollen wir ihm auch einen Kaffee …?«

»Ach, der ist noch jung. Der schafft so eine Schicht auch ohne Koffein«, winkte Achleitner ab.

Eine unangenehme Stille entstand.

21. KAPITEL

»Bring ihm etwas zu trinken!«, verlangte Leon von Finn und deutete auf die halb volle Wasserflasche, die neben der Tür am Boden stand.

»Wieso ich?«, fragte Finn genervt. »Ich hab das schon das letzte Mal gemacht und das vorletzte Mal auch. Außerdem hab ich Hunger.«

»Weil du das so gut kannst«, witzelte Heimo.

»Ach, halt die Fresse!«, fuhr Finn ihn an, rührte sich aber nicht von der Stelle. Er lehnte an der Mauer und kaute seit Stunden denselben Kaugummi.

»Was? Stimmt doch! Das war ein Kompliment, du Vollpfosten«, reagierte Heimo ungehalten.

»Kompliment? Ha, das ich nicht lache! Du sitzt auf deinem Arsch und drückst dich davor, auch mal was zu tun, so schaut's aus. Immer müssen Leon und ich uns um alles kümmern …«

»Scheiße, Blödsinn! Ich hab euch geholfen, den Afghanen kaltzumachen, habt ihr das etwa vergessen?«

»Was uns diese verdammte Scheiße überhaupt erst eingebrockt hat, und deshalb wirst du jetzt nach unten gehen und dem Typen Wasser geben«, mischte sich Leon ein.

Bei ihnen allen lagen die Nerven blank. Die Stimmung war gereizt, und die Situation spitzte sich zu, so konnte es nicht weitergehen. Leon würde eine Entscheidung treffen müssen, um ihren Fehler zu korrigieren.

»Also, wer macht es nun?«, blaffte er in die Runde.

»Ach, soll er doch verrecken!« Heimo spuckte aus.

Leon beugte sich zu seinem Freund hinab, der sich auf einen alten halbwegs sauberen Karton hingehockt hatte. Alles andere war verdreckt und wirkte nicht gerade einladend, sich darauf zu setzen. Eine Ecke in dem Raum roch sogar nach Pisse. »Soll ich es etwa selber machen?«, zischte er nahe Heimos Ohr.

Der Angesprochene blickte hoch. Für einen Augenblick glaubte Leon, dass Heimo ihm widersprechen würde, dann hätte Leon ganz klar seine Stellung in der Gruppe verloren. Das würde sich in der »Familie« herumsprechen. Das konnte er nicht zulassen.

»Ich geh ja schon«, presste Heimo zwischen zusammengebissenen Zähnen hervor. In seinen Augen flackerte Wut.

Leon richtete sich auf und atmete kaum merklich durch. Er war entschlossen, hart durchzugreifen, und beobachtete, wie Heimo sich erhob, nach der Wasserflasche griff und hinab in den Keller ging. Eigentlich müsste Leon zur Arbeit, er hatte sich jedoch in der Früh krankgemeldet. Finn und Heimo waren ohnehin arbeitslos und machten dafür die Asylanten verantwortlich, die ihnen die Arbeitsplätze wegnähmen.

Leon verlor mehr und mehr an Terrain, je länger diese Sache dauerte. Er überlegte zum wahrscheinlich hundertsten Mal, was das Beste wäre, das sie jetzt tun konnten. Aber eigentlich gab es nichts, worüber er noch nachdenken musste. Er hatte alles schon so oft im Kopf durchgespielt und sogar mit seinen Freunden besprochen. Er musste nur noch eine Entscheidung fällen, was ihm zugegeben schwerfiel. Er hatte immer gewusst, dass es auf seinem Weg die eine oder andere unschöne Tat geben würde, dass er sich abseits der Gesetze bewegte, aber mit einem von ihm begangenen Mord hatte er nie gerechnet.

Wiederholt dachte er an seinen Großvater und was der an seiner Stelle täte. Sein Großvater würde nicht lange fackeln, das war ihm klar. Er würde die Sache bereinigen – ja, so würde er es nennen – und sich deswegen nicht schuldig fühlen, da es mittlerweile zu einer unumstößlichen Notwendigkeit geworden war. »Sei beharrlich, Junge, und verliere nie das Ziel aus den Augen. Und wenn dir dabei jemand im Weg steht, räum ihn zur Seite«, hatte ihm sein Großvater stets eingetrichtert. »Im Krieg gibt es Kollateralschäden. Sieh zu, dass du keiner bist. Alles andere ist Nebensache«, waren seine Worte gewesen, die er Leon als Junge mit auf den Weg gegeben hatte. Immer wieder. Wie ein Mantra. Noch heute hörte Leon die Stimme des Großvaters in seinem Kopf, wenn er sich anstrengte.

Leon hatte ihn einmal gefragt, ob er denn wisse, wie viele Menschen er im Krieg »abgeknallt« habe. Daraufhin hatte sein Großvater den Arm um ihn gelegt und geantwortet, dass es zu viele für einen einzelnen Menschen gewesen seien, aber zu wenige für die Sache, für die er gekämpft habe. Leon hatte das als kleiner Bub nicht verstanden. Heute war ihm klar, dass sein Großvater damit das unsinnige und kaltblütige Morden im Krieg gerechtfertigt hatte.

Als Heimo zurückkam, sah Leon, dass sich dessen Zorn nicht verringert hatte. Die Wasserflasche war zwar leer, doch an Heimos Hand klebte Blut.

»Was hast du getan?«, fragte Leon alarmiert.

Heimo zuckte mit den Schultern. »Nichts.«

»Verdammt, ich will wissen, was du getan hast!«, schrie Leon seinen Freund an, griff nach dessen Arm und hielt ihn hoch, um ihm klarzumachen, dass er das Blut bemerkt hatte und er ihn nicht für dumm verkaufen sollte.

Heimo schnaubte. »Was wir schon längst hätten tun sollen.« Mit diesen Worten drückte er sich an Leon vorbei, warf die Wasserflasche gegen die Wand und ging nach draußen.

Leon und Finn liefen in den Keller hinab. Leon befürchtete, dass Heimo die Kontrolle verloren hatte. Er aktivierte das Licht seiner Taschenlampen-App am Handy, leuchtete den mit Gerümpel vollgestellten Boden aus und stieg über die Sachen hinweg, bis sie den Raum erreichten, in dem sie die Geisel festhielten.

Der Mann saß vornübergebeugt auf dem Stuhl und rührte sich nicht.

»Verdammter Mistkerl! Er hat ihn umgebracht!«, entfuhr es Leon, mit der freien Hand raufte er sich die Haare. »So ein Vollidiot! Wenn das die Bullen erfahren, kommen wir niemals mehr an die Heller ran! Die Polizei wird sie beschützen mit allem, was sie aufzubieten hat! Wir müssen ihn verschwinden lassen …«

»Beruhig dich«, sagte Finn, der Zeige- und Mittelfinger an den Hals der Geisel in Höhe der Halsschlagader drückte. »Der Typ lebt. Heimo hat ihn nur ordentlich verdroschen.« Finn leuchtete den Bewusstlosen an. Blut tropfte aus seiner Nase auf den Boden. Die linke Gesichtshälfte war geschwollen und blauviolett verfärbt, das Auge beinahe nicht mehr zu sehen. Das Ergebnis von mehreren Faustschlägen. Alten und neuen.

»Wir müssen das Problem bei der Wurzel packen«, sagte Leon, als er den ersten Schock überwunden hatte.

Die eben erlittene Angst, einen strategischen Fehler begangen zu haben, der sie teuer zu stehen kam, hatte ihn aufgeputscht. Jetzt stand sein Entschluss fest. Er hatte sich entschieden. »Die Frau ist unser Problem! Solange sie aussagen kann, sind wir nicht sicher, egal, was wir mit ihm anstellen.« Er deutete auf den Kerl, der sich noch immer nicht rührte. »Sie mit ihm zu erpressen, ist total bescheuert, das können wir nicht ewig durchhalten. Wer versorgt ihn denn mit Essen? Wer gibt ihm zu trinken? Und wo soll er bleiben? Hier etwa?« Er streckte die Arme von sich und wies auf die Unordnung in dem alten Gebäude. Zerfallene Kartons und alte Zeitungen, Lebensmittelverpackungen, zerrissene Kleidung, löchrige Schuhe. Dann schüttelte er den Kopf. »Nein, die Sandler würden ihn finden und die Bullen für eine Flasche Schnaps hierherführen. Vielleicht hat unser Plan auch nie wirklich funktioniert. Vielleicht hat seine Entführung bei der Tussi gar nichts bewirkt. Wir wissen nicht, wie nahe sich die beiden wirklich stehen. Vielleicht interessiert sie sich gar nicht für den Kerl, immerhin ist er unten auf der Straße geblieben und nicht mit in ihre Wohnung gegangen, wie es jeder vernünftige Mann gemacht hätte.«

»Wir haben ihn doch gefragt, und er hat gesagt, dass sie sich gerade erst kennengelernt haben«, ergänzte Finn.

»Und? Was hält einen Mann davon ab, gleich am ersten Tag einen Stich zu landen?«

Finn lächelte. »Nichts. Das macht es nur interessanter.«

»Siehst du!« Leons Hand wanderte in Richtung seines Freundes.

Der nickte selbstgefällig, weil er etwas gesagt hatte, das Leon gefiel.

»Wenn wir die Frau haben, die uns die ganzen Scherereien überhaupt erst eingebrockt hat, kümmern wir uns um ihn«, redete Leon weiter und deutete wieder auf den Bewusstlosen. »Denn falls es uns nicht gelingt, sie mundtot zu machen, ist er gegenüber der Polizei unsere Trumpfkarte. Mit ihm müssen sie uns gehen lassen. Solange er unsere Geisel ist und sie nicht wissen, wo wir ihn versteckt halten, können sie uns zumindest nicht erschießen. Er ist unser Ticket nach Brasilien.«

»Verstehe«, sagte Finn.

»Man wird uns jagen, aber wir werden kämpfen!«, rief Leon inbrünstig und streckte den rechten Arm von sich. »Heil Hitler!«

Finn tat es ihm gleich. Mit stolz geschwellter Brust standen die Männer da. Einen Augenblick lang, der befreiend wirkte. Der sie zusammenschweißte. Leon war sich sicher, dass sein Großvater stolz auf ihn wäre.

Als der Moment vorüber war, sagte er zu seinem Freund: »Also, sieh zu, dass Heimo ihn nicht umbringt.« Dabei deutete er auf die Geisel.

»Und was machst du?«, fragte Finn.

»Ich organisiere uns erst einmal etwas zu essen, nicht nur du hast Hunger, ich ebenso. Und dann …« Leon machte eine kunstvolle Pause und klopfte Finn dabei auf die Schulter. Zumindest dieser war ihm treu ergeben und stellte seine Autorität nicht infrage. Mit Heimo würde er später ein ernstes Wort reden und ihm damit drohen, was sein Freund schon des Öfteren anderen hatte antun wollen: ihm einen Finger abzuschneiden. »… dann ziehen wir in die Schlacht.«

22. KAPITEL

Nachdem Achleitner seinen Kaffee getrunken hatte, war er gegangen und hatte sich unten auf der Straße in den Polizeiwagen gesetzt. Im Laufe des Vormittags waren er und sein junger Kollege von anderen Polizisten abgelöst worden, ich hatte das von meinem Fenster aus beobachtet.

Da ich zum Nichtstun verdammt war und in meiner Wohnung bleiben sollte, verbrachte ich den Tag mit putzen oder legte mich auf die Couch, machte den Fernseher an und verfolgte die Nachrichten, ob es etwas Neues im Mordfall – oder wegen der Entführung – zu berichten gab. Letzteres war jedoch, so schien es, der Presse offenbar unbekannt.

Wie ich feststellte, lenkte mich Putzen ein wenig besser von meiner Situation ab, wenngleich ich diese Tätigkeit ansonsten stets auf die lange Bank schob. Nun konnte ich Versäumtes jedoch nachholen, wischte selbst in den Ritzen und Spalten und staunte, wie viel Dreck sich dort angesammelt hatte.

Ein bisschen fühlte ich mich in meiner eigenen Wohnung wie eine Gefangene. Eine Gefangene, die auf Nachricht von draußen wartete, die ihr hoffentlich Erleichterung brachte – oder aber Hoffnungslosigkeit, je nachdem, was sie beinhaltete. Die Stunden vergingen quälend langsam. Mir war nie klar gewesen, dass Zeit so grausam sein konnte.

Nora versuchte, mich ein paarmal zu erreichen, ich ging nicht ran. Ich wollte ihr nicht erzählen, was passiert war. Ich hatte keine Lust, übers Telefon alles noch einmal zu durchleben. Doch hauptsächlich wollte ich sie nicht noch tiefer in die Sache hineinziehen, als sie als meine beste Freundin ohnehin schon drinsteckte.

Am Nachmittag rief Köchner an und teilte mir mit, dass die Polizei das Gebäude, in dem Mathias festgehalten wurde, noch immer nicht gefunden hatte. Mittlerweile sei auch eine Vermisstenanzeige bei der Polizei eingegangen. Mathias heiße mit Nachnamen Bastreimer, was er ja auch selber in dem Video gesagt habe, und stamme aus Walding. Seine Mutter habe ihn als vermisst gemeldet, da er weder auf ihre Anrufe reagiert habe noch in seiner Wohnung anzutreffen gewesen sei. In der Arbeit sei er ebenso nicht aufgetaucht, deshalb habe sie den Schluss gezogen, dass etwas passiert sein müsse. Sie habe eigentlich mit einem Motorradunfall gerechnet, und nachdem ihr Köchner mitgeteilt hatte, dass Mathias höchstwahrscheinlich von denselben Männern entführt worden sei, die den Asylwerber ermordet hatten, war sie genau an derselben Stelle in seinem Büro zusammengebrochen wie zuvor ich.

Diese Informationen waren für mich schwer zu ertragen. Ich litt mit der Frau mit, obwohl ich sie nicht persönlich kannte. Zwar teilte ich keine gemeinsame Vergangenheit mit Mathias, aber vielleicht hätte uns die Zukunft gehört … Ich wollte ganz fest daran glauben, dass das immer noch möglich war, und schrubbte umso heftiger weiter.

Am Abend, als ich erschöpft ein Käsebrot aß, läutete es an der Tür. Bestimmt war das wieder einer der Polizisten, die ein Auge auf mich hatten und in regelmäßigen Abständen in meiner Wohnung nachschauen kamen, ob alles in Ordnung war. Das wäre das dritte Mal an diesem Tag. Ich legte das Brot auf den Teller.

Durch den Spion sah ich einen roten Schopf im Stiegenhaus, mehr nicht. Die Person hielt den Kopf geneigt, sodass sich ihr Gesicht nicht in meinem Blickfeld befand. Wahrscheinlich hatte es wieder einen Schichtwechsel gegeben. Dann fiel mir Nora ein, die sich ihre Haare in dem gleichen Farbton färbte, und ich öffnete die Tür.

»Diana! Schön, dass es dich doch noch gibt! Du hebst nicht ab, wenn ich dich anrufe, und meldest dich nicht zurück. Was ist los mit dir? Ich mache mir Sorgen!«, fuhr Nora mich an.

»Äh ...« Für einen Augenblick war ich sprachlos. Natürlich hatte ich mitbekommen, dass meine Freundin versucht hatte, mich zu erreichen, aber ich war aus gutem Grund nicht rangegangen. Was hätte ich ihr erzählen sollen? Dass alles nur noch schlimmer geworden war? Sie wäre sofort ins Auto gesprungen und hergefahren, was sie jetzt ja auch getan hatte. Aber genau das hatte ich verhindern wollen. Ich wollte sie nicht in Gefahr bringen, indem sie in meiner Nähe war. Wie Mathias, der nur entführt worden war, weil er mich just an diesem Tag kennengelernt hatte. Weil er zum falschen Zeitpunkt am falschen Ort gewesen war – bei mir.

»Ich hatte keine Zeit, ich musste mir eine Pistole kaufen«, schockierte ich sie mit meiner Antwort. Denn damit hatte Nora nicht gerechnet. Meine ansonsten so lebhafte Freundin erstarrte. Für wenige Sekunden verharrte sie wie eine in Stein gemeißelte Statue.

»Im Ernst? Lässt du mich deshalb nicht rein?« Noras körperliche Schockstarre war zu Ende und löste gleichzeitig die verbale.

»Entschuldige«, erwiderte ich und trat zur Seite.

»Ich will die Pistole sehen! Und warum zum Teufel kaufst du dir überhaupt eine Waffe?«

»Weil ich mich damit sicherer fühle.«

»Hast du einen Waffenschein?«

»Nein.«

»Wie konntest du dir dann eine Pistole kaufen?«

Ich zögerte.

»Sag nicht, du hast sie aus dem Darknet?«

»Nein, hab ich nicht.«

»Diana Heller! Ich will alles wissen, was sich seit meinem letzten Besuch bei dir abgespielt hat, und zwar von Beginn an! Und lass nichts aus. Gar nichts! Ich würde das merken, verstehst du?« Nora deutete mit dem Finger wie eine strenge Lehrerin auf mich, sodass ich mich entschied, ihr tatsächlich alles zu berichten. Von Mathias, seiner Entführung und dem Kauf der Waffe. Auch den Besuch am Landeskriminalamt ließ ich nicht aus und erzählte, wie ich in Köchners Büro umgekippt war und dass der Chefinspektor mir gegenüber jetzt ein wenig wohlgesonnener war, ja zeitweise sogar besorgt um mich wirkte. Währenddessen verzehrte Nora den Rest meines Käsebrotes, und als sie es aufgegessen hatte, riss sie eine der beiden Chipstüten auf, die sie für einen Fernsehabend mitgebracht hatte. Ich holte dafür eine Keramikschüssel, die ich mittig auf den Tisch stellte, und fand in einem Schrank eine Packung Erdnüsse. Dazu tranken wir die letzte Flasche Prosecco, die im Kühlschrank stand. Mehr war nicht da. Um Einkäufe hatte ich mich in den vergangenen Tagen nicht gekümmert.

»Das hört sich ja wie ein Krimi an«, kommentierte Nora meine Erzählung und stopfte sich mehrere Chips gleichzeitig in den Mund.

»Wie bist du überhaupt an den Polizisten vorbeigekommen, die unten auf der Straße Wache schieben?«, fragte ich. Denn wenn Nora das gekonnt hatte, gelang es anderen bestimmt auch.

»Ich hab sie angelächelt und ihnen meine Handynummer gegeben«, antwortete Nora mit einem Augenaufschlag wie Marilyn Monroe, lediglich mit dem Unterschied, dass an dem Kinn der berühmten Blondine zu keiner Zeit Chipsbrösel gehangen hatten.

»Wirklich?« Ich konnte es nicht fassen.

»Nein«, gab Nora zu. »Aber zumindest lächelst du wieder, das war mir der Scherz wert, auch wenn die Wahrheit durchaus bitter für mich ist. Ich muss gestehen, dass meine Reize längst nicht mehr so wirken wie früher. Einer hat sogar einen Ausweis von mir verlangt und meine Daten notiert, und ich musste ihnen glaubwürdig versichern, dass ich deine Freundin bin und wir einen Fernsehabend zusammen machen. Daraufhin hat der Ältere von den beiden jemanden angerufen und erst dann haben sie mich durchgelassen. Ich glaube, am liebsten hätte der noch eine Leibesvisitation bei mir durchgeführt, er hat mich so seltsam angeglotzt.«

»Du könntest ein Messer in deiner Handtasche haben und mich damit erstechen.«

»Ich könnte mir ein Messer aus deiner Küche nehmen und dich damit erstechen.«

»Gut, dass du meine Freundin bist«, sagte ich.

»Gut, dass ich deine *beste* Freundin bin«, betonte Nora. »Komm! Lass uns einen Film angucken.«

»Die Chips sind alle …« Ich deutete auf die leere Keramikschüssel, da ich wusste, dass Nora während des Fernsehens leidenschaftlich irgendwelche Sachen knabberte.

Ob süße oder saure, war ihr egal, Hauptsache, sie waren ungesund und hatten jede Menge Kalorien.

»Wenn ich noch mehr davon esse, brauchen meine Lippen eine Kur. Schau mal, mit dem vielen Salz erspare ich mir eine Botox-Behandlung.« Nora spitzte die Lippen zu einem Kussmund, um mir zu zeigen, was sie meinte.

»Die sehen aus wie immer«, erwiderte ich.

»Echt jetzt?« Nora wirkte enttäuscht. »Fühlen sich aber viel voller an.«

»Sie sind so schön wie eh und je.«

»Danke. Weißt du was, wir gucken trotzdem in die Glotze und essen und trinken ausnahmsweise mal nichts. Ich bin eh schon betrunken genug.«

»Du hast die Flasche Prosecco ja fast allein ausgetrunken. Ich hatte bloß ein Glas.«

»Daran bist du selber schuld«, erwiderte Nora. »Musstest ja die ganze Zeit über reden.«

Wir lachten. Es tat gut, meine Freundin an meiner Seite zu wissen und ihr fröhliches Naturell zu spüren, auch wenn ich den Gedanken nicht loswurde, dass sie dadurch womöglich in Gefahr sein könnte. Das sagte ich ihr.

»Ach, wenn man sich immer gleich in die Hose macht, dass etwas passieren könnte, geschieht auf der Welt überhaupt nichts Vernünftiges mehr«, war ihre Antwort. »Wir Mädels müssen zusammenhalten und uns gegen solche Typen wehren. Sonst machen die mit uns, was sie wollen, und das geht gar nicht!« Ihre unkomplizierte Art ließ mich ein wenig hoffnungsvoller in die Zukunft blicken.

Im Fernsehen lief der von den Marvel Studios produzierte Film »Avengers: Endgame«, den ich bereits zweimal gesehen hatte. Da Nora ganz wild auf den Film war und es mir egal war, wenn ich ihn noch einmal anschaute, setzten wir uns auf die Couch und verfolgten das Science-Fiction-Spektakel. Meine Gedanken schweiften dabei ab, und ich fragte mich, was Mathias in diesem Augenblick erleiden musste. Ob diese Typen ihn noch einmal verprügelt hatten, oder war es lediglich eine Inszenierung für das Video gewesen? War er überhaupt noch am Leben? Von den Avengers und ihrem Kampf bekam ich so gut wie nichts mit.

Nachdem der Film geendet hatte, gähnte Nora und sagte: »So, jetzt bin ich reif für die Horizontale.«

»Du kannst gerne das Bett nehmen, ich schlafe in letzter Zeit ohnehin öfter auf der Couch«, erwiderte ich.

»Echt? Und es macht dir nichts aus? Wenn ich auf keiner ordentlichen Matratze penne, habe ich am nächsten Tag Kreuzschmerzen wie ein Nilpferd, so wie neulich.«

»Woher willst du wissen, welche Kreuzschmerzen ein Nilpferd hat?«

»Schau dir so ein Tier doch mal genauer an, dann weißt du das.«

Ich lachte. »Nein, es macht mir nichts aus, wenn du im Bett schläfst. Gute Nacht, mein kleines Nilpferd!«

»Gute Nacht, Diana, wir sehen uns morgen.« Nora schickte mir einen angedeuteten Kuss durch die Luft, ehe sie im Schlafzimmer verschwand.

Bevor ich mich hinlegte, warf ich einen Blick aus dem Fenster. Der Wagen mit dem Personenschutz parkte am Straßenrand, ein fahles Licht leuchtete darin. Wahrscheinlich vertrieben sich die Polizisten mit ihren Handys die Zeit.

Alles war gut.

Ich machte es mir auf der Couch gemütlich und schlief dank Noras Anwesenheit in wenigen Minuten ein.

*

Ein Klopfen weckte mich. Ich sah auf das Display meines Handys, es war 3 Uhr morgens. Wer konnte das sein? Doch nicht etwa wieder einer von den Polizisten, die die Nachtschicht übernommen hatten? Wahrscheinlich musste er aufs Klo, dachte ich und kroch von der Couch. »Wenn du musst, dann musst du«, wiederholte ich Achleitners Spruch in Gedanken, während ich zum Fenster ging und den gewohnten Blick in die Tiefe warf. Das Polizeiauto stand an Ort und Stelle, Licht leuchtete allerdings keines mehr im Fahrzeuginneren. Na gut, ein Polizist stand jetzt vor meiner Tür und der andere behielt wahrscheinlich die Umgebung im Auge, was gut war.

Durch den Spion sah ich eine Polizeikappe, ebenso eine Uniformjacke. Der Träger hielt den Kopf gesenkt, genau wie Nora es gemacht hatte. Eine offenbar übliche Körperhaltung, wenn man darauf wartete, dass einem die Tür geöffnet wurde. Ich drehte den Schlüssel und nahm die Sicherheitskette ab.

»Was gibt es denn?«, fragte ich den Polizisten und verbarg nicht, dass er mich aus dem Schlaf gerissen hatte.

»Ich muss auf die Toilette. Es wäre toll, wenn ich Ihre benutzen dürfte«, erklärte mir der Uniformierte, wie ich es erwartet hatte.

Ich ging voraus und sagte: »Zweite Tür rechts.« Hoffentlich machte er schnell, damit ich mich wieder hinlegen konnte. Einen Kaffee, um sich aufzuwärmen, würde ich ihm nicht anbieten. Dann fiel mir ein, dass Nora ja da war und er keinen Krach machen durfte. Das wollte ich ihm sagen und mich zu ihm umdrehen, als just in diesem Augenblick Hände meinen Hals erfassten und zudrückten. Ich konnte die Worte nicht aussprechen, sie blieben in meinem Kopf hängen. Ein unsäglicher Schmerz durchfuhr mich. Von der Kehle abwärts bis in die Beine und wieder hinauf in meinen Schädel, der zu explodieren drohte.

Ich zerrte an den fremden Händen, doch ihr Griff war eisern. Ich versuchte zu atmen, aber ich bekam keine Luft. Meine Lungenflügel brannten, als würde in ihnen ein Feuer lodern. Der Schmerz schwoll an, wurde immer größer, sodass ich Angst hatte, ich könnte ohnmächtig werden.

Gleichzeitig wuchs mein Wille zu überleben, und ich trat mit den Füßen hinter mich. Mehrmals. Bis ich gegen etwas stieß. Daraufhin lockerte sich die Umklammerung meines Halses, und ich glaubte, einen Schrei gehört zu haben.

Ich schöpfte Hoffnung.

Plötzlich wurde ich nach hinten gezogen, an jemandes Körper gepresst. Die Hände drückten erneut zu. Noch fester. Noch erbarmungsloser.

Ich drängte nach vorn, versuchte, den Kerzenständer auf dem Tisch zu erreichen. Oder ein Messer in der Küche. Das war jedoch zu weit weg, das würde ich nicht schaffen. Also schrie ich, vielleicht hörte Nora mich ja …

Ein leises Krächzen war alles, was aus meinem Mund kam.

Mit letzter Kraft wollte ich den Kerzenständer zu Boden werfen, er würde laut aufschlagen und Nora wecken, doch ich erreichte nicht einmal den Tisch, auf dem er stand, sondern spürte, wie ich schwächer wurde.

Ich hatte keine Chance …

Dieser Gedanke flutete mein Gehirn. Meinen Körper. Meine Seele. Ich war bereit aufzugeben. Dann wäre ich endlich bei dir, und mein Leiden hätte ein Ende. Diese Vorstellung gefiel mir, und ich beschloss, mich meinem

Schicksal zu fügen. Ich hatte ohnehin keine andere Wahl mehr.

Der Druck um meinen Hals fühlte sich weniger stark an, ich spürte die Finger kaum noch. Ich sah dich vor mir, dich, meinen Ehemann, der mir auf so brutale Weise genommen worden war. Du ranntest mit ausgestreckten Armen auf mich zu, und ich glaubte, dich bald umarmen zu können. Dich wieder zu spüren und dir nahe zu sein …

Gleichzeitig vernahm ich ein Krachen, konnte aber nicht nachsehen, was es verursachte. Unerwartet und viel zu heftig fuhr Luft in meine Lunge, sodass sich mein Brustkorb aufpumpte wie ein Ballon. Doch es war nicht genug, ich schnaufte wie bei der Zielgeraden eines Marathons. Die Hände lösten sich von meinem Hals und ich konnte wieder atmen.

Scherben klirrten.

Porzellanteile flogen an mir vorbei.

Dann ein dumpfer Aufprall.

»Verdammte Scheiße! Wer zum Henker ist das?«, hörte ich Noras schrille Stimme durch das Dröhnen des Pulses in meinen Ohren.

Ich sank zu Boden, brauchte ein paar Sekunden, um zu verstehen, dass ich nicht starb. Dass ich dir nicht schon bald gegenüberstehen würde. Zunehmend beruhigte sich mein Körper und pumpte sauerstoffreiches Blut durch die Adern. Endlich war ich in der Lage, mich umzudrehen. Hinter mir lag der Polizist auf dem Boden. Nora hatte ihm eine Vase gegen den Kopf geschlagen und den Angreifer damit niedergestreckt, dabei war sie zu Bruch gegangen. Er schien bewusstlos zu sein …

Aber warum wollte mich ein Polizist überhaupt töten?

»Ich weiß nicht, wer das ist«, krächzte ich.

»Er wollte dich umbringen!«, kreischte Nora hysterisch.

Er stöhnte, kam langsam zu sich.

»Was machen wir jetzt?« Nora lief wie ein aufgescheuchtes Huhn hin und her.

Die Pistole! Nun würde sie mir nützlich sein.

Ich wandte mich der Kommode zu.

Etwas packte mich am Fuß, ich spürte wieder den erbarmungslosen Griff dieses Mannes. Er hielt mich fest. Schmerz durchfuhr mein Bein, mit dem anderen trat ich gegen ihn. Gegen seine Schulter. Gegen seinen Kopf. Bis er losließ.

Erst jetzt bemerkte ich das Messer in seiner Hand und das Blut, das aus einer Wunde an meiner Wade floss.

Ich rappelte mich hoch und stürzte auf die Kommode zu. Riss die Lade auf, in die ich die Waffe gelegt hatte. Nahm sie heraus. Sah, dass der Polizist längst wieder auf den Beinen war und Nora das Messer an den Hals drückte.

»Gib auf!«, zischte er.

»Wer sind Sie? Und warum wollen Sie mich töten?«, fragte ich mit der Pistole auf ihn zielend.

Unsicherheit war in seinem Gesicht zu erkennen.

»Legen Sie das Messer weg und lassen Sie meine Freundin los, sonst schieße ich. Und ungeübt, wie ich bin, könnte ich glatt Ihren Kopf treffen«, sagte ich mit fester Stimme, was mich überraschte. Denn meine Hände, mit denen ich die Pistole hielt, zitterten. Ein genaues Ziel zu treffen war mir kaum möglich, aber ich hoffte, dass ich ohnehin nicht abdrücken müsste, weil der Mann den Rückzug antrat.

Aber alles ging ganz schnell. Nora schrie auf, presste sich eine Hand auf den Hals.

»Nein! Nora!«

Blut rann durch ihre Finger hindurch.

Der Mann lief Richtung Tür.

Ich drückte ab.

Wieder Schreie. Von wem, vermochte ich nicht zu sagen, aber ich war mir sicher, dass ich mir die Seele aus dem Leib geschrien hatte, als ich die Kugel abgefeuert hatte.

Ich schoss noch einmal.

Der Polizist verschwand durch die Tür.

Ich eilte zu Nora und stellte fest, dass das Blut nicht so schlimm aus der Wunde quoll, wie es müsste, wenn er mit dem Messer die Halsschlagader erwischt hätte. Ich holte das Handy und wählte 144, teilte der Stimme am anderen Ende der Leitung mit, was passiert war und dass sie sich beeilen sollten. Da ich nicht wüsste, ob der Angreifer zurückkäme und zu Ende brachte, was er begonnen hatte. Dann widmete ich mich wieder meiner Freundin, sah die Angst in ihren Augen.

»Werde ich sterben?«, fragte sie. Ihre Unterlippe bebte. Tränen liefen ihr über die Wangen.

»Nein, das wirst du verdammt noch mal schön bleiben lassen, Nora Schwarrer!«, sagte ich und drückte meine Hand auf die Wunde, damit Nora die ihre wegnehmen konnte. Damit sie es bequemer hatte, falls ich mich irrte und die Verletzung doch schlimmer war.

»Wer war der Mistkerl?«, wollte sie wissen.

»Ich weiß es nicht.«

»Warum will dich ein Polizist umbringen? Sollten die dich nicht beschützen?«

Auch darauf hatte ich keine Antwort und sagte es meiner Freundin.

»Egal, wer er ist, er ist ein verdammtes Arschloch.«

Meine Freundin fand trotz ihrer Wunde am Hals wie immer die richtigen Worte, was mich zum Lächeln brachte.

»Da hast du recht«, pflichtete ich ihr bei.

»Ist noch etwas von dem Prosecco da?«

Ich lachte laut auf. »Du hast sicher noch Restalkohol im Blut. Wenn du jetzt etwas trinkst, liefern die dich wegen einer Alkoholvergiftung ein und nicht wegen einer Stichverletzung. Willst du das etwa?«, fragte ich erleichtert, weil Nora schon wieder zum Scherzen aufgelegt war.

»Eine Sterbende hat doch ein Recht auf einen letzten Wunsch, oder?«, sagte Nora.

»Du wirst nicht sterben«, erwiderte ich. »Zumindest nicht hier und heute. Erst wenn du 90 Jahre alt bist, früher erlaube ich es nicht.«

»Was ist mit dir?«

»Ich werde auch nicht sterben.«

»Ich dachte, er hat dich am Bein erwischt.«

»Ist nur ein Kratzer.«

»Aha, deshalb ist auch der halbe Fußboden voller Blut.« Nora deutete um sich.

»Meine Güte!«, erklang die Stimme meines Nachbarn – ein Mann um die 70 mit schlohweißen Haaren – an der Tür. Obwohl er die Wohnung gleich neben mir hatte, pflegten wir kaum Kontakt. »Das sieht ja schrecklich aus! Was ist passiert?«

Ich erklärte ihm, dass wir überfallen worden seien und ich die Rettung schon verständigt hätte. Daraufhin meinte er, dass er noch die Polizei anrufen werde.

Ich verschwieg, dass unten auf der Straße eine Streife stand, vielleicht war der Angreifer ja einer von ihnen, schließlich war er Polizist gewesen. Da war es schon besser, den Notruf zu wählen.

Während Noras Kopf in meinem Schoß lag, glitt mein Blick durch die Wohnung. Überall war Blut. Dort, wo ich nach Luft schnappend zusammengesunken und das Messer in meine Wade eingedrungen war. Wo Nora gestanden hatte und ihr der Typ in den Hals gestochen hatte. Und ebenso an der Wand, wo ich auf den Polizisten geschossen hatte …

Er war verletzt, schlussfolgerte ich. Ich hatte ihn getroffen. Ein wenig Genugtuung breitete sich in mir aus.

Sirenen der Einsatzkräfte ertönten in der Ferne. Ich blieb neben meiner Freundin am Boden sitzen und drückte mit der einen Hand unentwegt auf ihre Wunde, mit der anderen streichelte ich ihr über die Wange.

Draußen im Flur schnatterten aufgeregte Stimmen. Wahrscheinlich war mittlerweile das ganze Haus auf den Beinen, aufgeweckt durch die Schüsse. Mein Nachbar hielt die neugierige Meute davon ab, in meine Wohnung einzudringen. Dafür war ich ihm dankbar und nahm mir vor, ihn mal auf einen Kaffee einzuladen.

Wenn wieder alles gut war.

Hoffentlich.

23. KAPITEL

Sanitäter und Notärzte stürmten in meine Wohnung. Fachkundige Hände übernahmen das Abdrücken von Noras Wunde am Hals. Beruhigende Worte wurden gesprochen, dass die Verletzung nicht so schlimm sei, sodass man das bald im Griff habe und Nora dann wieder auf die Beine käme. Lediglich eine kleine Narbe würde sie an den heutigen Tag erinnern. Dennoch bemerkte ich, dass die Sanitäter keine Zeit verloren und eiligst alles für den Abtransport vorbereiteten. Im Krankenhaus wurde Bescheid gegeben, dass ein OP-Team bereitstehen solle.

Nora bedachte den Notarzt mit einem eingeübten Monroe-Augenaufschlag, was typisch für sie war. Trotzdem fiel mir auf, dass sie geschwächt wirkte.

Ein zweiter Arzt kümmerte sich um mein Bein. Eine mindestens vier Zentimeter lange unschöne Fleischwunde klaffte im unteren Drittel der Wade.

»Das muss genäht werden«, sagte der Mediziner und legte mir einen Verband an. »Was ist mit Ihren Händen?«

»Die hab ich mir vor ein paar Tagen verbrannt, aber das verheilt schon.«

»Was zum Henker war hier los?« Der Arzt sah sich flüchtig in der Wohnung um und fixierte das Ende der Mullbinde.

»Wir sind überfallen worden. Die Polizei ist schon verständigt und wird bald da sein«, erwiderte ich lediglich, zu mehr war ich nicht imstande.

»Das sieht wie auf einem Schlachtfeld aus«, stellte der Mediziner fest. Da ich nichts darauf erwiderte, fügte er an: »Wir nehmen Sie mit ins Krankenhaus. Können Sie gehen?«

Im Gegensatz zu Nora war es mir möglich, die Wohnung humpelnd, aber auf eigenen Beinen zu verlassen. Meine Freundin wurde mit einer Trage aus dem Haus transportiert.

Minuten später rasten wir mit Blaulicht ins Kepler Universitätsklinikum Med Campus III., ich hielt im Fond des Rettungswagens Noras Hand. Im Spital wurden wir getrennt. Während Nora von Krankenschwestern und einem Arzt übernommen, in ein Krankenhausbett gehoben und damit den Gang entlang bis zu einem Lift geschoben wurde, blieb ich mit dem Herzen voller Hoffnung zurück, dass ich meine Freundin bald wiedersähe. Mich brachte man in ein Untersuchungszimmer, wo ein Arzt die Wunde säuberte, desinfizierte und mit mehreren Stichen nähte. Nach einem Gespräch mit einer Psychologin, die man ganz offensichtlich aus dem Bett geholt hatte, trat ich in den um diese Uhrzeit beinahe menschenleeren Wartebereich hinaus und traf dort auf Chefinspektor Köchner.

Als er mich entdeckte, kam er auf mich zu. »Frau Heller! Wie geht es Ihnen? Die Kollegen haben mich informiert, dass man Sie und Ihre Freundin ins Krankenhaus gebracht hat. Was zum Henker ist passiert?«

Ich ließ mich auf einen Stuhl sinken. »Wir sind überfallen worden … von einem …« Ich blickte Köchner an, bevor ich weiterredete. Ich wollte seine Reaktion sehen, wenn ich ihm mitteilte, wer der Angreifer gewesen war. »Wir sind von einem Polizisten überfallen worden.«

»Einem Polizisten?«, echote Köchner.

»Er hat eine Uniform angehabt, genau wie die von Achleitner.«

»Verdammte Scheiße!«

Darauf erwiderte ich nichts, fand jedoch, dass das noch untertrieben war. »War es einer von denen, die auf mich hätten aufpassen sollen?«

»Davon gehe ich nicht aus. Eigentlich hatten wie üblich zwei Kollegen heute vor Ihrem Haus Dienst, aber einer ist krank geworden. So kurzfristig konnten wir keinen Ersatz finden, also ist der andere schon mal alleine losgefahren. Ihn haben die Kollegen bewusstlos in seinem Wagen gefunden. Jemand hat ihn niedergeschlagen und anschließend ins Auto verfrachtet. Es muss ein Kampf stattgefunden haben, da wir die Polizeikappe des Kollegen unter dem Wagen entdeckt haben.«

»Wie geht es ihm?«

»Er wird wieder, sagen die Ärzte. Aber er dürfte eine Weile lang heftige Kopfschmerzen haben. Nun erzählen Sie, was sich bei Ihnen in der Wohnung abgespielt hat«, verlangte Köchner endlich zu erfahren.

Und ich ließ nichts aus.

»Ich kann mir nicht vorstellen, dass das tatsächlich einer von uns gewesen ist«, resümierte der Chefinspektor, als meine Erzählung zu Ende war.

»Heißt das, Sie glauben mir schon wieder nicht?«, fragte ich.

»Doch, ich glaube Ihnen«, erwiderte Köchner. »Allerdings verstehe ich die Zusammenhänge nicht. Warum sollte ein Polizist Sie angreifen? Was macht das für einen Sinn?«

»Das wüsste auch ich gerne.«

Eine Weile schwiegen wir. Überlegten, was wir möglicherweise übersahen.

»Gibt es wegen Mathias etwas Neues?«

Köchner schüttelte den Kopf. »Tut mir leid, wir wissen immer noch nicht, wo er festgehalten wird. Einige von unseren Leuten klappern alle leerstehenden Häuser in Linz ab, die uns bekannt sind, aber das dauert.«

»Vielleicht hat sich der Typ, der in meine Wohnung eingedrungen ist, bloß als Polizist verkleidet und ist gar kein echter. Kann ja sein, dass er sich die Uniform irgendwo besorgt hat.«

»Damit Sie ihm vertrauen, wenn Sie durch den Spion schauen, weil Sie denken, es ist einer von den Kollegen, die zu Ihrem Personenschutz abgestellt wurden«, brachte es Köchner auf den Punkt.

»Das hat ja auch funktioniert«, erwiderte ich. »Ich meine, das mit dem Verkleiden. Der Personenschutz leider nicht. Sonst säßen wir jetzt nicht hier.«

»Wir müssen jemanden vor Ihrer Wohnungstür postieren. Bloß vor dem Haus reicht nicht aus«, erkannte Köchner.

»Oder gleich in meiner Wohnung, wenn es nicht gerade Achleitner ist.«

»Er ist ein guter Polizist«, wiederholte der Chefinspektor.

»Er ist ein Rassist«, hielt ich dagegen.

»Wegen der Aussage über die Asylwerber hab ich schon mit ihm geredet und ihm klargemacht, dass das so nicht geht und beim nächsten Mal Folgen haben wird. Wir sind Polizisten, und vor dem Gesetz sind alle gleich.«

»Das bringt nichts«, war ich mir sicher. »Seine Erfahrungen mit straffällig gewordenen Asylanten haben ihn geprägt. Und solange wir es nicht schaffen, diese Menschen in unsere Gesellschaft zu integrieren, ihnen unsere

Werte näherzubringen, wird sich daran nichts ändern. Immer mehr Menschen denken wie er. Sie haben Angst, weil wir das nicht hinkriegen.«

»Das ist Politik und liegt nicht in meiner Hand.«

»Ich weiß«, gab ich zu.

»Kann der Typ, der Sie überfallen hat, einer von Amir Saidis Mördern gewesen sein?«, wechselte Köchner zum eigentlichen Thema zurück.

»Ja, ich denke schon, aber nicht der, der mich auf der Straße angesprochen und mir gedroht hat, mich zu erstechen. An den erinnere ich mich nämlich gut, und der war es nicht.«

»Ich schlage vor, wir setzen uns noch mal mit dem Polizeizeichner zusammen und gleichen Ihre Erinnerungen von heute mit den Bildern ab, die wir schon angefertigt haben. Mit den jetzigen hatten wir bislang leider keinen Fahndungserfolg.«

Ich nickte. »Versuchen wir es.«

»Sehr gut.« Köchner schien zumindest damit zufrieden zu sein. »Wenn das klappt, haben wir schon mal von zwei der Mistkerle eine genaue Beschreibung. Ich glaube, es ist an der Zeit, dass wir die Phantombilder über die Medien verbreiten und die Bevölkerung um Hilfe bitten. Los, fahren wir!«

»Jetzt? Ich wollte eigentlich warten, bis meine Freundin aus dem OP rauskommt.« Ich blieb sitzen.

»Die Zeit drängt, Frau Heller. Die haben Mathias Bastreimer und werden nervös, wenn sie sogar so weit gehen, dass einer von denen in Ihre Wohnung eindringt und Sie angreift und zuvor den Polizeischutz ausschaltet. Die wollen Sie tot sehen!«

Das war ein Argument. »Natürlich, Sie haben recht.«

Ich blickte in die Richtung, in die die Krankenschwestern Nora in einem Bett davongeschoben hatten. Meine Freundin war meinetwegen verletzt worden. Weil sie bei mir übernachtet hatte. Ich war quasi schuld, dass ihr dieser Typ den Hals aufgeschlitzt hatte. Zu gerne wüsste ich, wie es um sie bestellt war.

»Ihre Freundin ist in guten Händen«, riss mich Köchner aus meinen Gedanken. »Sie können ohnehin nichts anderes tun, als hier zu warten. Aber das bringt Ihrer Freundin nichts – und Ihnen auch nicht. Mathias Bastreimer können wir jedoch möglicherweise retten, wenn wir jetzt ...«

»Lassen Sie uns gehen«, unterbrach ich ihn, stand auf und humpelte neben ihm her zu seinem Wagen.

Während der Fahrt ins Landeskriminalamt rief der Chefinspektor den Polizeizeichner an und bestellte ihn auf die Dienststelle.

»Sie haben mal gesagt, dass Sie sich fühlen, als wenn wir im Krieg wären«, sagte er für mich völlig unerwartet. »Ich denke, dass Sie damit richtig lagen: Jemand hat uns den Krieg erklärt.«

»Ich wünschte, es wäre nicht so«, erwiderte ich und sah aus dem Seitenfenster, an dem die finstere Stadt leise und bedrohlich vorüberzog.

»Stehen wir auf derselben Seite?«, fragte Köchner.

»Ich hab immer auf Ihrer Seite gestanden und Ihnen stets vertraut. Aber vertrauen Sie mir?«

»Ja, das tue ich. Und es tut mir aufrichtig leid, dass ich an Ihnen gezweifelt habe.«

Das war zumindest ein Anfang.

Dennoch würde es wieder eine lange Nacht werden. Und neben jener, in der du gestorben warst, die schrecklichste in meinem ganzen Leben.

24. KAPITEL

Leon hörte in der Ferne die an- und abschwellenden Signale der Folgetonhörner. Aggressiv zerschnitten sie die Stille der Nacht. Die Einsatzkräfte waren alarmiert. Es würde bestimmt nur noch wenige Minuten dauern, bis die Polizei Straßensperren errichten, die Stadt abriegeln und nach dem Flüchtigen suchen würde.

Nach ihm.

Leon war getroffen. Die Tussi hatte tatsächlich auf ihn geschossen! Das hätte er ihr nicht zugetraut. Er musste zugeben, dass sie mehr Mumm in den Knochen hatte als so mancher Kerl, den er kannte.

Blut sickerte aus der Wunde an seiner Schulter und wurde von der Polizeiuniform aufgesaugt, die ihm ein Kamerad, der Zugang zur Polizeiwäsche hatte, extra für diesen Einsatz besorgt hatte. Zum Glück war es nur ein Streifschuss, aber auch der schmerzte wie verrückt. Im Krieg verwundet, fiel ihm ein, und er dachte an seinen Großvater, was der sagen würde. Gut gemacht, Junge, hörte er dessen tiefe Stimme durch seinen Kopf hallen, aber du hättest das Problem gänzlich aus dem Weg räumen sollen! Ein Tadel, der gerechtfertigt war, fand Leon, während er die Straße entlang in Richtung des verlassenen Gebäudes lief, in dem Heimo und Finn auf die Geisel aufpassten.

Ein Polizeiwagen näherte sich mit Blaulicht.

Leon presste sich in einem Hauseingang an die Mauer.

Das Auto raste an ihm vorbei und bog bei der nächsten Kreuzung links ab.

Leon trat hervor und eilte weiter. Als er sich dem Bahnhof näherte, sah er, dass es dort von Polizisten geradezu wimmelte. Sie kontrollierten alles und jeden. Selbst ein Reisender, der mit Gepäck aus einem Taxi stieg, musste seinen Ausweis vorzeigen. Leon bog nach rechts ab und folgte dem Straßenverlauf bis zur nächsten Ampel, die um diese Zeit orange blinkte. Er versuchte, dem Licht der Straßenbeleuchtung zu entkommen, um etwaig vorbeifahrenden Autolenkern nicht aufzufallen. Zu seinem Glück waren um diese Zeit ohnehin nur wenige Menschen unterwegs, die meisten verschliefen das Drama, das sich mitten in Linz abspielte, und würden erst am Morgen aus den Medien davon erfahren.

Als Leon um die nächste Ecke bog, bemerkte er, dass Hundert Meter vor ihm eine Polizeisperre errichtet worden war. Rasch trat er zurück hinter die schutzbietende Mauer.

Ob sie ihn gesehen hatten?

Sein Puls raste.

Er war vom Jäger zum Gejagten geworden.

Er hatte alles richtig machen wollen, hatte seine Meinung geändert und sich dafür entschieden, die Zeugin aus dem Weg zu räumen, mit dem Ziel, dass Heimo, Finn und er ungestraft weiterleben konnten. Er hatte seine Freunde nicht eingeweiht, damit nur er von der Polizei verhaftet würde, falls etwas schiefginge, und Heimo und Finn abhauen könnten. Falls sein Plan jedoch von Erfolg gekrönt gewesen wäre, hätten sie danach die Geisel getötet, damit alle Zeugen beseitigt und sie frei gewesen wären.

In der Szene hätten sie dafür Applaus geerntet und die Menschen hätten sich in Zukunft dreimal überlegt, ob sie für einen Flüchtling eine Kerze anzündeten.

Doch nun war auch er zu einem Flüchtenden geworden, und dafür hasste er diese Menschen, die unkontrolliert in sein Land eindrangen. Es war deren Schuld, nicht seine!

Die Straße führte auf die Autobahn. Mit der Sperre sollte verhindert werden, dass der Täter die Stadt verließ. Polizisten mit Maschinengewehren standen breitbeinig am Asphalt, nicht weit von dem alten verlassenen Gebäude entfernt, das sein Ziel war, und schauten in seine Richtung. Bestimmt hatten Heimo und Finn den Tumult längst bemerkt und verhielten sich ruhig. Er musste einen Umweg machen, damit er zu ihnen gelangen konnte, das würde ihn wertvolle Zeit kosten, in der das Aufgebot an Polizisten weiter zunehmen würde.

Er biss die Zähne zusammen, da der Schmerz in seiner Schulter durch eine unbedachte Bewegung ungekannt heftig über ihn herfiel, und lehnte sich an die Mauer. Schweiß stand trotz der Kälte auf seiner Stirn. Er atmete ein paarmal tief ein, bis das Toben in seinem Fleisch nachließ. Erst dann hielt er Ausschau nach einem anderen Weg und hetzte auf der rückwärtigen Seite der Stadthäuser durch den Park und die Gärten. Er ließ die Polizeiabsperrung hinter sich. Und die blau blinkenden Lichter.

Als er das baufällige Gebäude erreichte, war er drauf und dran zusammenzubrechen. Er wusste nicht, wie viel Blut er verloren hatte. In ein Krankenhaus konnte er nicht, die Ärzte mussten jede Schussverletzung melden. Also blieb ihm nichts anderes übrig, als sich in diesem dreckigen Loch zu verkriechen. Noch einmal sah er sich um, ob ihn jemand beobachtete. Niemand war auf der Straße. Der Schlund des alten Hauses verschluckte ihn.

»Oh Scheiße, Mann! Was ist dir denn passiert?«, entfuhr es Finn, als er Leon bemerkte. Er sprang auf und eilte ihm zu Hilfe, da sich Leon kaum noch auf den Beinen halten konnte. Stützte ihn, damit er nicht fiel. »Und weshalb hast du Polizeiklamotten an?«

Auch Heimo kam herbei, blieb aber gut einen Meter vor Leon stehen. Als wäre die Uniform, die Leon trug, mit Gift durchtränkt. Heimo betrachtete ihn, als würde ihm gefallen, was er sah. Dass Leon verletzt war, dass er schwach war und sich in diesem Zustand nicht wehren konnte. Panik erfasste Leon, weil er wusste, dass Heimo seine Chance, die Führung an sich zu reißen, ergreifen würde, wenn sie sich ihm bot. Und jetzt servierte er sie ihm gerade auf einem Silbertablett.

»Das wird schon wieder!«, stieß er aus und gleichzeitig seinen Freund weg. Seinen einzigen Freund, wie er nun erkannte. Finn.

Denn Heimo war zum Gegner mutiert. Mit verschränkten Armen stand er vor ihm und taxierte ihn. Wie kräftig Leon in seinem Zustand noch war. Nicht kräftig genug, das wusste auch Leon.

»Was ist passiert?«, fragte Heimo. Auf seinem Gesicht spiegelte sich Genugtuung, dass es dieses Mal nicht er war, der Scheiße gebaut hatte, sondern offensichtlich der ach so große Leon Galmeier.

»Sie hat auf mich geschossen«, sagte Leon verächtlich.

»Die Tussi?«, hakte Finn nach.

»Ich wollte, dass sie ein für alle Mal die Klappe hält und wir uns keine Gedanken mehr darüber machen müssen, ob sie uns identifizieren kann oder nicht. Es sollte vorbei sein.«

»Was ist schiefgelaufen?«

»Sie ist nicht allein gewesen, es war jemand bei ihr.«

»Und?«, hakte Heimo nach.

»Was und?«, schnauzte Leon ihn an.

»So wie ich das sehe, ist dein Plan nicht aufgegangen.« Heimo deutete auf Leons Schulter. »Und weshalb die Klamotten? Das ist ja peinlich.«

Leon setzte sich. Er spürte, dass ihn seine Beine nicht mehr länger trugen. Mitten im Müll sank er zu Boden und achtete darauf, dass seine Schulter nirgendwo dagegen stieß.

»Mit der Verkleidung bin ich in ihre Wohnung gekommen. Sie hat mich einfach reingelassen, weil sie gedacht hat, dass ich ein Bulle bin, du Hornochse! Das ist nicht peinlich, so etwas nennt man einen Plan«, blaffte Leon Heimo an. Gleichzeitig fuhr ein höllischer Schmerz, ausgehend von seiner Schulter, durch seinen Körper. Leon verzog das Gesicht.

»Du brauchst einen Arzt«, sagte Finn besorgt.

»Es geht schon, ich muss mich nur kurz ausruhen, weil ich hergelaufen bin«, erwiderte Leon, was nicht stimmte. Es war ihm zwar vorgekommen, als liefe er, aber in Wirklichkeit hatte er für die Strecke beinahe doppelt so lange gebraucht wie üblich.

Finn reichte ihm eine Wasserflasche und fragte: »Hat Heimo recht? Lebt sie noch?«

Leon nahm ein paar Schlucke, dann nickte er. »Ich hab ihren Hals schon in meinen Händen gehabt, hab zugedrückt, da hat mich die andere niedergeschlagen. Ich war kurz weggetreten.« Leon griff sich an den Hinterkopf, wo deutlich eine Beule zu spüren war. »In der Zeit muss sie sich die Pistole geschnappt haben. Bevor sie auf mich geschossen hat, habe ich ihrer Freundin die Kehle aufgeschlitzt.«

»Ist sie denn tot?«

»Keine Ahnung«, gab Leon zu. Er hatte sich nicht umgedreht und war so schnell wie möglich davongelaufen.

»Schon gut, die waren zu zweit und du alleine«, versuchte Finn seinen Freund zu trösten.

»Du hast dich von zwei Frauen überwältigen lassen, so schaut's aus«, warf Heimo lachend ein, was Leon in Rage brachte.

»Ich hab nicht gewusst, dass die andere Tussi da ist. Ich hab nicht damit gerechnet, das ist ein Fehler gewesen, der wird mir garantiert nicht noch einmal passieren«, presste er zwischen zusammengebissenen Zähnen hervor.

»Und wer garantiert uns das?«, stichelte Heimo weiter.

»Ich!« Leon war wütend. Auf Heimo, aber am allermeisten auf sich selbst.

»Wer's glaubt …«, blaffte Heimo.

»Halt die Fresse, Heimo!«, zischte Leon und versuchte aufzustehen. Finn half ihm.

»Ich halte die Fresse, wann ich will!«, erwiderte Heimo.

Leon keuchte. Doch seine Beine waren nicht mehr ganz so wackelig wie vorhin. Die Verschnaufpause hatte ihm gutgetan. Dann stellte er sich direkt vor Heimo hin. Brust an Brust wie zwei Streithähne, deren Absicht es war, den anderen im Kampf tödlich zu verletzen.

»Du tust, was ich sage, sonst erzähle ich allen, dass du die Frau am helllichten Tag bedroht hast, ohne die Absicht, sie kaltzumachen, weshalb sie dein Gesicht kennt und deine Fratze jetzt wahrscheinlich auf einem Fahndungsfoto prangt. Und dass du danach mein Wohnzimmer vollgekotzt hast«, sagte er und legte dabei den Kopf schief.

»Echt? Hast du?« Finns Blick wechselte zwischen seinen Freunden hin und her.

»Ach, halt die Klappe!«, gab Heimo betont lässig von sich.

»Der Einzige, der von nun an die Klappe hält, bist du!«, schrie Leon Heimo an, der aufgrund der Heftigkeit von Leons Ausbruch zusammenzuckte. »Ich habe einen Plan, wie wir weitermachen! Ich gebe hier den Ton an und sage, wie es läuft! Und du …«, Leon schlug mit der Faust gegen Heimos Brust, »… hältst endlich dein Maul!« Wütend funkelte er seinen Widersacher an.

»Und wie geht es weiter?«, fragte Finn, dem die Situation unheimlich zu sein schien. Zu aufgeladen. Zu explosiv.

»Wir gehen jetzt da runter und machen den Kerl fertig! Für uns! Für unser Land! Für eine bessere Zukunft! Und alle, die dem im Weg stehen, müssen verschwinden!«, schrie Leon. »Heil Hitler!«

»Heil Hitler!«, kam es im Duett zurück.

25. KAPITEL

Es dämmerte bereits, als ich vom Landeskriminalamt nach Hause kam. Köchner hatte mich nach der Erstellung des Phantombildes herbringen lassen, er hatte darauf bestanden. Dieses Mal hatte ich mich nicht dagegen gewehrt, da ich mit meinem verletzten Bein die Strecke vom LKA bis zu meiner Wohnung ohnehin nicht hätte laufen können. Außerdem war für mich durch das Eindringen des Mannes in meine Wohnung eine Grenze überschritten worden, sodass ich mich dort nicht mehr sicher fühlte. Dieses Gefühl war mir gestohlen worden. Meine Wohnung war nicht mehr mein Zuhause und Polizeischutz unvermeidlich.

Die Dinge hatten sich ein weiteres Mal verändert.

Unten auf der Straße stand erneut eine zu meiner Sicherheit abkommandierte Polizeistreife, und meine Wohnungstür wurde von einem Uniformierten bewacht. Er nickte mir zu, als ich von dem Polizisten, der mich hergefahren hatte, zu meiner Wohnung eskortiert wurde, wo mich eine Situation erwartete, die ich bislang nur aus dem Fernsehen kannte.

Die Spurensicherer packten gerade alles zusammen. Wie ich vom Leiter der Gruppe erfuhr, hatten sie Proben von dem Blut am Boden und an der Wand genommen. Meine Pistole hatten sie eingetütet, um sie im Labor zu untersuchen. Die Kugel, die in der Wand stecken geblieben war, hatten sie herausgeholt und ebenfalls als Beweismaterial klassifiziert. Das sei jedoch nur eine Formsache, da ich nicht abstritt, auf den Täter geschossen zu haben. Das würde zwar ein Nachspiel haben, da ich die Waffe illegal besaß, aber das war im Augenblick Nebensache.

Danach verabschiedeten sich die Beamten in ihren weißen Schutzanzügen und ich war wieder allein in meiner Wohnung.

Ich rief im Krankenhaus an und erkundigte mich nach Nora, am Telefon wollte man mir jedoch keine Auskunft über ihren Zustand erteilen, auch nicht, als ich ihnen sagte, dass Nora nur meinetwegen verletzt worden sei. Also musste ich noch einmal ins Spital, dachte ich, während mir die Augen fast zufielen und ich auf die Couch niedersank. Lediglich für ein paar Minuten wollte ich mich hinlegen. Mich ausruhen, bis ich wieder genügend Energie in mir spürte. Dann würde ich einen der Polizisten bitten, mich ins Krankenhaus zu fahren.

*

Ein Klingeln an der Wohnungstür schreckte mich hoch. Es fiel mir jedoch sofort ein, dass vor meiner Tür ein bewaffneter Polizist stand und zwei weitere unten auf der Straße ihren Dienst verrichteten. Demnach war es unwahrscheinlich, dass diese Typen erneut versuchen würden, in meine Wohnung einzudringen. Außerdem war nun die Tür im Erdgeschoss versperrt, das hatte Chefinspektor Köchner angeordnet. Was aber, wenn die Männer ebenso diese Polizisten außer Gefecht gesetzt hatten?

Erneut klingelte es. Dieses Mal länger. Da ich die Pistole nicht mehr hatte, holte ich das Brotmesser aus der

Küche und ging damit zur Tür, spähte durch den Spion. Und sah Achleitner.

Erleichtert stieß ich die Luft aus, drehte den Schlüssel im Schloss und nahm die Sicherheitskette ab.

»Guten Morgen«, sagte ich, das Brotmesser hinter meinem Rücken versteckend. Erst jetzt bemerkte ich an Achleitners Seite einen Jungen, der etwas in der Hand hielt.

»Das wird sich noch herausstellen, ob es wirklich ein guter Morgen ist«, brummte der Polizist. »Dieser Bub wollte unbedingt zu Ihnen, Frau Heller. Er soll Ihnen etwas überreichen, und zwar nur Ihnen, das wurde ihm von einem Mann aufgetragen, der ihm dafür 20 Euro gegeben hat.«

»Sind Sie diese Person hier?«, fragte der Junge, den ich nicht älter als zehn oder elf Jahre schätzte und der mir einen zerknitterten Zettel zeigte. Darauf stand in kindlicher Handschrift mein Name geschrieben.

»Ja«, antwortete ich. »Das bin ich.«

»Dann gehört das Ihnen.« Der Bub streckte mir ein braunes Kuvert entgegen, das jenem gleichsah, das vor meiner Wohnungstür gelegen hatte.

Ich zögerte.

»Nehmen Sie es! Der Mann hat von ihm verlangt, dass er es nur Ihnen geben darf. Sonst hätte ich es ihm längst abgenommen, aber er weigert sich, es mir auszuhändigen«, sagte Achleitner.

»Welcher Mann?«, fragte ich.

Der Junge zuckte mit den Schultern. »Irgendeiner.«

»Wir haben ihn schon danach gefragt. Er behauptet, dass ihn der Typ auf der Straße angesprochen hat und mit ihm bis hierher gegangen ist. Etwa 200 Meter vor dem Gebäude hat er ihm das Kuvert und das Geld in die Hand gedrückt und ihm erklärt, wohin er damit gehen muss und was er sagen soll. Als wir uns von dem Jungen den Mann zeigen lassen wollten, war der weg. Wahrscheinlich hat er beobachtet, wie wir den Buben abgefangen haben«, erklärte Achleitner.

Vorsichtig nahm ich den Umschlag zwischen Daumen und Zeigefinger.

»Kann ich jetzt gehen?«, fragte der Junge, der nach dem Erfüllen seiner Mission wohl schleunigst von hier abhauen wollte.

Achleitner erteilte dem neben der Tür stehenden Uniformierten den Auftrag, mit dem Buben das Wohngebäude zu verlassen und unten dessen Daten zu notieren. Für alle Fälle.

»Geben Sie mir das«, sagte er dann zu mir, holte ein Taschentuch aus der Hose und fasste damit das Kuvert an. »Tut mir leid, aber er wollte es nur Ihnen aushändigen. Er hat gedroht, laut zu brüllen, falls wir es ihm abnehmen. Und negative Publicity hat die Polizei inzwischen genug, da brauchen wir nicht auch noch Schlagzeilen, dass wir Kinder schlecht behandeln.«

Ich hörte Achleitners Erklärung nicht, mich interessierte nur, was der Umschlag enthielt. »Was ist drinnen?«

Achleitner öffnete vorsichtig das Kuvert und lugte hinein. »Ein USB-Stick.«

»Mein Gott!« Ich ahnte Böses, und mir wurde schlecht.

»Können wir uns auf Ihrem Computer anschauen, was darauf gespeichert ist?«

»Wollen Sie sich das wirklich antun?« Ich hatte Angst davor, wenngleich ich wie Achleitner unbedingt wissen wollte, was darauf zu sehen war.

»Ich rufe Köchner gewiss nicht an, bevor ich nicht weiß, was es mit dem Stick auf sich hat. Ich werde ihm sagen müssen, weswegen ich ihn herbestelle. Er hat mir ohnehin erst gestern gründlich die Meinung gegeigt, und das ziemlich heftig.«

Das Argument war nachvollziehbar.

»Sie müssen es sich ja nicht anschauen, ich kann es auch alleine …«

»Nein, wenn, dann machen wir das zusammen. Kommen Sie!« Ich brauchte ebenfalls Gewissheit und ging Achleitner voraus zu meinem Computer. Er steckte den Stick hinein, und ich öffnete die einzige Datei, die darauf gespeichert war.

26. KAPITEL

Leon Galmeier, Finn Pokrovski und Heimo Stulm hatten sich aufgeteilt. Finn war mit dem USB-Stick zu Diana Heller aufgebrochen, um ihn ihr auszuhändigen. Wie er das anstellte, wusste Leon nicht, doch es war klar, dass eine Menge Polizisten dort herumschwirrten. Aber Finn fiel bestimmt etwas ein. Er war ein braver Soldat, der nach Lösungen suchte, wenn etwas nicht so ausgeführt werden konnte, wie man es ihm aufgetragen hatte. Sein Ziel war, die Mission zu erfüllen, koste es, was es wolle.

Für die Zeit, die Leon außer Gefecht war, hatte er mit Finn vereinbart, dass dieser die Situation beobachtete und ihm berichtete. Auf Finn war Verlass. Auf Soldaten wie ihn konnte man bauen, auf Männer wie ihn stolz sein.

Heimo hingegen dröhnte sich bestimmt in irgendeinem Loch zu. Das war seine Art, mit schwierigen Situationen umzugehen. Heimo war ein Rebell, ein Querulant, der nicht das große Ganze im Blick hatte, sondern seinen eigenen Vorteil aus allem zu schlagen versuchte. Kriege konnten mit Einzelkämpfern wie ihm nicht gewonnen werden, auch keine Schlachten. Nicht einmal ein Fußballmatch.

Leon war auf dem Weg nach Hause. Einer der Kameraden war Arzt, er hatte ihn angerufen und gebeten, er möge zu ihm in die Wohnung kommen, da er nicht in ein Krankenhaus könne. Der Kamerad hatte sofort zugesagt und gemeint, er sei spätestens in einer Stunde bei ihm.

Leon betrat seine Wohnung, der Geruch von Erbrochenem hing noch immer in den Räumlichkeiten. Heimo hatte seine Kotze nur notdürftig weggewischt, noch etwas, das Leon ärgerte. Und er hatte noch nicht die Zeit gehabt, gründlich sauber zu machen. Er öffnete ein Fenster und ließ frische Luft herein. Dann zog er sich im Schlafzimmer die Polizeiuniform aus, ging ins Bad und weichte die Blutkruste auf, die sich inzwischen auf der Wunde gebildet hatte und an der das Unterhemd festklebte. Das dauerte eine Weile und war mit Schmerzen verbunden, die Leon den Schweiß auf die Stirn trieben. Als er es endlich geschafft hatte, wischte er das Blut von Schulter und Brust ab und schlüpfte in bequemere Klamotten.

Zurück im Wohnzimmer stellte er fest, dass die Temperatur um mehrere Grade gesunken war, auch stank es nicht mehr so heftig. Leon schloss das Fenster und legte sich auf das Sofa. Bis der Arzt kam, wollte er sich ausruhen und Kräfte sammeln.

Seine Gedanken kreisten um das in den letzten Tagen Geschehene.

Der Afghane …

Die Zeugin …

Die Geisel …

Finn, Heimo und er hatten sich in eine Lage gebracht, in der es für sie hier nicht mehr sicher war. Am besten wäre, sie verließen Österreich. Wanderten aus nach Deutschland, wo es aufgrund der Bevölkerungsgröße weitaus mehr Kameraden und Gleichgesinnte gab. Oder nach Schweden. Das Land war dünn besiedelt, dort würden sie nicht auffallen.

Andererseits sah Leon nicht ein, dass er wegen dem Afghanen sein Vaterland verlassen sollte und zur Flucht getrieben wurde. Er, ein Flüchtling! Das war ein Unrecht sondergleichen! An ihm und an seinen Vorfahren! Sein Großvater würde glatt noch einmal sterben, wenn er das wüsste!

An der Wohnungstür klingelte es. Der Arzt war da. Leon stemmte sich unter Schmerzen vom Sofa hoch und öffnete die Tür.

»Grüß dich, Ludwig«, begrüßte er den Mittfünfziger mit Brille und kurz geschorenen Haaren. Er war einer von denen, die dabei gewesen waren, als Leon mit dem Hitlergruß Einlass in das Hauptquartier in Linz begehrt hatte. Seither begegneten sie einander mit Respekt, wenngleich ihre Leben nicht unterschiedlicher verlaufen könnten. Während Ludwig als Arzt in einem Krankenhaus praktizierte und noch nie mit dem Gesetz in Konflikt geraten war, arbeitete Leon am Bau und hatte schon einmal im Gefängnis gesessen.

»Leon! Du siehst schrecklich aus«, stellte sein Gegenüber nüchtern fest.

»Das liegt daran, dass ich versucht habe, meinen Arsch zu retten«, erwiderte Leon und trat zur Seite.

»Zeig mal her«, forderte der Arzt ihn auf und folgte ihm ins Wohnzimmer, wo sich Leon wieder auf das Sofa sinken ließ, den Sweater auszog und seine Wunde präsentierte.

»Verdammte Scheiße!«, stieß Ludwig aus. »Was ist passiert?«

Während der Arzt die Wunde reinigte, desinfizierte und nähte, erzählte Leon das meiste von dem, was sich zugetragen hatte. Das, was ihn und seine Freunde nicht so gut dastehen ließ, verschwieg er.

»Zieh mich da nicht mit rein, Leon! Was ich hier mache, ist ohnehin illegal. Wenn sie mich erwischen, bin ich meinen Job und meine Reputation los«, sagte Ludwig, als Leon zu Ende berichtet hatte. Gleichzeitig legte er ihm einen Verband an und verpasste ihm abschließend eine Tetanusspritze.

»Ich halte die Klappe, darauf kannst du dich verlassen, Mann«, erwiderte Leon. »Danke, dass du hergekommen bist und mich zusammengeflickt hast.«

»Das wird wieder, keine Bange. Aber ein paar Tage solltest du dich schonen. Ich gebe dir etwas gegen die Schmerzen und ein Antibiotikum.« Ludwig griff in seine Arzttasche und holte zwei Packungen Tabletten heraus. Wie es aussah, war der Mediziner auf alles vorbereitet. Wahrscheinlich war das nicht sein erster derartiger Einsatz, vermutete Leon. »Du nimmst gleich von jeder eine und in vier Stunden noch einmal welche. Die Antibiotika schluckst du so lange, bis die Packung leer ist. Dann bist du bald wieder der Alte.«

»Ich schulde dir etwas«, sagte Leon, als Ludwig aufbrach und zur Tür ging.

»Wir sind eine Familie, die zusammenhält«, antwortete Ludwig und klopfte ihm väterlich auf die gesunde Schulter. »Wir brauchen Männer wie dich, sei dir dessen gewiss. Ich werde es Jörg berichten, er wird wegen dem Afghanen stolz auf dich sein.«

»Danke, Ludwig. Das bedeutet mir viel«, erwiderte Leon frisch motiviert. Hatte er vorhin noch in Erwägung gezogen, das Land zu verlassen, so war das jetzt kein Thema mehr. Er würde zu Ende bringen, was er angefangen hatte, und seinen Platz in seinem Vaterland bis aufs Äußerste verteidigen. »Heil Hitler!«

»Heil Hitler, Leon. Pass auf dich auf und mach uns keine Schande!« Mit diesen Worten verabschiedete sich der Arzt.

Leon suchte in seinem Schlafzimmer in den Schachteln unter dem Bett, in denen sich die Sachen seines Großvaters befanden, nach dessen Pistole. Er hatte alles aufgehoben, was ihm der alte Mann vererbt hatte, was nicht viel gewesen war. Einige der Dinge hatten Nationalsozialisten gehört oder waren gar vom Führer höchstpersönlich einst berührt worden wie eine Tasse, von der sein Großvater stets behauptet hatte, dass Hitler daraus einen Kaffee getrunken habe. Dann lagen in den Kisten noch alte Fotos, manche zeigte den Führer in geselliger Runde. Postkarten aus der Kriegszeit, die von Leons Großvater von der Front nach Hause an seine Ehefrau geschickt worden waren, die die Karten sorgfältig verschnürt aufgehoben hatte. Ein altes Zigarettenetui, eine Feldflasche und die abgerissenen Abzeichen einer Uniform der deutschen Wehrmacht. Dazwischen lag die P08, die Standardpistole der deutschen Armee in den beiden Weltkriegen, die ab dem Jahr 1938 durch andere Pistolen schrittweise ersetzt worden war. Sein Großvater hatte die ausgemusterte 9 Millimeter Luger jedoch nicht wie vorgesehen der Armee zurückgegeben, sondern sie zwischen seinen wenigen Habseligkeiten versteckt und behalten.

Leon nahm die Luger heraus, schob die Schachteln zurück unter das Bett und legte die Pistole im Wohnzimmer auf den Tisch. Sein Großvater war stets der Meinung gewesen, dass ihm die P08 im Krieg Glück gebracht und mehrmals das Leben gerettet habe. Nun sollte sie ihm, Leon, denselben Dienst erweisen.

27. KAPITEL

Ich starrte angsterfüllt auf den Monitor. Es kam mir vor, als finge das Video, das ich eben mit einem Doppelklick gestartet hatte, genau dort an, wo das letzte geendet hatte. Der Bildschirm war ausgefüllt mit Mathias' Gesicht, als hätte der Filmemacher Freude daran, jede einzelne seiner Blessuren zu zeigen, die dort prangten. Anklagend für jedermann, der nicht verhinderte, was gerade passierte.

»Was habt ihr vor?«, hörte ich Mathias mit schwacher und rauer Stimme fragen. Eins seiner Augen war zugeschwollen, die Haut rundherum blutunterlaufen. Das zweite Auge floh von einer Ecke zur anderen, versuchte Blickkontakt zu jenen Personen herzustellen, die mit im Raum waren.

»Wir bringen es jetzt zu Ende«, sagte jemand außerhalb des Aufnahmefeldes. Es klang kalt und unbarmherzig und ließ mir das Blut in den Adern gefrieren. Auch wenn ich mir einzureden versuchte, dass damit ebenso etwas anderes gemeint sein konnte, wusste ich, dass das nicht der Fall war. Nicht dieses Mal.

»Was heißt das? Was meinst du damit?« Panik stand Mathias ins Gesicht geschrieben.

»Was ich gesagt habe. Los!«, befehligte die Stimme.

Flüssigkeit wurde über Mathias' Kopf geschüttet, rann ihm in die Augen, in den Mund.

»Benzin! Das ist Benzin!«, schrie er und versuchte sich gegen den Strahl von oben zu wehren, was aussichtlos war, da seine Hände hinter seinem Rücken festgezurrt waren und er an einen Stuhl gefesselt war. Der Filmemacher trat ein, zwei Schritte zurück, sodass das Aufnahmefeld größer wurde und er die ganze Szenerie einfing, nicht mehr nur Mathias' misshandeltes Gesicht. Dieser kniff nun auch das andere Auge zu, das nicht angeschwollen war, weil die Flüssigkeit darin Unsägliches anrichtete. Dann hustete er und spuckte das Benzin aus, so gut es halt ging.

Im Hintergrund war gehässiges Gelächter zu hören.

»Nein!«, rief ich. Das alles konnte unmöglich tatsächlich passieren! Es war ein real gewordener Alptraum!

»Scheiße!«, entfuhr es Achleitner neben mir. Er schien meine Befürchtungen zu teilen und starrte gebannt auf den Monitor, wo die Flüssigkeit aufhörte, von oben auf Mathias herabzuströmen.

Kurz dachte ich, dass es nun vorbei sein könnte und die Typen mir lediglich Angst machen wollten, indem sie dieses Horrorvideo drehten und mir schickten.

Doch auch dieser Gedanke war falsch.

»Das könnt ihr nicht tun! Bitte, lasst mich gehen. Bitte …«, flehte Mathias. Er weinte. Bettelte. »Bitte! Ich hab euch nichts getan … Was hab ich euch denn getan? Was? Sagt es mir … Bitte! Vergebt mir, was immer es gewesen ist, ich mache es wieder gut! Ihr könnt alles von mir haben. Geld! Das Motorrad! Meine Wohnung … Aber lasst mich am Leben! Bitte! Bitte …«

Ich sah einen gebrochenen Mann, der bitterlich weinte. Der schluchzte, weil er wusste, dass er einen qualvollen Tod sterben würde. Der aufgegeben hatte und seinen Kopf nach vorn hängen ließ wie ein gekreuzigter Märtyrer.

Ein Klicken war zu hören, wie beim Betätigen eines Feuerzeuges. Es klang gefahrvoll, endgültig.

»Nein … bitte nicht …« Ein letztes Mal drangen diese Wörter über Mathias' Lippen. Ein letzter Versuch, am Leben zu bleiben.

Eine Hand tauchte am linken Bildschirmrand auf, in ihr eine kleine Flamme, die gierig auf Mathias übersprang, sich in die Kleidung fraß und immer größer wurde. Es dauerte nur wenige Sekunden und Mathias brannte lichterloh.

Er schrie.

Noch niemals hatte ich jemanden derart schreien hören!

Er wand sich auf dem Stuhl.

Noch niemals war ich mir so hilflos vorgekommen, jemandem nicht helfen zu können!

Mathias' Schreie gruben sich in meine Ohren. In meinen Kopf. In mein Gehirn. In meine Seele. Es waren Augenblicke, die schrecklicher nicht sein konnten, und dennoch hatte ich die irrwitzige Hoffnung, dass alles gut ausgehen würde. Dass Mathias die Feuersbrunst überlebte.

Durch die Flammen war es in dem Raum taghell. An den Wänden befanden sich Schmierereien und Schimpfwörter. Am Boden lagen leere Essensverpackungen und alte Zeitschriften. Zerrissene Klamotten. Bierdosen.

In dieser Umgebung sollte niemand leben müssen.

Niemand gefangen gehalten werden.

Niemand sterben.

Mathias hörte auf zu schreien. Nur das Auflodern der Flammen war noch zu hören. Sein Körper hing leblos auf dem Stuhl, die Haut im Gesicht und an den Armen war aufgeplatzt und rot, an manchen Stellen verkohlt. Die Haare waren verbrannt. Die Augen leer.

Das Bild auf dem Monitor blieb stehen, war eingefroren.

»Nein! Nein! Nein …« Ich schrie. Der Schmerz war so unglaublich groß, dass ich glaubte, daran zu ersticken. Ich bekam keine Luft mehr, wenn ich aufhörte zu schreien, also schrie ich weiter und weiter.

Hände kamen über mich. Hielten mich fest.

Ich wehrte mich dagegen.

Die Hände drückten mich an sich.

Meine Schreie gingen in Wimmern über. Mein Körper war erschöpft und sackte in sich zusammen.

Jemand fing mich auf. Ließ mich nicht los. Führte mich zu einem Stuhl wie jenem, auf dem Mathias in dem Video saß. Darauf konnte ich mich nicht setzten. Meine Knie gaben nach, ich lag auf dem Boden, in jemandes Schoß. Sekunden. Minuten. Eine Ewigkeit.

Der Schmerz blieb.

Meine Seele starb den gleichen Tod wie Mathias.

28. KAPITEL

Chefinspektor Gerhard Köchner nahm stets zwei Stufen auf einmal und eilte die Treppe in den vierten Stock hoch. Als Achleitners Nummer auf dem Handydisplay aufgeleuchtet hatte, hatte er sofort gewusst, dass wieder etwas passiert war. Er hatte Diana Heller im Hintergrund wie ein verwundetes Tier schreien hören und Achleitner kaum verstanden. Details kannte er demnach noch nicht, er war sofort nach dem Telefonat aufgebrochen.

Vor der Tür stand der Kollege, der für den Personenschutz eingeteilt war. Sein Blick war unsicher, offenbar wusste er nicht, was los war. Da sie einander kannten, nickten sie sich zu.

»Ist sie allein?«, fragte der Chefinspektor.

»Achleitner ist bei ihr«, antwortete der Uniformierte.

»Können Sie sagen, was passiert ist?«

»Ein USB-Stick wurde für sie abgegeben. Seither sind die beiden da drinnen.« Der Polizist deutete auf die Wohnung.

»Und sonst?«

»Alles ruhig.«

Köchner drückte auf die Klingel. Dann noch einmal. Bis Achleitner mit angespannter Körperhaltung vor ihm stand. Als er den Chefinspektor erblickte, schien er erleichtert zu sein.

»Was ist los?«, fragte Köchner und trat ein.

»Die haben wieder ein Video geschickt, dieses Mal war es ernst, also keine Drohung. Sie haben die Geisel angezündet«, erzählte Achleitner stockend. Obwohl er ein erfahrener Polizist war, hatte ihn das Gesehene schwer getroffen. An seiner Mimik erkannte der Chefinspektor, dass die Bilder grauenvoll waren. Es erübrigte sich demnach nachzuhaken, ob die Geisel tot war.

Im Flur blieb er noch einmal stehen und fragte mit gedämpfter Stimme: »Wo ist Diana Heller?«

»Im Wohnzimmer.«

»Und das Video?«

»Auf einem Stick am Computer.«

Köchner ging weiter. Auf der Couch im Wohnzimmer lag Diana Heller, eingehüllt in eine Decke. Sie weinte. Wimmerte. Bewegte sich unruhig hin und her, als schaukelte sie sich selber in den Schlaf. Was nicht geschehen würde, das war klar.

»Ein Arzt soll kommen und ihr etwas zur Beruhigung geben«, sagte der Chefinspektor und setzte sich wieder auf den Stuhl vor dem Schreibtisch. Er musste das Video anschauen. Musste erfahren, was Achleitner erschüttert und Diana Heller dermaßen schockiert hatte, dass sie jetzt so qualvoll litt.

Mit einem Doppelklick startete er das Video, das mit dem wohl schmerzhaftesten Tod endete, den man sich vorstellen konnte. Die Haut des Opfers war verkohlt, die Lippen, Augen und Haare waren verbrannt. Das Gesicht war bis zur Unkenntlichkeit entstellt.

Doch die Täter hatten einen Fehler begangen. Das Feuer hatte die Wände rundum hell erleuchtet, und die Schmierereien, die dort über die Jahre von Jugendlichen und Obdachlosen hinterlassen worden waren, waren gut zu sehen. Jemand würde wissen, wo sich diese Kritzeleien befanden, in welchem alten Gebäude sich die grauenvolle Tat abgespielt hatte. Und wenn sie Glück hatten, hatten die Täter ihre DNA hinterlassen, weil sie etwas weggeworfen hatten, da dort ohnehin schon so viel Müll herumlag. Eine Flasche vielleicht. Oder eine Bierdose. Oder sie fanden an einer Türklinke ihre Fingerabdrücke. Und wenn die Männer vorbestraft waren, wofür ihr Vorgehen und die Gewaltbereitschaft sprachen, dann hatten sie sie. Dann würden sie sie kriegen.

Köchner holte aus seiner Jacke Plastikhandschuhe, stülpte sie über und zog den USB-Stick ab. Mitsamt dem braunen Umschlag, der auf dem Schreibtisch gelegen hatte, übergab er Achleitner den Stick mit der Bitte, beides umgehend ins Labor zu bringen. Er selbst tätigte einen Anruf, damit sich Streetworker die Sequenz mit den Schmierereien auf der Mauer im Video ansahen.

Erst dann wandte er sich Diana Heller zu, aber Worte des Trostes wollten ihm nicht einfallen. Sätze wie »Das wird schon wieder« oder »Die Zeit heilt alle Wunden« waren genauso wenig hilfreich wie der Hinweis darauf, dass sie keine Schuld am Tod von Mathias Bastreimer trug. Also wartete er, bis sie den ersten Schritt machte.

»Ich kann nicht mehr«, sagte sie nach einer Weile so leise, dass Köchner es beinahe überhört hätte.

»Das wird schon wieder«, entgegnete er wider besseren Wissens, doch etwas Klügeres fiel ihm nicht ein.

»Wann?«

»Irgendwann.«

»Ich bringe Unglück. Alle Menschen, die mir nahestehen, sterben.«

»Das ist Blödsinn«, erwiderte Köchner entschieden.

»Ich hab Neuigkeiten von Ihrer Freundin, sie lebt.« Der Chefinspektor konnte sehen, dass diese Nachricht seinem Gegenüber Erleichterung brachte. Er selber hatte erst vor etwas mehr als einer Stunde erfahren, dass die Operation gut verlaufen und Nora Schwarrer auf dem Weg der Besserung war.

»Ja, doch es war knapp«, hielt Diana Heller dagegen. »Hätte dieser Typ fester …«

»Hat er aber nicht. Es bringt nichts, sich mit Selbstzweifeln zu quälen. Wir müssen nach vorne schauen und alles tun, um diese Mistkerle zu finden. Dann schnappen wir sie uns!«

Diana Heller nickte, zog ein Taschentuch aus der halb leeren Verpackung neben ihr und schnäuzte sich.

»Können Sie mir sagen, wie Sie zu dem USB-Stick gekommen sind?«

Sie erzählte es ihm.

»War dieser Mann verletzt, der dem Jungen aufgetragen hat, Ihnen den Stick zu geben?«

»Keine Ahnung, das weiß ich nicht.«

»Wenn ja, könnte es jener sein, der in Ihre Wohnung eingedrungen ist und auf den Sie geschossen haben. Das Labor hat mittlerweile bestätigt, dass die Blutproben, die die Spurensicherung nach dem Überfall aus Ihrer Wohnung entnommen haben, von drei verschiedenen Personen stammen. Die DNA-Analysen dauern allerdings noch.«

»Achleitner hat mit dem Jungen geredet, fragen Sie ihn.«

In diesem Moment betraten ein Arzt und ein Sanitäter das Wohnzimmer, und Köchner erklärte ihnen, was passiert war. Nach einer Untersuchung verabreichte der Doktor Diana Heller ein Beruhigungsmittel und wollte wissen, ob sich jemand um sie kümmern könne.

»Ich komme zurecht«, erwiderte Diana Heller, woran Köchner nicht zweifelte. Diese Frau hatte eine Menge durchgemacht und war zäher, als sie auf den ersten Blick erschien. Dennoch fand er es besser, wenn sie jetzt nicht allein war. Er wollte sie gerade fragen, ob er jemanden für sie anrufen könne, als eine tiefe Stimme aus dem Flur zu ihnen herüberdrang.

»Das sieht man ja, wie gut du zurechtkommst.«

Köchner wandte sich um. In der Tür stand ein grobschlächtiger Mann mit einem Gewehr in der Hand.

29. KAPITEL

»Papa, was machst du denn hier?«, rief ich, als ich die Tränen weggeblinzelt hatte und meinen Vater erkannte. Ich hatte ihn seit drei Jahren nicht gesehen. Seit ich von zu Hause weggegangen war, war der Kontakt zu meiner Familie rar, was zugegeben hauptsächlich an mir lag.

»Die halbtote Nora musste uns anrufen, weil du es ja nicht tust. Sie hat uns erzählt, was passiert ist«, antwortete Vater und betrat das Wohnzimmer. Hinter ihm tauchte eine weitere Gestalt auf.

»Alex!« Ich war überrascht, dass auch mein Bruder gekommen war.

Alexander kam zu mir und umarmte mich. »Du schaust grauenhaft aus«, sagte er und strich mir eine Haarsträhne aus dem Gesicht. »Aber es ist schön, dich zu sehen.«

»Dann haben Sie jetzt ja jemanden, der sich um Sie kümmert«, sagte der Arzt und verstaute seine Sachen in den Taschen. Er und der Sanitäter verabschiedeten sich und verließen meine Wohnung.

Erleichterung und Scham wirbelten in meinem Inneren alles durcheinander, weil meine Familie da war. Ich hatte ihnen nichts erzählt, sie nicht einmal angerufen. Erneut fing ich an zu weinen.

»Und Mama?«, schluchzte ich in das Taschentuch hinein, das schon völlig durchfeuchtet war.

»Sie macht zu Hause alles fertig«, erwiderte Vater und

betrachtete meine Wohnung. Nachdem ich umgezogen war, war ich einfach abgetaucht. Hin und wieder hatte ich mit Mutter telefoniert, aber das war alles.

»Was macht sie fertig?«, fragte ich.

»Was für deine Heimkehr nötig ist.« Vater stellte sich vor mich und Köchner hin, das Gewehr über die Schulter gehängt, als ginge er auf die Jagd. »Und Sie sind?« Misstrauisch musterte er den Chefinspektor. Ein fremder Mann in meiner Wohnung, noch dazu in meinem derzeitigen Zustand, der leicht ausgenutzt werden konnte, war für ihn Grund genug, das Schlimmste anzunehmen, das wusste ich. Offenbar hatte sich mein Vater in der Zeit, in der ich nicht zu Hause gewesen war, nicht verändert.

»Chefinspektor Gerhard Köchner vom Landeskriminalamt Oberösterreich«, stellte der sich vor, zog seinen Ausweis heraus und hielt ihn Vater hin. An mich gewandt sagte er: »Ich gehe. Sie sind ja jetzt in guten Händen.«

»Ja, weil Sie sie nicht beschützen konnten, wie wir erfahren haben«, erwiderte Vater.

»Lass es, Papa. Die Polizei tut ihr Bestes.«

»Das nicht gut genug ist, wie man sieht. Du liegst auf der Couch und heulst dir die Augen aus dem Kopf«, legte Vater nach.

»Papa, das ist der Grund, warum ich nie angerufen habe«, sagte ich und fühlte mich erschöpft. Einen Streit zwischen den beiden Männern konnte ich nicht gebrauchen.

»Schon gut«, winkte Köchner ab. »So unrecht hat Ihr Vater nicht. Wir haben zwei Tote, die sind Anklage genug.«

»Zwei?«, wiederholte Alexander. »Nora hat etwas von einem erzählt, diesem Flüchtling, den die Typen auf offener Straße totgeprügelt haben.«

»Dabei ist es nicht geblieben«, erwiderte Köchner. »Sie haben eine Geisel genommen, um Frau Hellers Schweigen zu erpressen, da sie den Mord an dem afghanischen Flüchtling beobachtet hat. Leider haben diese Männer nun auch die Geisel getötet.«

»Du kommst mit!«, befehligte Vater. »Du bist hier nicht sicher.«

»Aber Papa …«

»Pack ein paar Sachen zusammen, nur das Wichtigste. Den Rest holen dein Bruder und ich später.«

»Aber …«

»Kein Aber, Diana!«, ließ Vater mich nicht ausreden. »Nora liegt im Krankenhaus. Zwei Männer sind gestorben. Auf was wartest du noch? Dass sie dich auch erwischen? Nora hat gesagt, dass es diese Typen schon versucht haben, dass sie in deine Wohnung eingedrungen sind. Einer trug dabei sogar eine Uniform, ist also Polizist!« Vater deutete auf den Chefinspektor. »Und Sie glauben, Sie können meine Tochter beschützen?«

»Ob er wirklich Polizist ist, wissen wir nicht«, erwiderte Köchner.

»Bis Sie Klarheit in Ihrer Truppe geschaffen haben, nehme ich Diana mit zu uns auf den Hof«, beharrte Vater. Sein Blick wanderte zu mir zurück.

Doch noch war ich nicht so weit, seinem Wunsch nachzugeben. »Papa, ich kann nicht nach Hause. Ich kann dort nicht sein, wo Oliver gestorben ist.«

»Tu das deiner Mutter nicht an, Diana, sie würde es nicht überleben, dich auch noch zu verlieren. Zuerst Oliver und dann dich. Ist es das, was du willst? Wir müssen jeden Tag an der Stelle vorbei, wo es passiert ist. Wo Oliver gestorben ist. Und bevor du hier draufgehst, musst du dort halt auch vorbei. Wir helfen dir. Du brauchst das nicht alleine durchzustehen.« Das war die längste und emotionalste Rede, die mein Vater je gehalten hatte. Es war ihm wirklich ernst.

»Ich ziehe das Unglück an, Papa«, erwiderte ich.

»Deine Mutter hat neben dem Eingang der Scheune, in der Oliver gelegen hat, Blumen gepflanzt. Ich weiß nicht welche, aber sie sagt, es seien Olivers Lieblingsblumen gewesen«, ging Vater nicht auf mein Selbstmitleid ein.

»Rosa Rosen«, erinnerte ich mich, und frische Tränen füllten meine Augen.

»Ich muss jetzt mit dem Traktor einen Bogen darum machen, um sie nicht zu überfahren. Einmal ist mir das nicht gelungen, da waren alle platt. Mein Gott, du hättest deine Mutter hören sollen! Sie hat mir den Arsch aufgerissen!«

Ich lachte und weinte gleichzeitig. Die Erinnerungen an zu Hause fluteten mein Herz. Schmerzlich und tröstlich zugleich. Ich stellte mir Mutter vor, wie sie Vater wegen dieser Sache beschimpfte. Obwohl er sie schlug – oder geschlagen hatte, als Alexander und ich noch Kinder gewesen waren. Ob er es heute noch tat, wusste ich nicht. In meinem Kopf hörte ich Mutters Stimme. Ihr Wehklagen. Ihr Leid.

Ich gab meinen Widerstand auf. »Okay, Papa. Ich komme mit.«

*

Die Fahrt ins Mühlviertel zum Bauernhof meiner Eltern war eine Berg- und Talfahrt. Nicht nur wegen des sanft hügeligen Landes, das ich so sehr vermisst hatte, sondern wegen meiner Emotionen, die verrücktspielten. Ich fragte mich, ob ich bereit war, an die Stelle zu treten, an der du gestorben warst. Was mit mir geschehen würde, wenn die Erinnerungen an deinen Tod auf mich einprasselten wie Starkregen bei einem Gewitter auf die Erde. Andererseits fühlte sich Vaters Gegenwart und die meines Bruders so vertraut an, dass mir Zweifel kamen, ob es überhaupt richtig gewesen war, von zu Hause fortzugehen.

»Mama wird sich freuen, dich zu sehen. Sie putzt wie verrückt, seit wir weggefahren sind, damit alles blitzblank sauber ist, wenn du kommst. Du kennst sie ja«, sagte Alexander. Während Vater den Suzuki Vitara lenkte, saß mein Bruder auf der Rücksitzbank. Er hatte den Hof übernommen, nachdem ich meinen Eltern nach deinem Tod mitgeteilt hatte, dass ich es nicht tun würde, wie es eigentlich geplant gewesen wäre, sondern stattdessen dem Mühlviertel den Rücken kehren würde.

»Wegen mir ist das nicht nötig«, antwortete ich und blickte aus dem Seitenfenster, wo mich die Wiesen und Felder willkommen hießen. Auch wenn sie jetzt noch ihr karges Winterkleid trugen, bezauberte mich ihr Anblick. In wenigen Wochen würde das Grün auf den Wiesen wieder sprießen und die Landwirte würden das Korn in den Acker einbringen. Ein Kreislauf, der jedes Jahr von Neuem begann und mit dem Einsetzen des Frostes im Winter endete. In der Stadt bekam man davon kaum etwas mit.

»Das wissen wir, aber sag das mal Mama.« Alexander lachte.

»Ist Florian auch da?« Anfangs war es unseren Eltern schwergefallen, den Lebensgefährten meines Bruders zu akzeptieren. Es passte nicht in ihr Weltbild, dass ihr Sohn homosexuell war, und ich fragte mich, ob sich daran etwas geändert hatte. Und wie das Dorf damit umging.

»Klar! Er hilft Mama. Die beiden verstehen sich prächtig«, antwortete Alexander, was auf mich den Eindruck machte, dass zu Hause alles bestens war.

»Ich werde nachher in den Baumarkt fahren und neue Schlösser für die Haustür und den hinteren Eingang kaufen«, wechselte Vater das Thema. Offenbar war ihm die Sache mit Alexander und Florian noch immer unangenehm. Er war der Meinung, dass wenn man »so etwas« schon akzeptieren müsse, man nicht auch noch darüber reden bräuchte. In meiner Familie war nie viel gesprochen worden. Stets hoffte man, dass sich die Dinge erledigten, wenn man nur lange genug wartete, was oftmals ja tatsächlich klappte. Genauso oft aber auch nicht. Vor allem mein Vater sprach selten über etwas, das sich ebenso anders aus der Welt schaffen ließ. »Zuvor setze ich euch zu Hause ab.«

»Danke, Papa«, erwiderte ich.

Der Hinweis auf die Schlösser und damit auf meine Sicherheit ließ das Gespräch ins Stocken geraten. Das letzte Stück fuhren wir schweigend.

Als der Bauernhof im Mühlviertler Steinbloß-Stil in Sichtweite rückte, ging in meinem Herzen die Sonne auf. Ein Gefühl von Vertrautheit durchflutete mich, und ich freute mich, wieder hier zu sein, auch wenn ich dafür einen ziemlich weiten Umweg hatte machen müssen. Einen drei Jahre lang dauernden Umweg. Steinig und voller Hürden war er gewesen, finster und düster, doch am Ende sah ich jetzt Licht. Und als wir noch näher kamen, ein Blumenbeet. Vater hatte nicht gelogen, neben dem Tor der Scheune hatte Mutter Rosenstöcke gepflanzt, die zu dieser Jahreszeit aber keine Blätter und Blüten trugen. Doch das schmälerte meine Freude über ihren Anblick nicht. Vor meinem geistigen Auge sah ich das Gehölz eingehüllt in ein sattes Grün und umringt von Hunderten Blüten: rosa Rosen, deine Lieblingsblumen! In meiner Vorstellung leuchteten sie wie ein Signal, das mich nach Hause lotste.

Tapfer hielt ich die Tränen zurück und redete mir ein, dass ich das schon irgendwie schaffte. Nach so langer Zeit wieder dort zu stehen, wo du gestorben warst, würde sich furchtbar anfühlen. Also wollte ich es schnell hinter mich bringen, erst danach würde es allmählich leichter werden.

Das Geräusch des Dieselmotors verstummte. Mutter kam aus dem Haus gerannt, wahrscheinlich hatte sie den Wagen die Einfahrt rauffahren hören. Sie hatte sich nur eine dünne Weste über die Schultern gelegt.

Ich warf mich ihr in die Arme. Nun flossen die Tränen. Wir heulten im Duett, was von den Männern meiner Familie aus sicherer Entfernung beobachtet wurde.

»Schön, dass du endlich da bist«, schluchzte Mutter und drückte mich derart fest an sich, als hätte sie Angst, ich könnte ihr aus den Armen gerissen werden wie ein Luftballon im Sturm. »Ich hab dich so vermisst, Diana! Du hast ja keine Ahnung, wie sehr du mir gefehlt hast.«

»Ich hab dich auch vermisst, Mama«, erwiderte ich und schniefte.

Dann trat Florian aus der Tür. Er schien unsicher zu sein, ob er zu uns kommen sollte. Ob das eine reine Familienangelegenheit war, die sich da in der Einfahrt abspielte und ob er bereits zur Familie gehörte.

Ich streckte meinen Arm nach ihm aus und löste mich von Mutter. Florian lief auf mich zu und umarmte mich.

Als wir uns alle beruhigt hatten, forderte uns Mutter auf, nach drinnen zu gehen und in der warmen Stube Platz zu nehmen. »Ich hab einen Schokoladenkuchen gebacken, als dein Vater und Alexander zu dir gefahren sind. Florian hat mir geholfen.«

Der Angesprochene lächelte Mutter an. »Ich hab bloß die Schokolade gerieben.«

Jetzt wusste ich, was Alexander damit gemeint hatte, dass Florian und Mama sich prächtig verstünden. Der Lebensgefährte meines Bruders war zu einem Ersatz für die Tochter geworden, die von zu Hause weggegangen war. Ein klein wenig spürte ich Eifersucht in mir hochkriechen, wofür ich mich schämte. Immerhin hatte ich meine Familie in einer schwierigen Phase allein gelassen. War gegangen, ohne zurückzuschauen. Ich war mit mir selbst beschäftigt gewesen und hatte mich nicht um andere gekümmert. Deshalb sollte ich mich darüber freuen, dass Florian die Lücke, die ich hinterlassen hatte, dermaßen gut ausfüllte, dass meine Mutter wieder fröhlich war.

»Danke, Mama. Ich komme gleich, aber ich möchte vorher noch …« Ich brach ab und deutete in Richtung des Blumenbeetes. Der Ort, an dem du gestorben warst. Wo die Rosen an dich erinnerten.

»Alles klar«, sagte Mutter und nickte mir aufmunternd zu. Doch anstatt ins Haus zu gehen, blieb sie stehen. In ihrer dünnen Weste. Ebenso die anderen. Vater. Alexander. Florian. Sie warteten auf mich, bis ich es hinter mich gebracht hatte. Sie würden mich auffangen, wenn ich fiel. Würden mich aufrichten, wenn ich es allein nicht schaffte.

Ich war endlich zu Hause.

30. KAPITEL

Leons Klingel läutete im Dauerton. Gleichzeitig hämmerte jemand gegen die Tür. Es dauerte eine Weile, bis Leon auf den Beinen war. Er hatte den Rat des Arztes befolgt und sich ausgeruht, hatte vorgehabt, die nächsten Stunden vor der Glotze zu verbringen. Wieder einmal wurden seine Pläne durchkreuzt. Als er durch den Spion lugte, wusste er von wem.

»Was willst du?«, blaffte er Heimo an. Er hatte ihm noch nicht verziehen, dass er sich gegen ihn aufgelehnt hatte.

»Du hattest recht«, überraschte ihn Heimo. Auch wenn Leon nicht wusste, was genau er meinte. Doch es bewirkte, dass er zur Seite trat und Heimo in die Wohnung ließ.

»Nachdem Finn der Tussi den Stick durch den Buben überbringen hat lassen, bin ich noch geblieben und hab mir angeschaut, was weiter passiert.«

»Hat man dich gesehen?« In Leons Kopf schellten die Alarmglocken. Jedes Mal, wenn Heimo im Alleingang etwas unternahm, war Vorsicht geboten. Nicht selten erlebten sie hinterher eine böse Überraschung.

»Nein, ich hab mich gut versteckt gehalten, sonst wäre ich jetzt nicht hier«, erwiderte Heimo gereizt und ging ins Wohnzimmer.

»Was ist passiert?« Leon folgte ihm.

»Die Bullen haben den Jungen abgefangen. Die Schlampe hat ihr dämliches Maul nicht halten können, weil es dort von denen nur so gewimmelt hat, und ständig sind es mehr geworden, genau wie du es gesagt hast. Ein Rettungswagen ist auch angerückt, was ich als Zeichen dafür werte, dass ihr der ganze Scheiß zu viel geworden ist. Ich stelle mir das so vor, dass sie sich das Video angeschaut hat und total ausgeflippt ist, sodass die einen Arzt holen mussten. Ich meine, ist ja auch irgendwie ihre Schuld, dass der Typ tot ist, oder etwa nicht? Und das hat sie fertiggemacht.« Heimo grinste diabolisch.

»Und weiter?«

»Na ja, während Finn nach Hause ist, bin ich geblieben. Ich bin geblieben und nicht der ach so brave Finn, das wollte ich nur mal erwähnt haben.« Mit seinem erhobenen Zeigefinger wirkte Heimo wie ein Lehrer, der einen ungehorsamen Schüler tadelte. »Und da hab ich doch glatt beobachtet, wie noch zwei Typen gekommen sind, ein alter und ein jüngerer.« Heimo entdeckte die Pistole auf dem Wohnzimmertisch. Sofort veränderte sich sein Gesichtsausdruck. »Hey cool, Mann! Woher hast du die denn?« Er ging zum Couchtisch und griff sie sich. Anschließend stellte er sich wie John Wayne breitbeinig hin und gab vor, auf jemanden zu zielen.

»Die hat meinem Großvater gehört. Leg sie wieder hin!«, wies Leon ihn an.

»Ist sie geladen?« Heimo tat, als hörte er die Aufforderung nicht.

»Nein, ist sie nicht.« Leon trat an Heimo heran, nahm ihm die Waffe aus der Hand und legte sie zurück auf den Tisch. »Was ist jetzt mit den zwei Typen?«

Heimo ließ sich auf dem Sofa nieder, als wäre es seine Wohnung, in der er sich befand. »Sie haben die Frau mitgenommen. Etwa eine Stunde später sind sie mit ihr aus dem Gebäude raus, in einen Wagen gestiegen und davongefahren.« Mit der Hand vollführte er Gesten, die seine Erzählungen untermalten.

»Waren es Polizisten in Zivil?«, überlegte Leon, wer diese Männer gewesen sein könnten.

»Davon gehe ich nicht aus«, erwiderte Heimo und schielte abermals auf die Pistole. »Ist die aus dem Zweiten Weltkrieg?«

»Ja, ist sie …«

»Das ist ja voll geil!« Heimo beugte sich nach vorn und wollte erneut nach der Waffe greifen, doch Leon war schneller. Er nahm sie an sich und hoffte, dass sie jetzt ungestört reden konnten. Dass sein Freund nicht mehr durch die Waffe abgelenkt wurde, wenngleich er ihn seit seiner letzten Aktion nicht mehr unbedingt als seinen Freund bezeichnen würde. Das musste sich Heimo erst wieder verdienen.

»Was lässt dich annehmen, dass es keine Polizisten in Zivil gewesen sind?«, hakte er nach.

»Wie sie gekommen sind, hat einer von ihnen ein Gewehr über der Schulter hängen gehabt, aber kein Sturmgewehr, wie es die Bullen verwenden, sondern so eines für die Jagd. Außerdem bin ich ihnen gefolgt, bis zu einem Bauernhaus irgendwo im Nichts, wo kein Hahn nach ihr krähen würde, wenn wir … du weißt schon.« Heimo sah von der Pistole in Leons Händen auf. Er blickte Leon in die Augen und grinste.

Leon wusste sofort, was Heimo meinte. Möglicherweise war das ihre Chance, dem Schauspiel ein Ende zu bereiten. Allem ein Ende zu bereiten, vor allem Diana Heller. Mit ein paar Bauern könnten sie es locker aufnehmen, denen waren sie haushoch überlegen. Er fühlte frische Energie in sich strömen, als hätten Heimos Worte ihn aufgeladen.

Als würden sie in eine höhere Liga aufsteigen und dort das Spiel ihres Lebens spielen.

»Wie ist es dort?«, erkundigte er sich, um die Lage besser beurteilen zu können.

»Das Bauernhaus liegt ein wenig abseits eines Dorfes. Gegenüber, vielleicht ein paar Hundert Meter entfernt, ist noch ein Hof. Der scheint allerdings verlassen zu sein. Mehr gibt es nicht. Dort sagen sich Fuchs und Hase noch persönlich gute Nacht, Leon. Die haben nicht die geringste Chance gegen uns!«

»Hast du eine Waffe?«, fragte Leon und hielt seine ein Stück weit von sich gestreckt, um sie zu betrachten.

»Klar!« Heimo grinste. Dann wurde er ernst und deutete auf Leons Schulter. »Was ist mir dir? Wie geht es deinem Arm?«

»Geht schon. Ludwig war da und hat mich verarztet. Er hat mich wieder zusammengeflickt.«

»Ludwig Fracksteiner?«

»Genau der.«

»Verdammte Scheiße, Leon! Weißt du, wer das ist? Das ist einer von den oberen!«

Natürlich wusste Leon, welche Stellung Ludwig Fracksteiner unter den Gleichgesinnten einnahm. Damals, als er als Jugendlicher zur »Familie« gestoßen war, hatte Ludwig ihn unter seine Fittiche genommen und ihm gesagt, dass er großes Potenzial habe, irgendwann einmal das Richtige zu tun. Seither war Ludwig sein Mentor, wenngleich es der Arzt vorzog, sich nicht persönlich zu treffen, bis der Tag kommen würde. Welcher Tag das allerdings sein würde, konnte Leon nur vermuten.

»Ludwig Fracksteiner ist in deiner Wohnung gewesen, ich fasse es nicht!« Heimo hieb sich mit beiden Händen auf die Oberschenkel und sah Leon euphorisch an. Leon glaubte sogar zu erkennen, dass Heimos Abwehrhaltung ihm gegenüber zu schwinden begann, was gut war, da ihn die ständige Rivalität nervte und schon bald dazu gezwungen hätte, seine Position mit mehr als bloßen Worten zu verteidigen.

»Kannst du mit der verletzten Schulter schießen?«, fragte Heimo.

»Klar!«, verwendete Leon dieselbe Antwort wie zuvor sein Gegenüber. Der Arzt hatte ihm Schmerztabletten dagelassen, von denen er ein paar gleichzeitig einnehmen würde. Die Dosis würde ihn schon nicht umbringen. Und den Groll auf Heimo galt es vorerst beiseitezuschieben. Jetzt mussten sie zusammenhalten und die Sache ein für alle Mal beenden.

»Heil Hitler!«, sagte er und sah, wie sich Heimo aus der gemütlichen Haltung auf dem Sofa aufrichtete. In seinen Augen lag Bewunderung. Er akzeptierte ihn wieder als Anführer. Weil Leon Ludwig Frucksteiner kannte und Verbindungen nach ganz oben hatte. Weil er Stärke demonstrierte. Weil er bereit war, noch jemanden zu töten, damit sie in Freiheit weiterleben konnten.

»Heil Hitler!«, schrie Heimo aus voller Kehle.

31. KAPITEL

Als ich am Morgen aufwachte, brauchte ich einen Augenblick, um zu realisieren, wo ich mich befand. In meinem Bett. Auf dem Hof meiner Eltern.

Wir waren gestern bis weit nach Mitternacht am Tisch in der Bauernstube gesessen und hatten zusammen gelacht und geweint. Hatten um die Toten getrauert und auf das Leben angestoßen. So vereint wie in diesen Stunden war unsere Familie nie zuvor gewesen, selbst nicht, als ich klein gewesen war und nichts davon bemerkt hatte, dass meine Eltern nicht glücklich miteinander waren. Später hatte der Gürtel des Vaters verhindert, dass ich unbeschwert aufgewachsen war. Wenn Alexander oder ich etwas angestellt hatten, war das Leder auf unsere Haut geklatscht und hatte rote Abdrücke hinterlassen. Doch vor drei Jahren hatte mir Vater das Leben gerettet, und alles hatte sich geändert. Ich hatte mit der Vergangenheit abgeschlossen. Heute existierten nur noch Erinnerungen an diese Zeit.

Bestimmt waren Vater und Alexander längst im Stall, versorgten die Kühe mit Futter und melkten sie. Ein wenig von der frischen Milch gab es zum Frühstück ins Müsli oder in den Kaffee. Manchmal rührte Mutter Butter an, die sie dick auf Vaters Brote strich.

Ich wollte noch nicht aufstehen und drehte mich auf die andere Seite. Im Augenblick fühlte sich alles so normal an, als hätte es die letzten Tage nicht gegeben. Als wäre ich nie fortgewesen von diesem Ort, den ich zwar nicht mehr als mein Zuhause betrachtete, der sich aber trotzdem noch so anfühlte. Zumindest in diesem Moment, wo ich in dem warmen Bett lag und mir die weiche Decke diese Illusion vorgaukelte.

Bevor wir gestern schlafen gegangen waren, hatte Vater bei einem Kontrollgang über den Hof überprüft, ob die neu montierten Sicherheitsschlösser versperrt und die Ketten eingehängt waren. Sogar das Tor im Stall hatte er verriegelt, was er sonst nie tat. Üblicherweise blieb es Tag und Nacht offen, wie die letzten hundert Jahre auch. Ein seltenes Vertrauen herrschte diesbezüglich im ländlichen Raum, was vor allem darin begründet lag, dass die Bevölkerung im Zweiten Weltkrieg – und auch noch viele Jahre danach – bitterarm gewesen war und es nichts zu holen gegeben hatte. Es hatte sich nicht gelohnt, in ein fremdes Haus einzusteigen, oftmals war das Elend dort größer gewesen als das eigene.

Doch heute waren die Türen fest verriegelt.

Ich stieg aus dem Bett, zog mich an und ging die Treppe hinab in die Küche, wo Mutter gerade kochte.

»Guten Morgen, Mama«, sagte ich und blickte ihr über die Schulter. Allein vom Geruch her wusste ich, was in dem Topf köchelte. Ich hatte seit Ewigkeiten kein selbstgemachtes Gulasch mehr gegessen, seit drei Jahren nicht, und freute mich darauf. Es war ein weiteres Stück Heimkommen.

»Guten Morgen, Diana. Wie hast du geschlafen?« Mutter sah vom Topf auf.

»Gut«, erwiderte ich und war selber überrascht. Ich hatte letzte Nacht tatsächlich tief geschlafen und war kein einziges Mal wach geworden. Auch das hatte es bei mir seit Ewigkeiten nicht mehr gegeben.

»Heute gibt es Gulasch.« Mutter lächelte mich an, weil sie wusste, wie sehr ich es mochte.

»Soll ich frische Semmeln vom Bäcker holen?«, fragte ich, so wie ich es früher oftmals getan hatte. Ins Dorf gehen und einkaufen, was gerade benötigt wurde.

An Mutters Gesichtsausdruck konnte ich ablesen, dass sie den Gedanken beunruhigend fand, weil sie um meine Sicherheit besorgt war.

»Alex fährt gleich los und holt welche«, sagte sie und rührte im Topf um, was völlig unnötig war.

»Ich kann das genauso gut, Mama. Mir passiert schon nichts. Wir sind hier schließlich am A der Welt«, erwiderte ich trotzig. Ich hatte es satt, ständig Angst zu haben. Ich wollte mich frei fühlen. Niemand anderes sollte mehr über mich bestimmen.

»Was ist mit deinem Bein?« Sie wies auf den Verband.

»Ist halb so schlimm, Mama«, erklärte ich ihr.

»Dann begleiten dich Alex und Florian«, sagte Mutter.

Ich wollte nicht mit ihr streiten, nicht schon am ersten Tag. »Okay, ich sag's den beiden«, stimmte ich zu und wandte mich ab.

»Was ist mit Frühstück? Ich hab extra einen Brioche mit ganz vielen Rosinen gebacken, so wie du ihn magst. Und der Kaffee ist auch schon fertig!«

Ich blieb stehen und sah die Angst in Mutters Augen. Angst, mich zu verlieren. Dass ich durch diese Tür gehen und nicht mehr zurückkommen könnte. Dieses Mal für immer. Der Anblick traf mich mitten ins Herz.

»Gerne, Mama«, sagte ich. »Aber du machst dir meinetwegen viel zu große Mühe. Gestern den Schokokuchen, heute den Brioche und das Gulasch. Du musst mich nicht mästen«, versuchte ich zu scherzen, schnitt zwei Scheiben von dem Striezel ab und brachte sie zusammen mit der selbstgemachten Butter zum Tisch. Mutter kam mit zwei Häferl Kaffee zu mir und sah mir zu, wie ich den Brioche mit Butter bestrich. Währenddessen trank sie ihren Kaffee.

»Weißt du, Diana, ich hab immer gehofft, dass du eines Tages heimkommen würdest, aber nie im Traum hätte ich erwartet, dass du es unter solchen Umständen tust.« Sie umklammerte ihr Häferl mit beiden Händen, als hielte sie sich daran fest. »Wieso hast du dich nicht gemeldet, als das alles passiert ist? Wir hätten dir doch geholfen.«

Ich wusste, dass ihre Frage kein Vorwurf war, sondern Mutter lediglich zu verstehen versuchte, warum ich so gehandelt hatte.

»Es ging nicht, Mama. Ich hab das alleine schaffen müssen. Ich wollte nach Olivers Tod auf eigenen Beinen stehen. Ich musste unabhängig sein, das erste Mal in meinen Leben. Hätte ich euch um Hilfe gebeten, wäre ich nie von dem losgekommen, was damals passiert ist. Alles hätte mich daran erinnert, ich wäre in meinen Erinnerungen gefangen gewesen. Teilweise bin ich das heute ja auch noch, aber ich denke nicht mehr so oft an Oliver. Oder daran, wie er gestorben ist«, erklärte ich.

Mutter ergriff meine Hand. »Das ist gut, doch das meinte ich nicht. Ich spreche von dem Mord an dem Flüchtling.«

»Das alles ist so schnell passiert, Mama. Und dann hat das eine das andere ergeben. Ich wollte euch da nicht mit reinziehen.«

»Wie geht es Nora?«, fragte Mutter. »Das, was sie am Telefon erzählt hat, hat sich grauenhaft angehört.«

»Sie hat die Operation gut überstanden und ist auf dem Weg der Besserung, das hat mir der Chefinspektor vom LKA erzählt, dieser Köchner. Mehr weiß ich leider auch nicht.«

»Wie ist dieser Köchner denn so?«

Mir fiel sein anfängliches Misstrauen mir gegenüber ein, sagte aber: »Ganz gut, denke ich.«

»Dein Vater ist von ihm nicht sonderlich überzeugt«, warf Mutter ein.

»Das war nicht zu übersehen.« Ich erinnerte mich daran, wie sich die Männer in meiner Wohnung gegenübergestanden hatten. Ich hätte Vater zugetraut, dass er Köchner wegen seines Versagens, das er ihm vorwarf, eine schallende Ohrfeige verpasst hätte.

Die Tür in die Küche schwang auf, und Alexander trat ein.

»Oh, es gibt frischen Kaffee! Genau das, was ich jetzt brauche.« Mein Bruder rieb sich die Hände, nahm ein Häferl aus dem Küchenkasten, schenkte sich ein und goss reichlich Milch dazu. »Was?«, fragte er, als er meinen erstaunten Blick sah. »Als Milchbauer bin ich geradezu verpflichtet, meinen Kaffee mit viel Milch zu trinken.« Grinsend rührte er in seiner Tasse um.

»Gehst du mit mir ins Dorf frische Semmeln holen? Mama meint, ich brauche einen Aufpasser«, wechselte ich das Thema.

Alexanders Augen wanderten zwischen Mutter und mir hin und her. Offenbar versuchte er herauszufinden, was hier ablief, damit er richtig reagierte. Mutters Mimik half ihm dabei. »Klar! Wir können auch fahren, draußen ist es saukalt.«

»Hast du immer noch den Golf?«, fragte ich.

»Natürlich, der hält ewig.«

»Ich würde lieber laufen. Die eineinhalb Kilometer ins Dorf schaffen wir locker. Ziehst dich halt warm an«, zog ich meinen Bruder auf.

»Um mich mache ich mir keine Sorgen. Aber du wohnst doch jetzt in der Stadt und bist das raue Klima im Mühlviertel nicht mehr gewöhnt«, konterte Alexander.

Ich stand auf und boxte ihn in den Arm. »In fünf Minuten machen wir uns auf den Weg.«

Den Gang ins Dorf unternahm ich nicht nur wegen ein paar frischer Semmeln. Ich wollte sehen, wie die Dörfler reagierten, wenn ich plötzlich wieder vor ihnen stand.

*

Als ich Minuten später aus dem Hof trat, warteten Alexander und Florian bereits auf mich, eingepackt in warme Winterjacken, ihre Füße steckten in dicken Stiefeln. Über der Schulter meines Bruders hing an einem Riemen ein Gewehr. Bestimmt hatte Mutter mit ihnen geredet, während ich mich umgezogen hatte, und ihnen ihre Sorge um meine Sicherheit mitgeteilt. Ich erkannte es am Ausdruck ihrer Gesichter.

»Das ist nicht dein Ernst!« Ich deutete auf die Waffe. »Damit sehen wir aus, als gingen wir auf Wildschweinjagd und nicht ins Dorf Semmeln kaufen.«

»Mamas Wunsch ist mir Befehl«, antwortete Alexander stoisch. »Du kennst sie ja, in manchen Dingen ist sie äußerst überzeugend.«

Natürlich kannte ich Mutter, aber das fand ich dann doch übertrieben. Außerdem fragte ich mich, wie die

Menschen reagieren würden, wenn wir damit durchs Dorf marschierten.

»Wenn du das Gewehr mitnimmst, komme ich nicht mit, Alex«, protestierte ich.

»Das ist naiv, Diana, und das weißt du. Wenn ich das Gewehr zu Hause lasse, heißt das nicht, dass da draußen keiner mehr herumläuft, der es auf dich abgesehen hat«, erwiderte mein Bruder.

»Wir sind hier und diese Typen irgendwo in Linz. Die haben keine Ahnung, wo ich bin. Also brauchst du das Gewehr nicht.«

»Wie sehen die überhaupt aus?«, fragte Florian. »Nur damit ich weiß, mit wem wir es zu tun haben, falls sie uns über den Weg laufen.«

»Ich würde sagen, sie sind so zwischen Mitte 20 und 30, haben kurz geschorene Haare, Bomberjacken und Springerstiefel«, erwiderte ich.

»Solche Typen kenne ich, ich meine, natürlich kenne ich sie nicht persönlich – Gott bewahre –, doch von denen gibt es leider noch immer viel zu viele, wenn ihr mich fragt.«

»Und genau deshalb nehme ich das Gewehr mit«, blieb Alexander stur.

»Aber …«

»Du kannst ja auf dem Hof bleiben. Florian und ich holen jetzt die Semmeln«, unterbrach mich Alexander und ging los.

Florian blies sich warme Luft in die Fäuste und sagte: »Er meint es nicht so, Diana. Er hat nur Angst, dass dir etwas zustoßen könnte. Und ehrlich gesagt: Diese Angst haben wir alle.«

»Das ist lieb von euch, aber hier bin ich doch sicher«, sagte ich und folgte neben Florian hergehend meinem

Bruder. Dass Alexander nicht weiter darüber verhandeln wollte, erkannte ich an seiner Körpersprache.

Auf dem Weg erzählten mir die beiden, was sich in den drei Jahren, die ich weg gewesen war, in der Gegend zugetragen hatte. Wer geheiratet hatte und wer geschieden worden war. Ich erfuhr den Klatsch und Tratsch des Dorfes. Vor allem Florian entpuppte sich als gute Quelle, da er sichtlich Freude an unserem Gespräch hatte. Als ich jedoch danach fragte, wie die Dörfler reagiert hatten, als ihnen zu Ohren gekommen war, dass Alexander homosexuell war und sein Freund bei uns auf dem Hof eingezogen war, änderte sich die Stimmung.

»Es ist nicht immer leicht gewesen, mittlerweile schauen sie uns zumindest nicht mehr an, als wenn wir Lepra hätten«, sagte Florian.

»Olivers Tod ... die ganzen Verdächtigungen ... und die Vernehmungen der Polizei, das war halt auch nicht einfach für die Leute«, meinte Alexander.

»Du verteidigst sie auch noch?«, fragte ich und erinnerte mich an die Begegnungen mit den Menschen hier, die mich bezichtigt hatten, deine Mörderin zu sein. Die mit Steinen unsere Fenster eingeworfen hatten in der Meinung, dass sie ein Recht dazu hätten, ohne daran zu denken, dass wir auch Rechte hatten.

»Ich verteidige sie nicht, ich versuche, sie zu verstehen«, antwortete Alexander.

»Ich versuche das übrigens nicht«, sagte Florian. »Ich will wie jeder andere behandelt werden und nicht darum betteln müssen, dass man mir ein Bier im Wirtshaus verkauft.«

»Ist das denn passiert?«, fragte ich.

»Nein, ist es nicht. Wie gesagt, wir betteln nicht«, mischte sich Alexander ein.

»Wir sind aufgestanden und gegangen«, erklärte Florian mir.

»Das tut mir so leid für euch«, erwiderte ich.

»Das braucht es nicht.« Florian lächelte mich an. »Wir kommen damit klar. Manches Mal macht es sogar Spaß. Aber schau selber! Ich glaube, heute bist du die Attraktion und nicht wir.« Wir hatten mittlerweile den Dorfplatz erreicht, und Florian deutete auf zwei ältere Frauen, die sich gerade noch unterhalten hatten und verstummten, als sie uns bemerkten. Unverwandt starrten sie uns an. Vor dem Gasthaus lud ein Lieferant seine Ware auf einen Hubwagen, der Wirt redete zwar mit ihm, richtete seinen Blick jedoch auf uns. Ein Mann kam uns entgegen und wechselte rasch die Straßenseite, als wäre es ihm unangenehm, uns zu begegnen. Bestimmt war das Gewehr, das Alexander über die Schulter gehängt hatte, an den Reaktionen schuld, redete ich mir ein, obwohl ich es besser wissen müsste.

Während wir über den Dorfplatz in Richtung Bäcker gingen, verharrten um uns die Menschen mit unverhohlener Neugier. Sie begafften uns wie eine Zirkusattraktion. In Gedanken hörte ich sie schon herumerzählen, dass ich wieder da sei. Dass ich an jenen Ort, an dem ich beinahe zerbrochen war, zurückgekehrt sei und mit mir das schlechte Gewissen der Dörfler, die mich verurteilt hatten.

»Diana! Bist du es wirklich?« Die Verkäuferin hinter dem Tresen der Bäckerei schien sich zu freuen, als ich eintrat. Alexander und Florian warteten draußen auf mich, da ich darauf bestanden hatte, dass mein Bruder auf gar keinen Fall mit dem Gewehr in den Laden gehen durfte.

»Grüß dich, Christa«, erwiderte ich und lächelte. Wir hatten dieselbe Schule besucht, hatten aber nie wirklich viel Kontakt gehabt. Doch wie es in einem so kleinen Ort üblich war, kannte hier jeder jeden.

»Schön, dich zu sehen«, sagte Christa. Es war ihr anzumerken, dass sie es ehrlich meinte. »Was damals vorgefallen ist, war schrecklich, und es tut mir aufrichtig leid. Aber du kennst ja die Leute …«

»Danke«, sagte ich.

»Wirst du bleiben?«

»Ich weiß es nicht …« Konnte es mir jedoch nicht vorstellen.

»Was darf es denn sein?«

»Zwölf Semmeln, bitte.«

»Gerne.« Christa holte mehrere Stücke Gebäck aus der Vitrine und steckte sie in ein Papiersackerl.

»Was wird denn im Dorf so über mich geredet?«, fragte ich und betrachtete das Angebot in der Kühlvitrine. Topfentascherl, Bananenkuchen und Früchtebrot.

»Nun ja, nicht viel«, hielt sich Christa mit einer konkreten Antwort zurück. »Das wird sich jetzt, wo du zurück bist, aber sicher ändern.« Die Verkäuferin verschloss die Tüte und reichte sie mir über den Tresen. Dann beugte sie sich nach vorn und dämpfte ihre Stimme: »Das damals hat tiefe Gräben hinterlassen, das Dorf ist gespalten gewesen. Ich würde meinen, dass es das bis heute geblieben ist. Die Menschen sind nun mal, wie sie sind, die ändern sich nicht so einfach. Und einsichtig ist bei uns halt auch niemand, schon gar nicht die, die am lautesten schreien, wenn du weißt, was ich meine.«

Ich nickte. »Was kriegst du für die Semmeln?«

»Die gehen aufs Haus, Diana.«

»Danke, Christa«, erwiderte ich und verließ die Bäckerei.

»Na, alles bekommen?«, fragte Alexander, als ich mich draußen zu ihnen gesellte.

»Ja, und stell dir vor, ich hab ihr dafür nicht einmal eine Waffe ins Gesicht halten müssen«, ätzte ich. »Und sie hat mir die Semmeln geschenkt, ich hab keinen Cent dafür bezahlt.«

»Die haben alle ein schlechtes Gewissen, weil sie dich damals so schlecht behandelt haben«, meinte Alexander und drehte sich zu der Bäckerei um. Als ich seinem Blick folgte, sah ich, dass uns die Verkäuferin von drinnen beobachtete. »Die Christa hat damals überall herumerzählt, dass es deine Schuld gewesen sei, dass Oliver gestorben ist. Da ist es nur recht und billig, dass sie dir ein paar Semmeln schenkt. Aber damit ist es nicht getan, wenn du mich fragst.«

»Ich will das alles hinter mir lassen«, antwortete ich.

»Aber schau, wie sie uns angaffen!«, regte sich Alexander weiter auf.

Und er hatte recht. Sämtliche Augenpaare auf dem Dorfplatz waren auf uns gerichtet. Alle beobachteten uns.

»Vielleicht liegt es daran, dass du bewaffnet bist«, erwiderte ich. »Die denken bestimmt, dass du gleich Amok läufst, da du ja sonst nie eine Schusswaffe mit dir herumschleppst, oder?«

»Kann sein.« Alexander zuckte mit den Schultern. »Kommt, lasst uns abhauen.«

Im selben Augenblick läutete mein Handy. Ich zog es aus der Tasche und sah auf das Display. Der Chefinspektor rief an.

»Diana Heller«, meldete ich mich.

»Frau Heller, Köchner hier. Wir haben das Gebäude gefunden, in dem Mathias Bastreimer ermordet wurde«, kam der Chefinspektor sofort zur Sache. »Streetworker haben es aufgrund der Schmierereien an den Wänden erkannt und uns hingeführt. Die Spurensicherung untersucht nun alles auf Fingerabdrücke und DNA-Spuren. Vielleicht haben wir Glück und finden etwas …«

Ich wankte und fühlte mich, als zöge mir jemand den Boden unter den Füßen weg. Wie aus weiter Ferne vernahm ich Köchners Stimme.

»Und? War er … dort? Haben Sie Mathias gefunden?«, unterbrach ich den Chefinspektor und wollte die Antwort eigentlich gar nicht hören. Denn damit wäre es nicht mehr bloß ein Video auf einem USB-Stick, das jemand gedreht hatte. Damit wurde es Realität.

»Ja. Die Täter haben ihn zurückgelassen, festgebunden an dem Stuhl, auf dem sie ihn angezündet haben. Sie haben sich nicht die Mühe gemacht, seine Leiche verschwinden zu lassen. Frau Heller, Sie müssen ihn nicht identifizieren, es ist nicht mehr viel von ihm übrig. Er hatte nicht die geringste Chance …«

Das Papiersackerl rutschte mir aus der Hand und landete auf dem Boden. Die Semmeln fielen heraus und verteilten sich auf dem Asphalt.

»Eine Chance hätte er gehabt, wenn er mich nicht getroffen hätte«, schluchzte ich in das Handy. »Dann würde er noch leben.«

32. KAPITEL

Ich erzählte Alexander und Florian vom Inhalt des Telefonats mit Chefinspektor Köchner. Betroffenheit lähmte uns für einen Augenblick, dann sammelten wir die Semmeln vom Boden auf. Ohne uns noch einmal umzudrehen, verließen wir das Dorf.

»Du hast nichts machen können, Diana, dich trifft keine Schuld. Wie hättest du ahnen sollen, dass es diese Typen auf ihn abgesehen haben, nachdem sie nicht an dich rangekommen sind? Dafür hättest du schon hellseherische Fähigkeiten haben müssen«, versuchte Alexander, mir meine Schuldgefühle zu nehmen.

»Ich hätte nicht mitkommen dürfen, als er mich auf einen Kaffee eingeladen hat«, hielt ich dagegen. »Ich hab doch gewusst, dass die hinter mir her sind.«

»Im Nachhinein ist man immer klüger«, meinte Florian. »Aber zu dem Zeitpunkt hast du das nicht wissen können.«

»Ich wollte Normalität in meinem Leben haben, mehr nicht. Ich war auf keine Affäre aus, sondern wollte lediglich fühlen, wie es ist, wenn man mit jemandem ungezwungen plaudert und lacht. Wenn man jemandem gefällt und der es einem zeigt«, versuchte ich, mein Verhalten zu erklären. Vor allem mir selbst.

»Jeder hat ein Recht auf ein normales Leben, Diana, auch du«, sagte Alexander.

Das bezweifelte ich. Mein Leben war aus den Fugen geraten, als du gestorben warst. Damals war ich in diesen Sog der Verzweiflung gerissen worden, der mich noch immer festhielt und mein Leben durcheinanderwirbelte. Wie sehr ich dagegen auch ankämpfte, ich geriet immer tiefer hinein. Meine Kräfte schwanden, das spürte ich, genau wie meine Zuversicht, mich jemals daraus befreien zu können und wieder glücklich zu sein.

Zu Hause legte ich mich ins Bett, ich war erschöpft. Nicht vom Weg zurück zu unserem Bauernhof, sondern von dem Telefonat mit Köchner.

Mutter kam und brachte mir Tee. Ihr sorgenvoller Blick ließ meine Schuldgefühle noch größer werden, weil ich ihr mit meinen Problemen solchen Kummer bereitete. Sie umsorgte mich, als wäre ich noch ihr kleines Mädchen, setzte sich zu mir an den Rand des Bettes und befühlte meine Stirn, ob ich fiebrig war. Dann erzählte sie mir Neuigkeiten aus dem Dorf, um mich aufzumuntern, und ich verschwieg, dass ich das Meiste schon von Alexander und Florian gehört hatte.

Währenddessen versorgten Alexander und Vater die Tiere im Stall, melkten und fütterten sie, misteten aus. Taten all jene Dinge, die ich erledigt hatte, bevor ich von hier weggegangen war. Nun waren sie die Aufgaben meines Bruders. Ich konnte nicht sagen, ob ich deswegen eifersüchtig auf ihn war oder ob ich mich heute anders entscheiden würde. Diesen Ort nicht verlassen würde – und meine Familie. Ich versuchte, nicht weiter darüber nachzudenken. Vergangenes konnte ich nicht ändern.

Abends saßen wir um den Tisch in der Küche versammelt und aßen Mutters Gulasch. Florian erzählte, dass er noch einmal frische Semmeln gekauft habe, da die anderen schmutzig geworden seien, als ich sie auf die Straße hatte fallen lassen. Im Gegensatz zu mir habe er sie jedoch bezahlen müssen, sagte er mit einem Augenzwinkern in meine Richtung, um die Stimmung aufzulockern.

»Die Christa hat zu Diana bestimmt nur freundlich sein wollen, weil sie wie so viele im Dorf ein schlechtes Gewissen plagt. Das, was sie dir angetan haben …«, Mutter deutete mit der Gabel auf mich, »… kann nicht mit ein paar Semmeln ungeschehen gemacht werden.«

»Ich würde lieber über etwas anderes reden«, warf ich ein. Ansonsten würde mir das Essen wahrscheinlich nicht schmecken.

»Du hast recht«, pflichtete Mutter mir bei. »Erzähl uns von dir, Diana. Du hast mir nie gesagt, wie dir die Arbeit in dem Bioladen gefällt.«

»Eigentlich ganz gut. Ich darf dort die Produkte auswählen, die im Geschäft verkauft werden, und schaue mir die Betriebe an, von denen wir die Waren geliefert bekommen, ob die Tiere dort artgerecht gehalten werden«, erzählte ich und dachte daran, dass ich mich krankgemeldet hatte. Ich würde meinen Chef morgen anrufen und ihm reinen Wein einschenken, damit er wusste, dass ich erst zurückkehren würde, wenn Amir Saidis und Mathias' Mörder gefasst waren.

»Das ist schön. Dann ist es dir ja richtig gut ergangen«, schloss Mutter daraus.

Dass ich bei einer Psychotherapeutin in Behandlung war, verschwieg ich und nickte. »Ja, Mama. Alles in allem geht es mir nicht schlecht. Ich hab eine Menge erlebt und bin daran gewachsen.«

»Du bist reifer geworden«, sagte Vater endlich auch mal etwas.

»Ich bin ja auch älter geworden«, erwiderte ich.

Ein Klopfen an der Haustür ließ das Gespräch verstummen.

»Bleibt sitzen, ich mach das! Ihr habt euch gewiss viel zu erzählen.« Florian wischte sich den Mund ab und stand auf. »Ich wimmle den Störenfried rasch ab. Wenn es einer aus dem Dorf ist, nimmt er schon Reißaus, wenn er mich bloß sieht, da brauche ich dann gar nichts zu machen.« Florian lachte und warf sich in Pose, wie es das Klischee von Schwulen verlangte. In dieser Haltung tänzelte er aus dem Zimmer hinaus.

»Er ist echt ein Lieber!« Mutter riss ein Stück Semmel ab, um es im Gulaschsaft zu versenken. Anschließend spießte sie es mit der Gabel auf. »Ich hab mich so an ihn gewöhnt. Er ist der perfekte Schwiegersohn. Ich geb ihn nicht mehr her. Wenn es zwischen euch mal nicht mehr läuft, kannst du ausziehen, Alexander.« Mutter lächelte meinen Bruder an und steckte sich genussvoll das triefende Semmelstück in den Mund.

»Das sagt sie mir immer wieder, Diana, du kannst dir gar nicht vorstellen, wie …«

Ein Schrei ließ Alexander verstummen.

Sofort sprangen alle auf und rannten hinaus in den Flur. Dort lehnte Florian mit dem Rücken an der Wand und starrte uns an. Er war kreidebleich.

Jemand hämmerte von außen gegen die Tür und schrie: »Aufmachen!«

»Sie sind da, Diana! Diese Mörder haben dich gefunden«, sagte Florian.

»Scheiße!«, fluchte Alexander.

»Ich hab es gerade noch geschafft, die Tür zuzuschlagen, bevor sie reinstürmen konnten.« In Florians Augen lag Furcht.

»Wie viele sind es?«, fragte Vater. Er wirkte als Einziger unaufgeregt und besonnen.

»Ich glaube drei. Auf jeden Fall zwei.«

»Sind sie bewaffnet?«

»Keine Ahnung.«

»Geht von der Tür weg!«, rief Vater.

Im selben Moment erschreckte uns ein lauter Knall. Jemand hatte von draußen auf die Eingangstür gefeuert. Die Kugel war jedoch im dicken Holz stecken geblieben.

»Himmel!« Florian drückte sich an die Mauer.

»Hol dein Gewehr!«, sagte Vater zu Alexander. »Diana, kannst du trotz der Verbrennungen an deinen Händen schießen?«

»Ja«, antwortete ich, weil mir nichts anderes übrig blieb. Immerhin waren die Männer meinetwegen gekommen und nicht wegen meiner Familie.

»Du nimmst Olivers Gewehr ...«

Ich war überrascht, weil Vater deine Waffe aufgehoben hatte. Aus der die tödliche Kugel auf dich abgegeben worden war. Ich wusste nicht, ob ich in der Lage war, sie überhaupt anzufassen.

»Helga, du gehst nach oben und rufst die Polizei!«, befehligte Vater weiter.

»Ich bleibe hier, Hans-Peter«, widersprach Mutter. »Ich nehme mir Großvaters alte Pistole aus dem Krieg und ...«

»Verdammt, Helga!«, stieß Vater aus. »Die fliegt dir doch bei der ersten Kugel um die Ohren!«

»Willst du tatsächlich jetzt mit mir darüber streiten?« Ohne eine Antwort abzuwarten, wandte sich Mutter ab und verschwand im Haus. Sie bewahrte Großvaters Sachen in Schachteln unter dem Dach auf. Vieles hatte sie bereits weggeworfen, doch nicht von allem hatte sie sich trennen können. Wie es aussah, befand sich die Waffe darunter.

Vater fluchte, fing sich aber sofort wieder.

»Ich rufe die Polizei«, sagte ich und holte mein Handy, wählte den Notruf und die Nummer von Köchner. Dem Chefinspektor sprach ich auf die Mailbox, weil er nicht ranging. Anschließend folgte ich meiner Familie zum Waffenschrank, wo Vater uns die Gewehre aushändigte. Als ich deine Mauser M03 Stalker in Händen hielt, glaubte ich, dich spüren zu können. Zumindest redete ich mir ein, dass ich hörte, wie du mir zuflüstertest, dass es okay wäre, das Gewehr zu benutzten. Dass du mich anleiten würdest, wenn es so weit war und ich abdrücken musste.

»Und was ist mit mir? Kriege ich nichts?« Florian deutete ungläubig auf den mittlerweile leeren Waffenschrank.

»Du bleibst dicht bei mir«, sagte Alexander. »Ich kann mit dem Ding besser umgehen als du.«

»Wir verschanzen uns im Haus und behalten sie im Auge, bis die Polizei da ist. Haben die gesagt, wie lange sie brauchen?«, fragte Vater.

»Nur, dass sie gleich jemanden losschicken«, antwortete ich.

Alexander stopfte sich Munition in sämtliche Taschen, als rüstete er sich für einen längeren Einsatz. Mir reichte er ebenfalls welche.

Ich lud die Mauser und lugte durch das Visier. Ich war bereit – oder so gut wie. Denn wirklich auf das vorbereitet, was jetzt kam, war ich nicht. Aber mir war klar, dass es keinen anderen Ausweg mehr gab, falls die Polizei nicht rechtzeitig eintraf. Die Mörder standen vor unserem Bauernhof und warteten darauf, dass wir einen Fehler machten.

Irgendwo klirrte Glas.

»Verdammt! Die haben bestimmt ein Fenster eingeschlagen«, schloss Vater daraus. »Wir bleiben auf alle Fälle zusammen, sonst haben wir keine Chance.«

»Was ist mit Mama? Sie ist wahrscheinlich oben unterm Dach, wo die alten Sachen von Oma und Opa sind«, sagte ich.

»Wir suchen sie. Los, folgt mir!«

Die Gewehre vor uns haltend traten wir hinter Vater in den Flur hinaus und fanden ihn leer vor. Dann schlichen wir die Treppe hinauf zu den Schlafräumen. Auch dort war niemand. Die Tür am Ende des Flurs führte auf den Dachboden. Wir öffneten sie und erklommen die dahinterliegende Holzstiege. Oben sahen wir, dass die Schachteln mit den Sachen der Großeltern teilweise geöffnet waren. Mutter war demnach hier gewesen. Aber wo war sie danach hingegangen?

Ein Schuss ließ uns herumfahren. Es hörte sich an, als käme er nicht von draußen, sondern von irgendwo im Haus oder dem Stall.

»Helga!«, rief Vater und rannte los. Wir hinterher. Die Treppe hinunter bis in den Flur im Erdgeschoss. Dort blieben wir stehen. Horchten. Hörten nichts.

»Helga?«, brüllte Vater erneut.

Keine Antwort.

»Verdammt, wo steckt sie bloß?«, stieß Vater aus.

»Wir haben doch mitbekommen, wie sie vorhin irgendwo eine Fensterscheibe eingeschlagen haben. Vielleicht …« Alexander redete nicht weiter. Aber wir wussten auch so, was er andeutete.

Vater erreichte als Erster die Tür, die in den Innenhof unseres Vierkanters hinausführte. Von dort gelangte man schräg gegenüber in den Kuhstall. Er spähte durch das Glas in der oberen Hälfte der Tür.

»Siehst du jemanden?« Alexander war dicht hinter ihm.

Vater schüttelte den Kopf und flüsterte: »Nein.«

»Und der Schuss?«, fragte ich.

»Vielleicht haben sie einen Warnschuss abgegeben, damit Mama tut, was sie von ihr verlangen, falls sie sie überhaupt haben«, spekulierte mein Bruder.

»Vielleicht haben sie eure Mutter aber auch erschossen«, erwiderte Vater. In seiner Stimme lag Angst.

»Ich schaue hier im Haus nach, ob Mama irgendwo ist«, sagte ich, weil ich es nicht mehr länger aushielt. Ich wollte nicht in Betracht ziehen, dass Mutter tot sein könnte. Das durfte einfach nicht sein!

»Warte! Alexander, geh du mit ihr! Und wir beide …«, Vater deutete auf Florian, »… sehen im Stall nach.«

Alexander und ich schlichen in die Küche, dann weiter in die Stube. Wir lauschten auf die Geräusche im Haus. Die der Umgebung.

Es war verdammt ruhig.

Viel zu ruhig.

33. KAPITEL

Leon hatte ein Fenster eingeschlagen, nachdem ihr Versuch, die Bewohner des Bauernhofes an der Haustür zu überrumpeln, fehlgeschlagen war. Durch das Fenster stiegen sie in das Gebäude ein und fanden sich in einem großzügigen Abstellraum wieder. Auf einem alten Bett türmten sich Schachteln mit abgetragener Kleidung und Elektrogeräten, die längst ausgedient hatten.

»Die haben einen eigenen Raum für ihren alten Kram«, motzte Finn. »Ich fasse es nicht, meine ganze Wohnung ist kaum größer als das hier!«

»Kannst ja hier einziehen, wenn wir mit denen fertig sind«, antwortete Heimo.

»Seid leise!«, wies Leon die beiden zurecht.

»Wie viele hast du vorhin gesehen?«, wollte Heimo von ihm wissen.

Leon war ganz vorn gestanden und hatte die beste Sicht ins Haus gehabt. Heimo und Finn hatten sich seitlich der Tür an die Mauer gedrückt und auf Leons Zeichen gewartet, um von dort hervorzuhechten und die Person, die ihnen geöffnet hatte, zu überrumpeln. Doch alles war anders gekommen. Die Tür war zugeschlagen worden, noch bevor sie ins Haus gelangt waren.

»Nur einen Mann«, antwortete Leon. Dass ihr Plan nicht funktioniert hatte, ärgerte ihn.

»Wir wissen also nicht, wie viele im Haus sind«, schlussfolgerte Heimo.

»Das sind Bauern«, tat Finn die von den hier lebenden Menschen ausgehende Gefahr ab. »Was wollen die schon machen? Uns mit ihren Mistgabeln erstechen?« Er lachte über diese Vorstellung.

»Hört auf zu quasseln und folgt mir«, sagte Leon, der die Sache endlich zu einem Ende bringen wollte. Seine Schulter schmerzte, die betäubende Wirkung der Tabletten ließ langsam nach. »Und seid verdammt noch mal leise! Die müssen ja nicht unbedingt wissen, dass wir schon im Haus sind.«

»Wir könnten sie in Sicherheit wiegen, wenn dir das lieber ist. Einer von uns geht raus und macht draußen Krach, schießt auf das Haus, was weiß ich. Dadurch denken die, dass wir noch immer versuchen, reinzukommen. Währenddessen dringen die beiden anderen drinnen unbemerkt weiter vor«, erzählte Finn, wie sie es angehen könnten.

Leon fand die Idee gar nicht mal so schlecht. »Gut, du machst das! Du gehst raus und lenkst sie ab.«

»Alles klar! Aber wartet, bis ich loslege.« Finn kletterte beim Fenster wieder hinaus. »Ah, verdammte Kacke!«, fluchte er. »Ich hab mich an einer Glasscherbe geschnitten.«

»Heul nicht rum wie ein Mädchen«, zischte Leon ihm zu. »Verbind dir die Scheiße und mach, was wir vereinbart haben.« Die Zeit drängte. Sie waren schon zu lange hier, und er wusste nicht, was auf der anderen Seite der Tür vor sich ging. Ob sich der Gegner in Position brachte. Ob sie entdeckt worden waren. Aber egal, wie es war, es würde heute und hier enden. Entweder würde er als Sieger hervorgehen oder sterben. Keinesfalls wanderte er noch einmal ins Gefängnis.

»Ich heul ja gar nicht«, erwiderte Finn eingeschnappt und verschwand.

Kurz darauf setzte er um, was sie vereinbart hatten, und feuerte draußen ein paar Kugeln in die Luft.

34. KAPITEL

»Die schießen!«, rief ich erschrocken. »Auf wen schießen die?« Als ich mich zu Alexander umdrehte, sah ich, dass er das Gewehr wie ein Soldat fest umklammerte, sodass die Haut an den Knöcheln weiß hervortrat. Ich hatte den Eindruck, dass er genauso viel Angst hatte wie ich.

»Die Schüsse kommen von draußen. Von einem der Küchenfenster sehen wir vielleicht, was los ist«, antwortete er. »Sollen wir nachschauen?«

»Ja!«

Alexander spähte in den Flur und gab mir ein Zeichen. Wir verließen den Wirtschaftsraum, wo wir gerade nach Mutter gesucht hatten, querten den Gang, öffneten die Tür in die Küche und zogen sie hinter uns zu. Danach eilten wir zu einem Fenster und schauten hinaus. Vorsichtig, damit uns niemand von außen entdeckte. Ein Mann marschierte mit einer Pistole vor unserem Hof auf und ab und feuerte in die Luft. Dann lud er nach und drückte erneut ab.

»Was macht er da?«, fragte ich.

»Ich hab nicht die blasseste Ahnung«, erwiderte Alexander.

»Waffe fallen lassen!«, verlangte eine Stimme hinter uns.

Ich erstarrte.

Alexander neben mir riss die Augen auf. Ihm stand der Schrecken ins Gesicht geschrieben.

Gleichzeitig hörte ich Schritte durch die Küche, die sich näherten. Das Öffnen der Küchentür davor hatte ich hingegen nicht wahrgenommen, zu sehr war ich auf den Mann draußen konzentriert gewesen. Er war wohl eine Ablenkung gewesen, das erklärte auch sein Verhalten. Und wir hatten uns täuschen lassen.

»Waffe fallen lassen!«, brüllte die Stimme erneut. Dieses Mal entschlossener.

Ich bückte mich und legte das Gewehr auf den Boden.

»Jetzt du!«, wies der Mann meinen Bruder an. Dieser schloss die Augen und verharrte einen Moment in seiner Position. Ich spürte, dass er etwas plante, und wollte ihm signalisieren, dass er es bleiben lassen sollte, doch da drehte er sich bereits um.

»Was wollt ihr?«, fragte er denjenigen, der sich hinter mir befand.

»Wir wollen sie!«, erwiderte die Stimme.

Mir lief es eiskalt den Rücken hinunter, trotzdem wandte auch ich mich jetzt um. Zwei Männer standen da, Amir Saidis und Mathias' Mörder. Und nun würden sie mich töten.

»Lasst meinen Bruder gehen«, verlangte ich. »Er hat mit alldem nichts zu tun.«

»Du weißt, dass wir das nicht tun können«, erwiderte der Kerl, der mit einer Pistole auf mich zielte. Der andere hielt Alexander mit einer Waffe in Schach.

Im Rücken der Männer erschien Vater in der Tür. Leise schlich er sich an, das Gewehr schussbereit vor sich haltend. Hinter ihm tauchte Florian auf.

»Du warst bei mir in der Wohnung«, redete ich weiter, um die Aufmerksamkeit der Typen auf mich zu lenken. Damit sie sich nicht umdrehten. Damit sie mir in die Augen sahen, wenn es passierte.

»Das stimmt. Und nun holen wir nach, was …«

»Hände hoch und Waffe fallen lassen!«, brüllte Vater. Er zielte auf den Mann, der in meiner Wohnung gewesen war, den anderen nahm Alexander ins Visier. Sie hielten die Gewehre vor sich und drängten die Eindringlinge zur Seite, damit Vater und Florian die Küche ebenfalls betreten konnten. In den Gesichtern der Männer sah ich die Überraschung über die Wendung. Die Verwirrtheit, wie es dazu hatte kommen können. Und ich sah Wut.

Ich war von vielen Waffen umgeben, die auf jemanden gerichtet waren, lediglich meine lag auf dem Boden. Ich rechnete damit, dass jederzeit ein Feuerwerk aus Mündungsfeuern losbrechen würde.

»Wir sind zu viert, falls ihr nicht zählen könnt«, sagte Alexander, um vorauszuschicken, wie die Sache ausgehen würde. »Diana, heb dein Gewehr auf.«

Ich ging in die Knie, behielt die Szene dabei im Blick.

»Halt!«, rief einer der Männer, und ich befolgte seinen Befehl. »Ihr vergesst da etwas.«

»Was?«, wollte Vater wissen.

»Wir haben im Gegensatz zu euch nichts mehr zu verlieren«, knurrte er.

Die Anspannung im Raum spitzte sich zu. Die Nervosität erreichte ihren Höhepunkt. Die Finger an den Abzügen waren unruhig.

Jemand schoss.

Einmal.

Zweimal.

Keine Ahnung, wie oft. Immer wieder.

Ich schrie und ließ mich zu Boden fallen. Hielt meine Hände über den Kopf.

Fremde Schreie. Andere Stimmen.

Poltern.

Ich entdeckte Blut auf meiner Kleidung. Spürte keinen Schmerz. War das mein Blut?

Ich sah hoch. Es drängten sich immer mehr Menschen in die Küche, es waren viel zu viele. Das reine Chaos. Leute aus dem Dorf, die sich über meinen Vater beugten.

Er lag am Boden, blutete aus einer Wunde an der Schulter.

Alexander war neben ihm, redete mit ihm.

Ein Dörfler telefonierte, sagte etwas von Schussverletzung … Überfall … Polizei.

Mein Blick blieb an den Eindringlingen hängen. Einer lag verletzt zu Mutters Füßen, sie starrte auf ihn hinab.

Wo war Mutter die ganze Zeit gewesen?

Und wo kam sie so plötzlich her?

Eine Frau aus dem Dorf versuchte sie dazu zu bringen, sich abzuwenden. Möglicherweise, weil meine Mutter geschossen hatte. In der Hand hielt sie Großvaters alte Pistole.

Der zweite Eindringling wurde von Dörflern festgehalten. Sie rissen ihn zu Boden und drückten ihm ein Knie in den Rücken. Mit Schnüren banden sie seine Hände fest.

Ich richtete mich auf und sah, dass das Glas der Fenster geborsten war. Jemand hatte es eingeschlagen – oder hindurchgeschossen. Draußen lag jener Mann, der zur Ablenkung in die Luft gefeuert hatte, in der Wiese, umringt von Dörflern. In Händen hielten sie Gewehre. Sie alle waren gekommen, um uns zu helfen. Das halbe Dorf war bei uns auf dem Hof versammelt und hatte uns wahrscheinlich das Leben gerettet. Nach allem, was geschehen war, konnte ich es kaum glauben.

Aus den Augenwinkeln nahm ich eine Bewegung wahr. Der verletzte Mann am Boden hob den Arm und richtete seine Pistole auf mich.

Wieso hatte sie ihm niemand abgenommen?

Mein Schrei erstarb in meiner Kehle. Ich wusste, dass er abdrücken würde. Es war seine letzte Chance, mich zu töten. Die Zeugin aus dem Weg zu räumen. Obwohl es keinen Sinn mehr machte, da es nun unzählige Zeugen gab.

Aber was ergab überhaupt einen Sinn?

Ich wartete auf den ohrenbetäubenden Knall. Die Kugel, die losflog, um mich zu treffen. Die in mir einschlug und mein Inneres zerfetzte. Die mich zu dir brachte. Zu dir, meinem geliebten Ehemann.

Da ertönte der Knall. Meine Gedanken fuhren Karussell. In mir tobte ein Sturm. Ich dachte an Amir Saidi, an Mathias Bastreimer, an Nora. An Vater und den Mann am Boden, der jetzt mit kalten Augen an die Decke starrte. Dem die Pistole aus der Hand fiel und dessen Blut aus einem Loch im Kopf quoll.

In der Ferne war das Aufheulen von Polizeisirenen zu hören.

35. KAPITEL

»Erzählen Sie mir, was passiert ist«, sagte Dr. Monika Wellner. Sie hielt ihr Tablet bereit, um sich Notizen zu machen. In ihrem Gesicht konnte ich lesen, dass sie darauf brannte, zu erfahren, was in dem Bauernhof meiner Eltern vorgefallen war. Das Ganze lag nun eine Woche zurück.

Ich brauchte ein paar Augenblicke, bevor ich zu reden anfing und von dem berichtete, was nicht in den Zeitungen gestanden hatte. Ich betrachtete meine Hände. Die Brandwunden heilten, jedoch würden Narben zurückbleiben, die mich stets daran erinnerten, was geschehen war. Das Gleiche galt für die Stelle an meiner Wade, wo das Messer eingedrungen war.

»Sie haben uns angegriffen. Leon Galmeier, Finn Pokrovski und Heimo Stulm. Chefinspektor Köchner hat mir gesagt, dass die Männer der Neonaziszene angehören und keine unbeschriebenen Blätter seien, das erklärt auch die Brutalität, mit der sie die Taten begangen haben. Sie hätten sich im Krieg befunden, hat Heimo Stulm bei der Vernehmung ausgesagt. Ein Krieg, der lediglich in ihren Köpfen stattgefunden hat, ausgelöst durch eine kleine Unstimmigkeit zwischen zwei von ihnen. Weil einer den anderen angeblich beleidigt hat. Eine Beleidigung, mehr nicht. Deshalb sind drei Menschen jetzt tot.« Ich blickte durch die Fenster der Arztpraxis nach draußen und beobachtete, wie sich die Sonnenstrahlen einen Weg durch die

Wolken bahnten. Bald würde es wärmer werden, ich freute mich auf den Frühling. Dann holte ich mich in die Gegenwart zurück und erzählte weiter, um alles endgültig hinter mir zu lassen. Um ein neues Leben anzufangen. »Wir haben zu Abend gegessen, als sie gekommen sind, um mich zu töten. Ihr Plan war, notfalls alle, die sich im Haus aufgehalten haben, auszuradieren. Wenn Mutter die alte Pistole von Opa nicht aufgehoben hätte, wer weiß, wie alles ausgegangen wäre. Sie hat die Waffe vom Dachboden geholt, geladen und im Innenhof ausprobiert, weil Vater gemeint hat, dass ihr das alte Ding um die Ohren fliegen würde, wenn sie es benutzt. Sie wollte sichergehen, dass die Pistole funktioniert, bevor sie sie in Notwehr einsetzen muss. Diesen Schuss haben wir alle gehört, aber nicht nur wir, sondern auch ein Jäger, der zufällig in der Nähe gewesen ist. Er ist zu unserem Hof gerannt und hat die Typen draußen rumschleichen sehen. Mit seinem Fernglas hat er sie beobachtet, und aufgrund der Phantombilder, die an diesem Tag in den Medien veröffentlicht worden sind, hat er sie erkannt und die Dörfler verständigt. Jeder, der eine Waffe besitzt, ist zu uns gekommen, um uns zu helfen.« Ich schluckte und wischte die Tränen weg, die über meine Wangen liefen. Aus Dankbarkeit. Die letzten drei Jahre hatte ich in dem Glauben gelebt, dass die Dorfbewohner uns hassten, aber vielleicht hatte sich auch das inzwischen geändert. Ich schnäuzte mich.

»Weshalb hat der Jäger nicht die Polizei verständigt?«, fragte Dr. Wellner. Bislang hatte sie mich nicht unterbrochen.

»Das hat er, genau wie wir. Aber die ist erst bei uns am Hof eingelangt, als schon alles vorbei gewesen ist und die Täter längst überwältigt waren. Zumindest zwei von ihnen, einer ist ja tot, dieser Leon Galmeier. Wenn die Leute aus dem Dorf nicht gekommen wären, wären wir alle gestorben. Es war so ein Durcheinander. Jeder hat auf jeden gezielt und es war kurz davor, dass die Polizei nur noch Leichen vorgefunden hätte.«

»Wie geht es Ihrem Vater?«

Ich lächelte. »Er wurde bereits aus dem Krankenhaus entlassen. Sie können sich nicht vorstellen, wie er geflucht hat, als wir ihm erzählt haben, dass einer aus dem Dorf ihn getroffen hat, weil er durch das Küchenfenster geschossen hat, um einen von den Neonazis außer Gefecht zu setzen.«

»Wissen Sie, wer diesen Leon Galmeier erschossen hat?«

»Die Dörfler streiten sich deswegen, obwohl die ballistischen Untersuchungen die Kugel eindeutig einer Waffe zugeordnet haben. Aber alle wollen als unsere Retter dastehen. Ist das denn zu fassen?«

Meine Therapeutin legte das Tablet zur Seite und sah mich an. »Das ist eine grauenvolle Geschichte, die Sie mir da erzählen. Und es tut mir unendlich leid, dass Sie das durchmachen mussten. Wenn Sie wollen, empfehle ich Sie an einen erfahreneren Kollegen weiter, der Sie …«

»Nein«, winkte ich ab. »Ich finde, dass ich mit Ihnen gute Fortschritte gemacht habe.« Ich stand auf und trat ans Fenster. Unten auf der Straße gingen die Menschen ihrer Wege. Wie eh und je, als wäre nichts passiert.

Mein Kompliment freute die junge Psychologin offensichtlich. »Was werden Sie jetzt tun?«, fragte sie.

»Ich fahre zu Nora, sie ist aus dem Krankenhaus entlassen worden und erholt sich zu Hause. Und dann lade ich meinen Nachbarn auf eine Tasse Kaffee ein. Ich weiß nicht einmal, wie er heißt«, erwiderte ich.

»Ist er attraktiv?«

»Er hat schlohweiße Haare und ist etwa 70 Jahre alt.« Ich lachte. »Aber er hat mir geholfen, als Nora und ich überfallen wurden.«

»Heißt das, Sie werden in Linz bleiben?«

Diese Frage hatte ich mir in den letzten Tagen oftmals gestellt, wusste darauf allerdings keine Antwort. Sollte ich in der Landeshauptstadt bleiben oder heimkehren zu meiner Familie?

Ich hatte mich noch nicht entschieden.

DANKSAGUNG

Wenn Sie bei diesen Zeilen angelangt sind, haben Sie den zweiten Band mit Diana Heller zu Ende gelesen, dafür danke ich Ihnen. Ich hoffe, der Thriller hat Sie gut unterhalten, denn nichts anderes als das ist meine Intention.

Weiters bedanke ich mich ganz herzlich bei meiner Lektorin Katja Ernst, die dieses Mal eine besondere Aufgabe zu meistern hatte, um mein Geschriebenes für Sie lesbar zu machen. Meine Figuren und ich sind dankbar für ihre Ratschläge und Ausdauer, den Text und die Geschichte noch besser und spannender zu gestalten. Manchmal beneide ich sie um ihre Geduld.

Ohne den Gmeiner-Verlag gäbe es meine Bücher nicht. Er bietet mir und meinen Protagonisten die Chance, unsere Geschichten in die Welt hinauszutragen, über die Grenzen des Mühlviertels hinweg, das für mich der schönste Flecken auf diesem Planeten ist, an dem man leben kann. Und in dem es sich am besten morden lässt. Danke dafür.

Meiner Familie danke ich, dass ich mich immer wieder in meine kreative Welt davonstehlen darf, wenn es darum geht, ein Verbrechen auf dem Papier zu verüben. Das ist nicht selbstverständlich, das weiß ich. Ich liebe euch!

Wenn Sie mir mitteilen wollen, ob Ihnen »Rachedorf« gefallen hat oder nicht, bitte schreiben Sie mir unter mail@eva-reichl.at. Ich freue mich auf Ihre Nachricht!

Ihre Eva Reichl

Weitere Titel finden Sie auf den folgenden Seiten und im Internet:

WWW.GMEINER-VERLAG.DE

Alle Bücher von Eva Reichl:

Chefinspektor Oskar Stern ermittelt:

1. Fall: Mühlviertler Blut
ISBN 978-3-8392-2238-6

2. Fall: Mühlviertler Rache
ISBN 978-3-8392-2515-8

3. Fall: Mühlviertler Grab
ISBN 978-3-8392-2741-1

4. Fall: Mühlviertler Kreuz
ISBN 978-3-8392-0063-6

5. Fall: Mühlviertler Gift
ISBN 978-3-8392-0288-3

Thriller mit Diana Heller:

Todesdorf
ISBN 978-3-8392-0203-6

Rachedorf
ISBN 978-3-8392-0403-0